NEBELWANDERER

BAND 2 - INS HIER UND JETZT

ALINE STUART

Autorin: Aline Stuart

Alinestuart241@gmail.com

Aline Stuart

c/o AutorenServices.de

Birkenallee 24

36037 Fulda

Coverbild pixabay Stefan Keller KELLEPICS

Designerin Germancreative https://www.fiverr.com/germancreative

Weitere Bücher der Nebelwanderer Reihe von Aline Stuart

Band 1: Nebelwanderer – Dunkle Vergangenheit

Band 2: Nebelwanderer – Ins Hier und Jetzt

Band 3: Nebelwanderer – Der Weg zurück

Band 4: Nebelwanderer – Echo aus dem Nebel

Band 5: Nebelwanderer – Das Ende der Reise

❀ Erstellt mit Vellum

ZEITREISEN IN DIE WELT DER WIKINGER

Band 2 - Ins Hier und Jetzt

Aline Stuart

Nebelwanderer

Ins Hier und Jetzt

Liebesgeschichte

Wenn deine Welt nicht die einzige ist, in welcher hast du dann dein Herz verloren …?

Für meinen Liebsten

1

Ich nippte behutsam an meiner Lieblingskaffeetasse und starrte hinaus in den nebligen Morgen.

Wie lange hatte ich mich nach einem heißen Kaffee gesehnt, frisch gebraut von meiner loyalen, kleinen Espresso-Maschine? Länger als eine Woche. Ich schloss die Augen und legte die Stirn an das kalte Glas meines Küchenfensters.

Sachlich und faktisch betrachtet eigentlich nicht. Aus dem, was Yannis in den letzten Stunden in meinem Bett nach und nach erzählt hatte, erschloss sich mir, dass es nur schlicht eine weitere Nacht voll wirrer Träume gewesen war.

Ich schluckte schwer. Mein gesamter Brustkorb schien in Flammen zu stehen und mir entfuhr ein gequälter Seufzer. Ein Traum. Gott, das war einfach nicht möglich!

Noch letzte Nacht war ich in der Vergangenheit gestrandet gewesen, im neunten Jahrhundert unserer christlichen Zeitrechnung. Die Gefangene eines finsteren und grausamen Jarls, mit dessen Sohn als einzigem Verbündeten.

Der Schmerz in meiner Brust verstärkte sich. Yorick. Himmel, er war so viel mehr gewesen als ein einfacher Vertrauter. Innerhalb weniger Tage wurde er vom harschen Aufseher und Retter zum verwundeten Patienten, zum Freund und … Nun, vielleicht nicht

Liebhaber, doch ... Wir waren uns nah gekommen. Auf so vielen Ebenen.

Eigentlich dachte ich viel zu realistisch und pragmatisch, um an Seelenverwandtschaft zu glauben. Doch ich wusste, die Seele dieses Mannes hatte zu mir gehört. Umso heftiger schockierte es mich, auf einmal wieder hier zu sein. Yorick hatte mich zurückgeschickt, es gab keine andere Möglichkeit, denn er wollte so wenig wie ich, dass sein Bruder mich heiratete.

Ich war zurück. Und ich fühlte mich schrecklich allein, obwohl sich Yannis noch immer in meiner Wohnung aufhielt.

Yannis. Er hatte sich schwer an die Gegebenheiten in der Vergangenheit anpassen können. Die finstere Epoche und auch der Ort, an dem wir zusammen gestrandet waren, hatten ihn innerhalb kürzester Zeit verändert. Seine Ängste und eine vollständig entmutigende und tiefe Verzweiflung hatten von ihm Besitz ergriffen und ihn gegen mich, gegen uns, gewandt. Auch wenn er immer versucht hatte, mich davon zu überzeugen, dass er für mich da war, komme, was wolle. Doch die Worte reichten nicht aus und seine Taten ... Nun, sie sprachen eine eigene Sprache, für die er sich noch so oft entschuldigen konnte, es machte sie nicht ungeschehen.

Ungeschehen …

Vielleicht das richtige Wort, denn der Yannis, neben dem ich heute früh aufgewacht war, hatte sich mir ganz offensichtlich bisher nur mit sanfter Zuneigung genähert.

Ich lauschte dem Wasser in meiner Dusche und versuchte, mir den Mann vorzustellen, der gerade darin stand. Seine fluffigen blonden Haare, nun wahrscheinlich nass und ein wenig dunkler. Breite Schultern, ein wohlgeformter kleiner Bauch und lange, gut trainierte Beine. Ich hatte ihm zugesehen wie ein Außenstehender, als wir vor kaum zehn Minuten miteinander geschlafen hatten. Es war, als hätte er immer hierher gehört, zu mir, in mein Bett, in meine Arme. Doch mein Herz wusste, das tat er nicht. Auf eine seltsame Art hatte es sich sehr vertraut angefühlt. Das bekannte Gefühl seiner fast goldfarbenen Sommerhaut auf meiner. Seine Lippen, seine Küsse, sogar der Geruch seiner Haare.

Dennoch …

Vor nicht einmal einer Nacht hatte ich in den Armen eines anderen gelegen. Bereit, mein sicheres und bequemes Leben in der Neuzeit einzutauschen. Gegen ein Leben an Yoricks Seite unter Wikingern. In der tiefsten Dunkelheit des Mittelalters. Doch Yorick hatte mich gezwungen, zu gehen. Er hatte mich persönlich an den Ort zurückgebracht, an dem er mich gefunden hatte, und er sorgte dafür, dass ich auch tatsächlich in meine eigene Welt zurückkehrte.

Ein Zittern durchlief meinen Körper und ich leerte meinen heißen Kaffee mit wenigen Schlucken, bis ich spürte, dass die Wärme in meinen kalten Bauch zurückkehrte.

Es war bestimmt worden, dass ich Aevarr heiratete, Yoricks älteren Bruder. Natürlich konnte Yorick das nicht zulassen. Doch die einzige Wahl, die uns blieb, war die, dass ich ging. Etwas, dem ich mit Sicherheit niemals nachgekommen wäre, wenn es auch nur die geringste Chance für ein Leben mit Yorick gegeben hätte. Ich rieb mir das Gesicht. Gott, ich war vollkommen durch!

Nachdem ich eine Zeitlang in der Küche auf und ab gegangen war, entschied ich mich, zu Yannis unter die Dusche zu steigen.

Ich war hier, auch wenn ich nicht wusste, warum. Und er war es auch. So wie ich es verstanden hatte, verbrachte er bereits die gesamte Woche bei mir. Wir hatten uns gefunden, waren ein Paar geworden, obwohl es mich verwunderte und verunsicherte.

Irgendwie hatte ich es geschafft, ihm die Geschichte unseres Kennenlernens zu entlocken, ohne ihn misstrauisch zu machen. Offenbar erzählte er sie gern, denn sie war in der Tat ein wahres „fairytale come true". Gott, es klang alles so verträumt und rosa! Ein Mann und eine Frau, der Prinz und sein Aschenputtel, eine alte Kirche als Treffpunkt. Ein Blick, ein Lächeln und eine Nacht der Liebe nach dem romantischsten Nachmittag des Jahres. Es fehlte wohl tatsächlich nur die gute Fee und eine Geige, die Füdelfüdelfü spielte.

Das war nicht ich. Gar nicht! Doch Yannis bestand auf sein verträumtes Liebesstück.

Liebe auf den ersten Blick. Na ja, er hatte es nicht Liebe genannt, sondern „BambamBazinga". Nichtsdestoweniger … nicht ich.

Ich rieb mir das müde Gesicht und öffnete die Badezimmertür.

„Hast du's dir anders überlegt?" Seine Stimme klang neckend, ein bisschen anzüglich sogar, und ich stellte meine leere Tasse auf das Waschbecken – warum hatte ich sie nicht direkt in der Küche gelassen? Unsicher schlüpfte ich aus meinem Schlafhemd.

„Heute Nachmittag gehst du wieder." Ich öffnete den Duschvorhang und ließ den Blick über seinen schönen Körper gleiten. „Vielleicht sehe ich Mr. Eishockey-Superstar ja niemals wieder!"

Er rollte die strahlend blauen Augen und schenkte mir das perfekte Yannis-Sonntags-Lächeln, bei dem sich nur der rechte Winkel seines Mundes hob.

„HimmelArschundZwirn, Elida, komm her!" Er packte meinen Arm und zog mich eng an seinen nassen Körper heran, um sehr sanfte Küsschen auf meinem Hals zu verteilen. „Ich werde in kaum vier Wochen zurücksein und ich verspreche dir, du wirst ein paar Tage nicht laufen können, wenn ich mit dir fertig bin!" Grinsend biss er in mein Ohrläppchen.

„Na, guck dir das an." Ich bemühte mich, selbstsicher zu klingen, doch es gelang mir nicht recht.

Umarmte ich gerade Yannis Karhu, Abenteuer-Vlogger und finnischer Eishockeynationalspieler? Und stand er tatsächlich nackt in meiner Dusche?

„Du klingst wie ein echter Celebrity."

„Ich bin einer, Herzchen." Er grinste frech. „Aber dieser Celebrity wird schon im nächsten Monat für einen kleinen Urlaub wieder bei dir sein. Und sobald ich den Schläger Ende des Jahres endgültig an den Nagel gehängt habe, feiern wir den längsten Urlaub meines Lebens zusammen."

„Klingt gut", wisperte ich und spürte seine Lippen auf meinen, obwohl ich das ungute Gefühl hatte, dass sie dort ganz und gar nicht hingehörten.

2

Ich fuhr ihn an diesem trüben Nachmittag zum Flughafen, wo mich auch die restlichen drei vollkommen unterschiedlichen Charakterköpfe seiner kleinen Kreativ-Truppe erwartete und begrüßte, wie einen alten Freund. Gott, was fühlte sich das alles seltsam an!

Yannis hatte locker den Arm um mich gelegt und telefonierte, während ich mich mit Lenni - amüsant, gute 185 cm und fast ebenso viele Kilogramm - und Tuure - höchst interessiert an allem, dünn wie eine Zaunlatte und noch ein paar Zentimeter größer als der blonde Lenni - über die letzten Tage unterhielt. Ganz offensichtlich hatte ich mir nicht nur Yannis angelacht, sondern auch einen guten Job gemacht, denn die beiden hatten eindeutig leuchtende Augen. Sie zwangen Esko, den kleinsten und muffeligsten der Gruppe sogar, etwas zu googlen, damit sie mir noch letzte Fragen zu einer alten Siedlung stellen konnten, die wir auf unserem gestrigen Ausflug aufgrund des einsetzenden Regenschauers nicht mehr geschafft hatten.

Warum erinnerten sie sich an dieselben Details wie Yannis? Wussten sie alle auch nichts mehr von unserer Zeit in der Vergangenheit? Wir hatten sie zwar nie getroffen, doch Yannis war überzeugt gewesen, dass sie ebenfalls dort waren.

Nur: Warum hatte ich als Einzige noch die Erinnerung daran?

„Bis bald, mein heißer Tour-Guide." Grinsend hob Yannis mich für einen Kuss zu sich nach oben. Lenni gab einen leisen Würgelaut von sich, während Esko seinen Kumpel erstaunlich gut nachmachte und mir mit rauchiger Stimme das Blaue vom Himmel versprach.

DANN STAND ICH DA. Unzählige Menschen hasteten mit Koffern an mir vorbei. Schalttafeln leuchteten auf, Flüge wurden aufgerufen, irgendwo roch es nach frischen Brötchen. Ich schaffte es nicht, mich zu rühren, war vollkommen überfordert mit den Massen an Reisenden, dem künstlichen Licht und der Lautstärke. Musste von überall Musik kommen? War es tatsächlich notwendig, dass die junge Frau neben mir derart in ihr Telefon brüllte? Unbewusst hielt ich mir die Ohren zu, doch ich war unfähig, einen weiteren Schritt in irgendeine Richtung zu tun.

Vielleicht würde ich zerbrechen, einfach auseinanderfallen, weil ich nicht mehr vollständig war. Unreparierbar.

Zum letzten Mal hatte ich mich so gefühlt, als mein Bruder Matias gestorben war. Diese Leere. Verzweiflung. Hohl sein, nicht mehr ganz. Ein Gefühl des Neben-sich-Stehens. Angst vor dem nächsten Schritt. Vor einer Bewegung, die vielleicht noch mehr Schmerz verursachen könnte.

Bis eben hatte Yannis es irgendwie geschafft, mich zusammenzuhalten. Doch nun war er fort. Und ich konnte mir beim besten Willen nicht vorstellen, dass er noch einmal wiederkam. Immerhin war er Yannis, der Bär, in der Sportlerwelt und auch im Internet praktisch ein Popstar. Weiberheld, Halbgott mit Helm und Schläger. Da ich ihn eigentlich überhaupt nicht kannte, stellte ich ihn mir ein wenig wie einen Seemann vor, der in jedem Hafen sein Mädel hatte. Vielleicht tat ich ihm damit unrecht. Aber es fühlte sich einfach völlig surreal an.

Ein leises Brummen in meiner Umhängetasche lenkte meine Aufmerksamkeit von meinen Gefühlen ab. Es dauerte einen Moment, bis ich verstand, dass nun mein eigenes Telefon sich zu Wort meldeten und ich grinste das noch immer lautstark telefonierende

Mädchen neben mir so breit an, dass sie sich irritiert ein paar Schritte von mir entfernte.

„Lynn Mobil", blinkte mir entgegen und ich nahm den Anruf aufatmend entgegen.

Lynn Turner arbeitete in meiner Abteilung. Eigentlich hatte sie Geologie studiert und war für die Stratigraphie zuständig. Doch eine Fachrichtung reichte nicht aus, um die fleißige Forscherin zu erfüllen.

Darum war sie inzwischen zusätzlich in zwei weiteren altertumswissenschaftlichen Fachgebieten promoviert, Postdoc in immerhin einem davon und neben der Mutti der Mannschaft auch der Mensch, den ich am ehesten als echte Freundin bezeichnen würde.

„Linni, was gibts?", meldete ich mich und versuchte, eine Extraportion Fröhlichkeit in meine Stimme zu legen.

„Was gibts, was gibts! Arbeit gibts!", trötete die lebenslustige Blondine zurück und ich spürte, wie es mir spontan leichter ums Herz wurde. Arbeit war immer gut. Arbeit lenkte ab, führte Gedanken in zweckmäßige Bahnen zurück und beschäftigte den Kopf sinnvoll.

„Na, dann hau raus!" Ich holte tief Luft. Ein erster Schritt in Richtung Ausgang. Zellintegrität intakt. Erstaunlich. Noch immer hohl und leer und nicht mehr ganz, aber immerhin an einem Stück.

„Erinnerst du dich an die Siedlung aus dem neunten oder zehnten Jahrhundert, die wir immer unten an der Küste vermutet, aber nie gefunden haben?" Lynn machte eine dramatische Pause und sie verfehlte nicht ihren Effekt, als sie nach einigen Sekunden leise hinzufügte: „Jetzt haben wir sie."

„Nein!", entfuhr es mir und ich schlug erschrocken die Hand vor den Mund, während sich meine Füße wie von selbst in Laufschritt versetzten. „Ober- oder unterhalb vom Broad Lough?"

„Weit, weit unterhalb! Es ist wie verhext! Wir haben uns monatelang durch sämtliche Kirchenarchive gelesen und jetzt stolpern die beim Ausheben eines neuen Teiches auf dem Golfplatz über ein Grab und die Umrisse einer Kirche oder eines Andachtsraumes, der uns völlig unbekannt ist."

Inzwischen war ich in Galopp verfallen. „Ich bin in fünfzehn Minuten im Büro!", keuchte ich und spürte, wie mich der Forschergeist mit einer Macht packte, die ich lange vermisst hatte.

Irgendwie stellten die meisten Menschen sich meinen Alltag ein wenig wie den einer Lara Croft oder eines Indiana Jones vor. Dass das meiste an meiner Arbeit das Wälzen von dicken Büchern und Registern, nicht selten einfacher uralter Einkaufslisten und Rezepte war, das wusste kaum jemand. Umso elektrisierender war dieser Fund für mich. Ich brauchte Arbeit, Ablenkung. Etwas, das mich mit dem hier und jetzt und meiner größten Leidenschaft verband: Der Archäologie.

„Ich stehe unten und warte." Lynn schob lautstark Dinge hin und her. „Grison ist vor Ort, aber er hat durchgefunkt, weil er dich braucht."

Mit schmatzenden Schuhen rannte ich über den nassen Parkplatz, das Parkticket im Mund und den Autoschlüssel bereits in den klammen Fingern. Diese Info kam unerwartet. Eilig zog ich die Tür hinter mir ins Schloss.

„Wofür braucht Grison mich? Er ist doch der Experte für frühe irische Geschichte."

„Er behauptet, da seien nicht nur gälische Schriftzüge, sondern auch Runen an dem Grab. Und bevor er es öffnet, will er wissen, was da steht."

Runen. Wie vom Donner gerührt saß ich in meinem alten Seat und starrte ins nirgendwo.

„Keltische … keltische Runen?", brachte ich dann hervor und Lynn schnaubte.

„Glaubst du, er würde irgendwas Keltisches nicht sofort selbst entziffern? Grison kann alles, doch der Gute hats nicht so mit den älteren und regional doch sehr vielfältigen skandinavischen Schriftzeichen der letzten Jahrtausende. Aber dafür hat er ja wohl die norwegische Fjord-Prinzessin eingestellt."

Runenschrift. Meine Gedanken rasten. Wir hatten schon ein paar Runensteine entziffert und das Institut, an dem ich arbeitete, hatte in den letzten fünfzig Jahren auch einige alte Siedlungen gefunden. Doch ein Grab, auf dem die Zeichen kombiniert waren, das vielleicht den Einfluss der Kelten auf die Wikinger und umgekehrt dokumentierte, das gab es noch nicht. Ich kämpfte seit meiner Studienzeit um genau diese Art von Fund. Das war mein Hauptarbeitsgebiet, meine Promotion! Und nun war mir dieses Glück in den Schoß gefallen. Ein echtes

Grab und kombinierte Inschriften. Der Sechser im Lotto, Jackpot, die Nadel im Heuhaufen, von der sich die Wissenschaft seit Jahren nicht nur fragte, WO sie zu finden war, sondern OB es sie überhaupt gab.

Erst als Lynn bereits brüllte, fiel mir auf, dass ich in meinem Auto saß, meinen Schlüssel umklammerte und den Kopf auf dem Lenkrad hatte. Das Handy lag in meinem Schoß und ich hob es mit zitternden Fingern auf.

„Ich bin sofort bei dir!“, japste ich und drückte den roten Knopf.

3

Robert Grison war grauhaarig, drahtig und lief sommers wie winters in einem hellgrauen Wind-Blouson herum. Einen Packen Papiere und ein zusammengerolltes Maßband in der Hand, dirigierte er sein kleines Orchester aus Studenten und Postdocs in einem abgesperrten Bereich eines angesagten Golfclubs im County Wicklow.

Ich parkte den Seat auf dem Parkplatz des Clubs zwischen einem Porsche und einem Mercedes-SUV und griff nach meiner Tasche mit der wichtigsten Ausrüstung, die ich immer griffbereit im Kofferraum stehen hatte. Yannis hatte gerade leicht geflucht, da er seinen zweiten Koffer nicht ohne ein wenig Tetris unter bekam. Doch mir war diese Tasche lebenswichtig, und ich klopfte mir in Gedanken selbst auf die Schulter, dass ich mich nicht hatte überreden lassen, sie auszupacken.

Yannis. Der Gedanke an ihn versetzte mir einen seltsamen Stich. Es fühlte sich an, als wäre unser Zusammensein schon viele Jahre her. Nur noch eine verblassende Erinnerung. Dabei hatte ich ihn vor gerade einmal zwei Stunden noch umarmt und geküsst. Seufzend stand ich einen Moment neben meinem Auto und starrte dem Meer entgegen. Vielleicht ein weiteres Zeichen, dass wir eigentlich nicht füreinander bestimmt waren. Ob es ihm genauso ging? Ob er sich wohl melden würde?

Resolut schüttelte ich den Kopf und band mir die Haare zurück, ehe ich sie unter meine Mütze stopfte. Es war Mai, aber der Wind, der um uns herumpfiff, kam vom Meer und brachte Nebel und Gischt mit sich, die man auch kilometerweit im Landesinneren noch spürte. Es war jene feuchte Kälte, die sofort in die Knochen drang und die man oft auch Stunden später nicht mehr loswurde. Grinsend schob ich eine entschlüpfte Strähne zurück an ihren Platz. Genau mein Wetter. Eine Wüstenausgrabung würde ich dagegen mit großer Wahrscheinlichkeit nicht überleben. Nasse Füße, Nieselregen und pfeifenden Wind schon.

„Sie können hier nicht einfach …!" Wild gestikulierend kam ein Angestellter des Clubs angerannt, brach aber von selbst ab, als er meine Tasche und das Emblem der Uni auf meiner schwarzen Mütze sah.

„Auch eine von den Wühlmäusen." Resigniert wedelte er mit der Hand herum. „Ihr habt ja nicht den Hauch einer Ahnung, was ihr da gerade mit unserem Sommerspielplan macht!"

Sommerspielplan klang irgendwie nach Theater und Ballett, nicht nach dicken, reichen Geschäftsleuten in karierten Pullundern, die ihre Businessdeals im Grünen abwickelten.

„Sehen Sie's doch mal so: Das ist ein einmaliger historischer Fund. Wenn Sie das auf Ihre Homepage schreiben, vielleicht unter dem Motto ‚Golf mit Geschichte', werden Sie die Bude schneller voll haben, als Ihnen lieb ist." Ich warf mit lautem Rumpeln die Tasche mit dem Werkzeug über meinen Rücken und nickte ihm zu. Dann stapfte ich los in Richtung Grison und seines Hofstaates.

„Irgendeiner stänkert immer." Kopfschüttelnd blickte Lynn sich nach dem Angestellten um, der noch immer dastand wie vom Blitz getroffen. „Ich glaube aber, du hast ihm da gerade eine Geschäftsidee vorgeschlagen, für die er vom Parkplatzwächter zum Lobby-Boy befördert wird."

Mir entfuhr ein leises Auflachen. Gott, ich liebte diese Frau.

„Auf gehts!" Ich stieß Lynn leicht in die Seite. „Lass uns sehen, was der Meister und sein Fußvolk schon so zu Tage gefördert haben!"

Die Ausgrabung verhieß schon von Weitem Grison'sche Präzision: Rotes Absperrband in einem Radius von mindestens dreißig Metern um das gesamte Areal. Gelbes Absperrband rund um die ausgeschachteten Mauerüberreste und grün-weißes um den freigelegten Grabstein und eine Art Sarkophag herum. Nur Grison selbst mit seinen drei derzeitigen Doktoranden, dazu Martin - Grisons Assistenzprofessor, Lynn und ich, hatten Zugang zu allen Bereichen, so war es immer gewesen, seit ich mich zum ersten Mal bei einer Ausgrabung als nützlich erwiesen hatte.

Nachdenklich umrundete ich das eingezäunte Areal. Wir waren nahe der Küste. Nur knapp einen Kilometer von der Ausgrabungsstelle entfernt begann bereits der Strand. Was gab es hier, beziehungsweise was hatte es vor vielen Jahrhunderten hier gegeben? Auf meinem Tablet ließ ich mir eine Karte der näheren Umgebung anzeigen und folgte einigen Wegen sogar mit Google Maps. Die Siedlung in unserem Rücken hatte es schon im dreizehnten Jahrhundert gegeben, das wusste ich. Viele Teile von Wicklow waren sogar noch älter. Ein Zittern durchlief mich. Und vielleicht würde mein Name bald unter wissenschaftlichen Arbeiten stehen, die bewiesen, dass es sich bei der Stadt und dem County tatsächlich um eine archäologisch bedeutsame Wikingerstätte handelte.

Konzentriert umlief ich nun den inneren Kreis entlang der gelben Absperrung. Eine Steinmauer, die bei genauerer Betrachtung wahrscheinlich einmal zwei Räume eingeschlossen hatte. Gedankenverloren blieb ich stehen. Eigentlich waren es sogar drei gewesen, denn die Außenmauer umschloss eine Art Entree-Bereich, einen breiten Raum von sicherlich vierzig Quadratmetern und die eigentliche Grabkammer mit dem Sarkophag. Er war genau mittig platziert und außergewöhnlich groß. Ich tastete nach meinem Maßband und signalisierte Grison, dass ich mir die Anlage genauer ansehen wollte. Er nickte mir zu und kam aufgeregt zu mir herübergelaufen.

„Was für ein Fund!" Seine grauen Haare wehten in alle Richtungen und auf seinem für sein Alter erstaunlich glatten, runden Gesicht breitete sich ein Grinsen aus. „Ich tippe auf rituelle Stätte. Allerdings nur zum Teil christlich."

„Zum Teil?" Fragend hob ich eine Augenbraue und vermaß in Gedanken systematisch den Vorraum.

„Kein Kirchenschiff. Breiter Aufbau. Quer. Zu klein." Hektisch gestikulierend folgte er mir durch das, was vielleicht einmal eine Türöffnung gewesen war.

„Sehe ich, Rob. Was ist deiner Meinung nach christlich?"

Er wusste bereits mehr als ich, natürlich. Und man sah es ihm einfach immer an. Er konnte seine Gefühle nicht verbergen, auch wenn er mit Sicherheit fast dreißig Jahre länger in diesem Geschäft war als ich.

„Alles schon dokumentiert." Er wühlte flink in seiner abgewetzten Umhängetasche und reichte mir sein eigenes Tablet. „Sieh dir die Fotogalerie der ersten katalogisierten Fundstücke an. Dir wird die Spucke wegbleiben!"

Ich hatte tatsächlich Herzklopfen wie ein kleines Kind, kurz bevor es die Stubentür am Weihnachtsabend öffnen darf. Die ersten fünf Bilder waren die üblichen unspektakulären Aufnahmen des Ausgrabungsortes und ich klickte mich fahrig weiter durch den Wust aus Erdhügel und Mauerresten.

„Nächster Ordner, öffne Ordner B!" Grison war mindestens genauso aufgeregt wie ich und atmete mir in den Nacken. Ich sah, wie seine Hände zuckten und er mir das Tablet aus der Hand nehmen wollte, doch ich wandte mich leicht zur Seite.

„Bin gleich so weit!", brummelte ich zurück und tippte den nächsten Ordner an.

Mir blieb tatsächlich die Spucke weg. Was sollte denn das sein?

Ich vergrößere das Bild und drehte es hin und her. „Ist das ein Kreuz?", brachte ich mit leicht quietschiger Stimme hervor und Rob nickte sofort.

„Aber es hat …" Ich schaute in sein breit grinsendes Gesicht.

„Und ob es hat!"

„Rob, diese Form, das ist … das ist nicht katholisch, das ist orthodox!" Ich fuhr in der Luft den leicht schräg gestellten zweiten Querbalken nach. „Aber da steht nichts Griechisches oder Koptisches! Es ist auch nicht kyrillisch, das sind tatsächlich Runen! Auf einem Kreuz!" Sämtliche Haare meines Körpers hatten sich aufgestellt.

„Ich habe so etwas in fast fünfundvierzig Jahren Archäologie noch-nie-gesehen." Vor Aufregung klang Rob sehr abgehackt. „Es ist bereits im Labor wegen der Datierung. Wir haben auch Proben des Sarkophags und der Patina, die wir an verschiedenen metallenen Verzierungen gefunden haben, losgeschickt. Radiocarbon läuft, ich tippe auf spätes neuntes Jahrhundert. Vielleicht auch frühes zehntes. Aber ich hatte nicht die leiseste Ahnung, dass es genau hier eine Siedlung gegeben hat, in der wohl die ersten Christen des Landes friedlich mit Nordmännern zusammengelebt haben! Später, natürlich! Aber nicht in dieser frühen Epoche, das ... das stellt unsere gesamte Vorstellungswelt auf den Kopf!" Er schob einige weitere Aufnahmen über das Display. „Wir sind gerade dabei, den Sarkophag weiter auszugraben, aber ich brauche deine Meinung zu einem ersten Schriftzug, den wir bereits freigelegt haben. Sag mir was dazu!" Er deutete auf eine gut ausgeleuchtete Vergrößerung.

Die verwitterten Runen waren fast unmöglich zu entziffern. Eine Abfolge bedeutete Volk, vielleicht auch vereint. Bleiben, niederlassen, eine Familie gründen. Gott ... Götter ... ich legte den Kopf schräg und hielt mir das Tablet direkt vor die Nase, ehe ich es Rob mit einem enttäuschten Schulterzucken zurückgab.

„Einige Worte erkenne ich, doch ich brauche mehr. Sind die anderen Zeilen bereits freigelegt?"

Er schüttelte den Kopf und sein Gesicht verdüsterte sich für einen Moment. „Kein Hinweis auf den Bewohner des Grabes?"

Vage hob ich die Hände. „Nicht die Pferde scheu machen! Ich sehe es mir genauer an und arbeite an der weiteren Freilegung. Wer steht mir zur Verfügung?"

„Martin will schon die ganze Zeit weitergraben, aber ich brauchte ihn zuerst im Labor." Grison warf einen Blick auf die Uhr. „Er sollte jeden Moment zurück sein, ich schicke ihn zu dir." Nun huschten seine Augen über die Ausgrabungsstätte. „Ich habe Zelte und Planen angefordert, der Regen wird stärker und wir müssen dranbleiben. Diese Runen sind sensationell." Er sah mich an, mit einem Mal fast unsicher. „Das sind sie doch, oder bist du anderer Meinung?"

„Natürlich sind sie das! Das ist der Fund des Jahrzehnts!", beruhigte ich ihn sofort und wunderte mich wie immer ein wenig, dass er sich so schnell derart aus dem Konzept bringen ließ. „Ich will dir nur nicht irgendwas erzählen und dann lese ich die nächste Zeile und der ganze Kontext ändert sich. Im heutigen Finnisch ist es nur ein kleines a, das die Bedeutung eines Satzes von „Ich sehe dich später" nach „Ich bring dich später um" verändert. Und mit Runen muss man sehr bedächtig vorgehen. Es sind Laute, aber auch einzelne Worte, keine Verben, keine Adjektive, keine Artikel. Es ist nicht leicht, sie zu deuten."

Er nickte, sofort wieder zufrieden mit sich und der Welt. „Gib mir nur eine Zeitepoche. Und ein Land. Ist es Futhark?"

„So wie ich es sehe, ist es das altnordische Futhark, noch nicht punktiert. Von daher könntest du Recht haben mit spätem neunten Jahrhundert. Aber lass es mich freilegen, saubermachen und abzeichnen. Du hast morgen früh eine erste Einschätzung, in Ordnung?"

„So hab ich mir das vorgestellt." Rob rieb sich die Hände und nahm mir das Tablet ab. „An die Arbeit, an die Arbeit!", scheuchte er mich dann in den eigentlichen Grabraum und winkte zwei seiner Doktoranden heran. „Licht für Elida!", kommandierte er und klatschte fröhlich. „Und ich will hier schnellstmöglich ein Zelt über dem Sarkophag haben!"

4

Knappe sechs Stunden später zog Lynn mich in die Vertikale zurück und gestikulierte mit einem Schinkenbrötchen und einem Pappbecher mit heißem Kaffee.

„Rücken strecken, dann da drüben hinsetzen und die Handschuhe aus!", forderte sie und nickte mir zu.

Mein Magen knurrte bereits seit geraumer Zeit und ich war ziemlich durchnässt, da es auf dieser Ausgrabung zwar ununterbrochen regnete, aber keiner wusste, wann wir endlich Zelte und Planen bekommen würden.

„Du solltest nach Hause gehen und heiß duschen", schlug meine Kollegin vor, doch ich schüttelte den Kopf und wischte meine laufende Nase an meiner Jacke ab.

„Geht schon, wir sind ein gutes Stück weitergekommen. Es gibt einen Riss in der Seitenwand, den müssen wir noch stabilisieren. Ich fürchte, dass das, was drin ist, wohl kaum erhalten geblieben ist."

Lynn nickte und kaute auf ihrem eigenen Brötchen herum. „Mist, eigentlich halten die Dinger doch dicht wie eine Tupperdose!"

Mir entfuhr ein leises Lachen. „Wohl wahr. Ich hoffe auf einen Innensarg, die Maße sprechen dafür. Wir haben den ersten Meter ringsum freigelegt. Aber sowohl Inschrift auf der einen als auch die eingeritzten Bilder auf der anderen Seite gehen noch viel weiter runter. Ich tippe auf Yggdrasil. Bis jetzt haben wir gerade einmal das obere Geäst freigelegt."

„Nordische Weltenesche und gälische Schriftzüge! Genial!" Lynn nickte begeistert und rückte ihren Regenponcho zurecht. „Wir sind an der Außenmauer der Eingangshalle." Sie deutete hinter sich. „Einige der Steine kommen mit Sicherheit aus einem nahe gelegenen Steinbruch an der Küste, sie sind heller als die anderen. Ich fange die geologische Analyse an, sobald wir genügend Proben haben. Nimmst du mich später mit ins Büro?"

„Klar!" Ich fummelte mit einiger Mühe mein Handy aus der Hosentasche und klickte darauf. Es war bereits nach acht und mein Akkustand niedrig. Wahrscheinlich, weil Yannis mich in den letzten drei Stunden genau zwölf Mal angerufen, vier Nachrichten und immerhin zwei Bilddateien geschickt hatte. 18%. Schnell öffnete ich eine Nachricht und tippte <<Bin auf einer Ausgrabung und habe wenig Empfang, kann ich dich gegen zehn erreichen?>>

Nervös huschte mein Blick herum. Die ersten begannen bereits zusammenzupacken, doch ich musste dringend noch einige brauchbare Aufnahmen für meine weiteren Analysen der Textfragmente machen. Mist, Mist, Mist. Ich winkte Martin zu und deutete auf die Kamera, die ebenfalls einen Regenponcho trug.

„Fotografier mir alles noch mal, in Ordnung? Deine Bilder sind besser als meine. Ich werde in einer knappen Stunde hier abhauen und die ersten Fotos durch den Computer jagen, kommst du mit?"

Der Juniorprofessor zögerte. Er hatte seit Neuestem eine Freundin, das wusste ich. Wahrscheinlich wartete sie zu Hause auf ihn oder er war zumindest mit ihr verabredet.

„Ansonsten mache ich den Bericht fertig und wir sehen ihn uns morgen gemeinsam an?", bot ich an und er nickte sofort. Eifrig flitzte er zur Kamera und richtete das Licht neu aus.

„Lynn, in einer Stunde?"

„Sollte passen!", mümmelte die Blondine an ihrem Brötchen vorbei und nickte mir zu. „Du musst mir dann aber tragen helfen, ich hab wahrscheinlich vier Kisten Gesteinsproben."

„Aber gern." Ich zwinkerte ihr zu. „Bei mir ist ja alles hightech und handschriftlich."

Grinsend stieß sie mich mit dem Ellenbogen an. „Dein Handy leuchtet."

Yannis. Natürlich. Die Sache mit zu wenig Empfang war wohl nicht angekommen.

Ich nahm ab. „Hey!"

„Selber hey!", drang es verzerrt zu mir herüber.

„Bist du gut angekommen?"

„Sehr gut. Bin … Mutter … Abendessen … freut … dir?"

„Yannis, der Empfang hier draußen ist lausig, ich wünsch dir einen schönen Abend, okay?", rief ich gegen das Rauschen und Knistern an. „Ich melde mich später, ja?"

„Okay. Ich … dir … erzählen! … kann … Musik … Bilder … unglaublich!" Trotz der dauernden Unterbrechungen klang er sehr enthusiastisch und ich spürte ein Lächeln.

„Ich ruf dich gegen zehn an! Bis dann, bleib fröhlich, zeig deiner Mutter Bilder. Liebe Grüße!"

~

ES WAR in der Tat knapp halb elf, als Lynn und ich die letzte Kiste aus dem Aufzug zerrten. Immerhin gab es einen, denn unser Großraumbüro/ Labor lag im dritten Stock eines Altbaus. Aus Grisons Büro drang leise Musik und von der Art, wie das Licht unter der geschlossenen Tür hindurch schien, wusste ich, dass er sämtliche Lampen seines kleinen Privatbüros auf volle Stärke aufgedreht hatte.

Lynn warf sich trotz der späten Stunde ihren Laborkittel über und strahlte mich mit glänzenden Augen an.

„Ich bin nebenan, für den Fall, dass mich jemand braucht."

Nachts um halb elf an einem Montag … Eventuell brauchte uns unser Privatleben, oder wir brauchten eines …

Nachdenklich fuhr ich den Rechner hoch und legte mir meine Notizen auf dem riesigen Schreibtisch zurecht. Ich hatte mein Handy auf der Rückfahrt geladen und nun immerhin wieder 75% Akkuleistung. Am besten rief ich Yannis direkt an, ich hatte ja keine Ahnung von seinen Schlafgewohnheiten.

Es klingelte ganze neun Mal und ich war schon kurz davor aufzulegen, als er sich plötzlich meldete.

„Elida, Süße, hei!“ Er klang außer Atem und ich hörte buntes Stimmengewirr um ihn herum. Jemand spielte Gitarre, es gab eine Rassel und eine Trommel und lautes Gelächter. Man machte offenbar tatsächlich Musik. Eine Frau sang einige Zeilen in Yannis‘ Nähe. Es klang faszinierend, denn sie verband eine alte irische Melodie mit offenbar finnischem Text.

„Ich bin endlich wieder im Büro und dachte, ich melde mich direkt. Der Empfang auf dem Feld war lausig.“ Ich spürte ein Lächeln, das ich mir nicht recht erklären konnte. Es war ganz offensichtlich, dass ich diesen Mann wirklich mochte. Yannis Karhu, Frauenschwarm und finnische Frohnatur. Vielleicht tat er mir ja nach der Dunkelheit des Mittelalters gut mit seiner Energie und seiner Ausgelassenheit.

In dieser Sekunde blies jemand so laut in eine Flöte, dass ich das Telefon vom Ohr nehmen musste. Meine Herren, da ging aber die Lutzi im hohen Norden! Yannis fluchte lautstark auf Finnisch, lachte aber kaum eine Sekunde später bereits wieder und begrüßte die Flötenperson fröhlich.

„Wir verarbeiten grade meine Bilder zu einer Dia-Show, eventuell wird es ein Bildband. Ida, Greg und Antu sind gekommen, die haben ein paar Flöten im Gepäck, das wird lustig!“, erklärte er, während ich nun eindeutig Eskos Stimme hörte, der alle anderen antrieb und – soweit ich es verstand – so etwas sagte wie „Pizza gibts erst nach den ersten Aufnahmen! Jetzt wird gejamt!“

„Jamsession, ja?“ Ich rollte auf meinen Computer zu und gab das Passwort ein, bevor ich die Kameraspeicherkarten auf der verkratzten Unterlage aus schwarzem Moosgummi anordnete. „Das, was die Frau da eben gesungen hat, klang phantastisch! Schön zu hören, dass ihr Spaß habt.“

Es wurde plötzlich still in der Leitung. Ich hörte Yannis atmen, dann schloss sich eine Tür.

„Was meintest du grade?“, fragte er sehr beiläufig und ich rollte zurück, nachdem ich die erste Karte in das Lesegerät hineingeschoben hatte. Das würde dauern. Ich lehnte mich an meine Rückenlehne und rieb mir die Augen.

„Ich sagte, schön, dass ihr Spaß habt." Leise gähnte ich hinter vorgehaltener Hand. „Yannis?", fragte ich vorsichtig, als er noch immer nichts sagte.

„Ja … wir … wir haben tatsächlich Spaß." Erneut verstummte er und ich lauschte seinem Atem und dem Geräusch eines aufschnappenden Benzinfeuerzeuges.

Dann lachte er auf einmal. Sehr leise und sehr kurz. „Entschuldige Elida, das war blöd."

Verwirrt band ich mir die Haare zurück und warf Lynn ein Lächeln zu, als sie eine Tasse Kaffee vor mir abstellte.

„Keine Auswertungen ohne Koffein!", rief sie heiter, schlug aber sofort die Hand auf den Mund, als sie sah, dass ich mein Handy am Ohr hatte.

„Danke dir, ich kann ihn brauchen." Ich zog die Tasse sofort zu mir heran. „Hast du vielleicht noch was Trockenes zum Anziehen da?"

„Trockenes zum Anziehen?", drang Yannis' Stimme aus dem Telefon und ich musste leise lachen.

„Ich habe dir doch gesagt, dass ich auf einer Ausgrabung war. Bis eben lag ich im Regen in den Überresten eines wohl keltisch-nordischen Andachtsraumes und habe versucht, Inschriften zu entziffern und zu fotografieren. Ein Hammerfund." Ich rollte näher an die Heizung zu meiner Linken hinüber und kuschelte mich dagegen. Zum Glück war sie warm!

„Vielleicht hätte ich doch erst nach Hause fahren und mich umziehen sollen."

„Wow!" Yannis klang sehr beeindruckt. „Da hast du ja mächtig was erlebt heute, was?"

„Absolut!" Ich nippte genüsslich an meinem heißen Kaffee. „Wir haben Dinge entdeckt, von denen keiner wusste, dass sie möglich sind. Darum bin ich auch noch hier und sichte schon mal die ersten Bilder für meinen Bericht. Wolltest du nicht jamen?"

Ich hörte, wie er leise den Rauch hervor blies.

„Du bist nicht sauer?"

Verwirrt klemmte ich mir das Handy unter das Kinn und schob mir die störrische Frisur in ein Haarband.

„An welchem Punkt des Gespräches hätte ich denn sauer werden sollen?", fragte ich - tatsächlich verunsichert -, nachdem ich genau diesen Satz mehrere Atemzüge lang durch meine sämtlichen Hirnwindungen hatte kreisen lassen.

„Ich weiß es nicht." Auch er klang sehr kleinlaut und ich konnte mir den Launenwechsel meines fröhlichen Finnen nicht recht erklären.

Er räusperte sich einige Male. Dann fragte er plötzlich: „Bist du sicher nicht sauer?" Und es klang argwöhnisch. „Es ist knapp elf und ich sitze mit vielen Leuten, unter anderem auch Frauen, zusammen und jame und trinke Bier und esse Pizza."

Mir entfuhr ein verwirrtes Lachen. „Und ich erzähle dir, dass ich um diese Zeit im Büro sitze und arbeite, nachdem du mich den ganzen Tag nicht erreicht hast, weil ich auf einer Ausgrabung war." Ich vollführte die Gänsefüßchen mit der freien Hand in der Luft, war mir aber ziemlich sicher, dass er sie auch hören musste. „Klingt das für dich irgendwie besser oder vertrauen-erweckender?"

Auch er lachte plötzlich. Nur einmal, ganz kurz. Eigentlich war es mehr ein Schnauben.

„Wohl wahr. Ich bin nur ... ich bin das nicht gewohnt."

„Dass deine Freundin zu später Stunde noch Tote ausgräbt und Grabinschriften entziffert?"

Nun drang sein Lachen wieder fröhlicher durch den Lautsprecher.

„Meine Freundin", wiederholte er nur und es klang sowohl dümmlich als auch irgendwie süß. „Du bist anders", stellte er dann fest, und ich versuchte, mir seine letzten offiziellen Beziehungen in Erinnerung zu rufen.

Oh ja, das war ich. Eigentlich in jeglicher Hinsicht. Knappe 1,70 m, sehr dunkelhaarig, obwohl ich zur Hälfte Norwegerin war, und sehr involviert mit Gräbern, Steinen und großen Erdhaufen. Jepp, ich war anders als die letzten drei hübschen, blonden Models und aufsteigenden Popsternchen, mit denen er seit Beginn seiner Karriere im HIFK und der finnischen Nationalmannschaft geturtelt, sich auch mal verlobt und dann wieder zerstritten hatte.

„Ich bin nicht mehr sechzehn", korrigierte ich ihn sanft und er kicherte leise.

„Ich bin es am Anfang jeder Beziehung wieder."

„Lass es uns doch mal zusammenfassen: Ich bin nicht sauer, ich bin im Büro. Du gehst jetzt wieder nach nebenan und machst das, was du am besten kannst, nämlich deine unglaublich tollen Fotos mit Musik hinterlegen, während ich hier hoffentlich heute Nacht noch einen Durchbruch bei der Entschlüsselung dieser Runenreihen auf einer phantastischen Grabinschrift erleben werde."

„Und du bist nicht sauer, auch wenn ich jetzt die halbe Nacht Bilder bearbeite, Texte schreibe, mit Frauen singe, verzückt auf die Flötistin starre und eventuell nach dem achten Bier im Schoß von jemandem einschlafe?"

Mir entfuhr ein leises Prusten. „Das ist dein Plan?"

„Na ja, nicht wirklich, aber wir hatten ein paar Ideen und wollen sie jetzt mit einigen unserer irischstämmigen Freunde umsetzen. Das bedeutet, die Flötistin wird mich verzücken und es werden eventuell Tränen der Rührung fließen, wenn Sinead besonders schön singt."

„Wow." Ich spürte ein breites Grinsen, das sich auf meinem Gesicht ausbreitete.

„Hast du gerade wow gesagt?" Yannis klang verwirrt und ich musste mich zwingen, das Grinsen zu verkleinern, denn ansonsten hätte ich wohl nicht sprechen können.

„Irland hat euch beeindruckt. Die Landschaft, meine Führungen, das Leben, die Verbindung zu den Wikingern, euren Ur-Ahnen, und eure Zeit hier." Schmunzelnd stützte ich den Kopf in die Hand. „Ihr verarbeitet die letzten Tage direkt für deinen Blog bildlich und musikalisch, das finde ich wunderbar."

Jetzt war es totenstill am anderen Ende der Leitung. Dann hörte ich Yannis tief Luft holen, doch er sagte noch immer nichts. Erst nach mehreren Sekunden erklang ein weiteres Mal sein Feuerzeug.

„Du … du verstehst das?", nuschelte er an seiner Zigarette vorbei und ich leerte meinen Kaffee in einem einzigen langen Zug, weil ich mir in diesem Moment nicht mehr sicher war, ob er sich über mich lustig machte.

„Ich denke schon." Verlegen schob ich die Tasse hin und her. War ich vielleicht doch ebenfalls wieder sechzehn am Anfang dieser sehr speziellen Beziehung?

„Weißt du, ich … ich werde selten wirklich überrascht und das … wow." Er brach ab. „Okay, dann … dann werde ich jetzt genau das tun und du … du tust, was immer dein Herz dir sagt, gräbst Äcker um und entschlüsselst Geheimbotschaften. Wir … wir hören uns morgen? Willst du … willst du dich einfach gegen Mittag melden?"

Ich nickte und legte nebenbei die nächste Speicherkarte ein. „Dann bis morgen, ich wünsche euch ganz viel Erfolg."

„Irgendwie glaube ich das noch immer nicht", brachte er leise hervor und ich musste kichern.

„Yannis, ich habe die Jobbeschreibung gelesen, du bist nicht Jamie aus dem Labor nebenan. Du bist Yannis, der Bär. Und es ist nun einmal so, dass du ein ziemlich bekanntes Gesicht bist, viele Kontakte hast und dass dir wahrscheinlich 80% der Frauen zwischen fünfzehn und fünfundsechzig zu Füßen liegen. Aber ich finde … ich finde wir hatten eine gute Zeit, wir hatten etwas Besonderes. Vielleicht gab es auch ein paar Stolpersteine, aber im Endeffekt warst du da und es war gut so", fasste ich unsere Beziehung zusammen und nahm ganz automatisch auch unsere verwirrende Zeit bei den Wikingern mit auf. Es war nicht leicht gewesen, er hatte sich von mir entfernt, wir hatten uns entfremdet und ich hatte mich Yorick zugewandt und das nicht erst, als Yannis sich mir plötzlich gewaltsam aufgedrängt hatte. Aber ich war hier und jetzt wieder aufgewacht aus diesem seltsamen Traum. Und er war da gewesen. Liebevoll, lustig, einfühlsam und so anders, als ich es mir je hatte träumen lassen. Er war genau das gewesen, was ich gebraucht hatte, und ich hatte mich den ganzen Tag über gezwungen, nicht an Yorick zu denken, obwohl ich gerade eine Wikingersiedlung ausgrub.

„Es ist etwas zwischen uns", schloss ich mit Nachdruck. „Und es gefällt mir."

„Du bist echt verrückt, dich auf mich einzulassen", stellte er fest und es klang erheitert und ironisch. Ich liebte die finnische Melodie, die in seiner englischen Aussprache mitschwang, denn ich hatte schon immer eine kleine Schwäche für Akzente und manche Dialekte gehabt. Es verursachte mir sogar Herzklopfen, ihn Finnisch sprechen zu hören. Seine Muttersprache. Sie klang so hart, manchmal fast albern, und ich hatte es nie geschafft, sie zu 100% flüssig sprechen zu lernen. Immerhin die Ansätze waren vorhanden und ich wollte ihn unbedingt noch ein paar lange Worte mit vielen äääoooiii und ööö's sagen hören.

„Genieß den Abend und wir hören uns morgen", versuchte ich, einen geraden Satz herauszubringen und er lachte leise.

„Du auch, du kleine itttniiminnaaöääaaiikomiläääöö", gab er sofort zurück und ich musste lachen.

„Schreib mir das, den Kosenamen muss ich wohl nachschlagen, dafür reicht mein Finnisch nicht."

„Ich habe dich eine Elfe genannt."

„Dieses ganze Wort hieß Elfe?"

„Na ja, ich habe es ein wenig ausgeschmückt, Keijukainen."

„Das kenne ich wiederum." Ich signalisierte Lynn, dass ich gleich fertig war und stellte fest, dass auch Grison in der Tür stand und mich offenbar verwirrt suchte, da ich noch immer eng an die Heizung gekuschelt und gebückt in meinem Stuhl hockte.

„Yannis, mein Chef kommt, schlaf gut, ja?"

„Du auch, Kleine."

Ich hatte kaum aufgelegt, da stand Grison auch schon mit wirrer Frisur an meinem Tisch und beugte sich zu den Bildern auf dem Rechner herunter.

„Sehr gut, sehr gut", murmelte er vor sich hin und reichte mir einige Ausdrucke. „Erste Einschätzungen aus dem Labor und die Datierungen. Und ein Brief von Tompson, dem Vorstandsvorsitzenden der Group of Archeologie Dublin. Er will über alles informiert werden."

Entrüstet blickte ich auf. „Rob, du hast Tompson von dem Fund berichtet? Wenn der erkennt, was wir da gefunden haben, marschiert der mit wehenden Fahnen hier rein und nimmt uns das Projekt weg! Vielleicht kommt er schon morgen und macht einen auf FBI! Rob, das ist doch nicht dein Ernst!"

„Ruhig Blut, Elida!" Versöhnlich tätschelte er meine Schulter, merkte aber wie so oft selbst, dass diese spontane und opahafte Reaktion nicht angebracht war. „Wir haben den gesamten Ausschuss auf unserer Seite und Direktor Carlisle auch. Der lässt sich von Tompson nichts wegschnappen, keine Sorge.“ Er tippte mit dem Finger auf einige Zeilen unter dem Briefkopf der großkotzigen Archäologen-Gruppe. „Er erwartet Berichte und einen Vortrag vor der gesamten Group innerhalb von zwei Wochen. Ich denke, bis dahin haben wir eine erste Einschätzung und können denen unter die Nase reiben, dass unser Team etwas so Besonderes entdeckt hat.“ Er nickte Lynn zu, die noch immer neben uns stand.

„Miss Turner, was sagen die Steine?“

Da ihre Wangen gerötet waren, nahm ich an, sie sagten nicht „wir sind alle aus der Gegend“ und rollte in meinem Stuhl zurück, um meine Kollegin besser ansehen zu können.

„Nur eine erste Einschätzung!“, versuchte Lynn sowohl sich selbst als auch Grison zu bremsen. „Sie sind definitiv nicht alle von hier. Die Analyse läuft aber noch, ich denke, morgen weiß ich mehr. Was sagt die Radiocarbon-Datierung?“

„Frühes zehntes Jahrhundert. Eventuell auch spätes neuntes. Pi mal Daumen. Der Sarkophag hat zwar einen Riss, aber wir haben es mit der Kamera geprüft, es gibt definitiv einen massiven Innensarg. Sobald ihr morgen vor Ort seid, werden wir das Ding vorsichtig auseinandernehmen und mithilfe der Kuratoren in einem der Labore wieder zusammensetzen.“ Rob rieb sich die Hände. „Ein Fest, das wird ein Fest, meine Damen! Ich rufe sofort Martin an und organisiere die Termine mit den Kuratoren.“

„Gibt es eine Möglichkeit, den ganzen Sarg samt Sarkophag zu transportieren?“, unterbrach ich seinen kleinen Freudentanz. „Vielleicht könnten wir ihn vor der Öffnung mit einem tragbaren Röntgenapparat oder einem CT-Gerät untersuchen.“

Grison sah mich an, als hätte ich gerade das Rad neu erfunden.

„Natürlich!“, hauchte er und zog sein Handy aus der Hosentasche. „Was die bei ihren Wüstengrabungen können, können wir schon lange! Ich rufe Direktor Carlisle an und …“

„Chef.“ Sanft nahm Lynn Robert das Telefon aus der Hand. „Es ist fast elf Uhr, rufen Sie jetzt am besten niemanden mehr an. Wenn unbedingt nötig, schreiben Sie ihm eine E-Mail, dann kann er sich morgen früh bei Ihnen melden.“

„Natürlich, natürlich!“ Zerstreut kratzte Grison sich am Kopf und musste wie auf Knopfdruck gähnen. „Schreiben Sie sich die Überstunden ins Protokoll, noch eine Stellenkürzung verkraften wir bei dieser Arbeitsbelastung nicht! Ich werde dann …“ Nachdenklich schaute er aus dem Fenster und betrachtete den leeren, schwach beleuchteten West-Campus. „Ich fahr dann mal und sehe Sie … euch beide morgen, nicht wahr?“

Lynn nickte fröhlich. „Mit den ersten Sonnenstrahlen auf der Baustelle, versprochen!“

„Frühbesprechung um sieben, ich habe einen Container angefordert.“ Rob nickte uns zu und verschwand schlurfend in Richtung Flur.

„Was sagst du?“ Ich rieb mir das Gesicht. „Nach Hause und ein bisschen Schlaf? Ich könnte dich morgen um Viertel nach sechs abholen.“

Lynn blickte Grison noch immer hinterher. Erst als sich die Tür hinter seinem grauen Blouson geschlossen hatte, beugte sie sich zu mir herunter und grinste.

„Wer hat dich denn gerade so skandinavisch zum Strahlen gebracht?“, fragte sie dann, ohne auf meine Worte einzugehen.

Ich wurde rot. Meine Fresse, ich war tatsächlich wieder sechzehn und keine gestandene Frau knapp dreißig mehr.

„Das war …“ Ich schob das Handy über die Tischplatte und wich Lynns Blick aus.

„Das war …?“, hakte sie nach und lachte leise. „Jemand, der schon in deinem Bett auf dich wartet?“

„Leider nicht.“ Seufzend lehnte ich mich zurück. „Bis heute Morgen hatte ich ihn in meinem Bett. Heute ist er wohl wieder in seinem eigenen. Aber bevor du jetzt anfängst, mich zu grillen, lass uns bei Taruk eine große Portion Falafel holen und ich fahr dich heim, okay?“

„Mein Auto steht unten.“ Nachdenklich zupfte Lynn an ihrer Unterlippe und grinste mich dann an. „Egal, dann musst du mich eben morgen früh tatsächlich abholen und am Abend mit hierher nehmen.“ Sie schlüpfte aus ihrem Kittel. „Falafel klingt gut und dann will ich alles über diesen Herrn mit der tiefen Stimme hören. Hast du da gerade finnisch gesprochen?“

„Habe ich." Verlegen speicherte ich auch die Bilder der letzten Kamera-Karte ab und fuhr den Computer herunter. „Ich kann es nicht wirklich gut, aber scheinbar hat er mich verstanden."

„Hat er vielleicht einen Freund, der auch so eine Stimme hat? Einen Bruder eventuell?" Noch immer grinsend wickelte Lynn sich ihren halbtrockenen Schal um. „Wie alt ist er denn, dein Finne?"

Darüber musste ich einen kleinen Moment nachdenken. „Er ist Jahrgang sechsundsiebzig, also grade vierzig geworden."

„Vierzig, wow!" Lynns Augen weiteten sich überrascht. „Dann hätte ich bitte gern einen JÜNGEREN Bruder."

Ich musste leise lachen. „Ist recht, ich frag ihn mal, ob der noch zu haben ist. Ich glaube, der müsste Mitte dreißig sein, bin mir aber nicht sicher. Die Familie kenn ich noch nicht."

Seltsamerweise spürte ich sowohl ein Grinsen im Gesicht als auch ein Kribbeln in meinem Bauch. War ich tatsächlich mit Yannis zusammen? Was zu Hölle sollte ich Lynn erzählen? Waren wir ein Paar? War unsere Beziehung öffentlich? Würde ich bald eine Person des öffentlichen Lebens sein?

Es war alles noch so neu und frisch, irgendwie war es so einfach, so casual gewesen. Ich musste Yannis fragen, wie er sich vorstellte, wie es weitergehen sollte. Obwohl ich davon ausging, dass sich niemand für eine kleine Wissenschaftlerin interessierte. Von mir gab es kein spannendes Facebook-Profil, keine Bikini-Fotos, keine schmutzige Wäsche. Für Anmeldungen und Dinge, die ich im Internet tat, benutzte ich meinen zweiten Vor- und einen erfundenen Nachnamen. Und mit Janina Weber brachte mich wohl niemand in Verbindung.

Würde sich das nun ändern? War das vielleicht ein Nachteil für mich, für meine Arbeit, meine Karriere? Ich schlüpfte in meine Jacke und ließ mir ein weiteres Mal Yannis' letzte Beziehung durch den Kopf gehen. Sie war ein Model gewesen. Model und Make-up-Artist. Schlank, blond, recht erfolgreich in dem, was sie tat. Aber es gab nicht viel über sie. Nun, vielleicht hatte ich auch einfach noch nicht genug gesucht. Stumm zog ich den Reißverschluss hoch. Wie war ihr Name gewesen? Sonya? Sonya Ikkonen.

Am besten besprach ich das tatsächlich mit Yannis. Die Frage war nur, wann. Wenn ich es direkt morgen tat, dann fiel ich mit der Tür ins Haus. Wenn ich zu lange wartete, wurde ich mit Sicherheit nervös. Mein Blick huschte über meinen Schreibtisch. Egal, ich hatte Arbeit. Und ich würde zunächst einfach niemandem auf die Nase binden, dass der Mann in meinen Gedanken und in meinem Bett Yannis Karhu war.

„Du bist so still, ist alles gut? Bin ich dir zu neugierig?" Unsicher vergrub Lynn die Hände in den Manteltaschen, doch ich hakte mich direkt bei ihr unter.

„Iwo! Lass uns was essen und ich erzähle dir, wie ich mir meinen Finnen aus einer Reisegruppe heraus angelacht habe, in Ordnung?"

Lynn kicherte überrascht. „Was bist du wild! Stimmt, du hattest die letzte Woche kaum Zeit, weil du eine Gruppe hattest. War es denn gut? Abgesehen vom Offensichtlichen natürlich!"

„Es war … anstrengend und auch ein klein wenig nervenaufreibend. Aber die Jungs hatten mit Sicherheit das Abenteuer ihres Lebens."

„Klingt gut!" Lynn stupste mich leicht in die Seite. „Und dein Finne hat dir also das Herz geklaut, ja?"

„Noch ist alles ziemlich frisch, aber ich glaube, ich mag ihn." Unsicher schmunzelnd drückte ich den Fahrstuhlknopf. „Es fing alles damit an, dass ich ihn als Erstes getroffen habe, seine Freunde waren noch unterwegs. Und dann haben wir … dann hat es irgendwie gefunkt. Komm, erst essen, dann erzählen, okay?"

5

Erst gegen Viertel nach zwölf schloss ich meine Wohnungstür auf und die Stille des kleinen Apartments erschlug mich fast. Mit klopfendem Herzen lehnte ich mich mit dem Rücken an die vielen Jacken und Schals, die an der Türgarderobe baumelten. Den ganzen Tag über hatte ich es geschafft, mir einzureden, dass die letzte Woche sich ganz anders zugetragen hatte. Nun war ich allein und der Zweifel nagte an mir. Es war einer dieser Momente, in denen ich mir wünschte, meine Mutter anrufen zu können. Aber selbst ihr hätte ich wohl kaum erzählen und erklären können, was gerade in mir vorging. Dass ich nicht nur an meinen Gefühlen, sondern vor allem an meinem Verstand zweifelte.

„Ich könnte es nicht ertragen, dich auf diese Weise zu verlieren", hallte Yoricks Stimme durch meinen Kopf und ihr Klang traf mich mitten ins Herz. Taumelnd schaffte ich es in meine Küche und leerte mit zitternden Fingern eine kleine Safttüte, die ich in meinem Kühlschrank fand.

Wie konnte es sein, dass ich mir derart sicher war, die letzte Woche nicht geträumt zu haben? Mein Blick huschte zu dem schmalen Wandkalender neben der Tür. Alles hatte seine Richtigkeit. Ich hatte sämtliche Touren mit Yannis und seinen Freunden von Karhuni-PR eingetragen. Jede Kirche, jede Stadtführung, jedes

Museum und jeden Gedenkstein. Doch ich war definitiv nicht dort gewesen.

Ermattet rieb ich mir das Gesicht und schälte mich aus meiner noch immer feuchten Jacke. Ich war todmüde, doch mein Gehirn verlangte nach Antworten.

Vor meinem geistigen Auge sah ich Yoricks Gesicht, seine grauen Augen, den Raben auf seiner Stirn. Ich wusste, wie sich seine Haut anfühlte, wie warm und weich seine Lippen waren, und vor allem wusste ich, dass ich alles stehen und liegen gelassen hätte, um bei ihm zu sein. Wie konnte das sein? Wie konnte ich mich so fühlen?

Es war nicht nur mein Magen, der mir wehtat, es war mein Herz. Aufregung hin oder her, Traum hin oder her, irgendwie musste ich herausfinden, ob an der Geschichte etwas dran war. Wenn ich tatsächlich aus mir unerklärlichen Gründen nicht hier gewesen war, die ganze Woche über, und Yorick und mein Abenteuer bei den Wikingern eben kein Traum gewesen war, dann musste ich doch einen Ansatzpunkt in der frühen Geschichte dieses Landes finden. Ich hatte Zugang zu sämtlichen Unterlagen und Materialien, ich konnte ihn suchen, zumindest überprüfen, ob es ihn gegeben hatte …

Doch was brachte mir das?

Was brachte das mir, meinem Herzen und meinem Verstand? Außer noch mehr Verwirrung.

Wenn ich dieses Kapitel öffnete und ihn, Yorick, tatsächlich suchte, was tat ich dann, wenn ich ihn fand? Durch den Wald rennen und nachforschen? Die Lücke in der Zeit, einen Hinweis auf eine Anomalie? Was wäre das Resultat dieser Suche, ganz wissenschaftlich betrachtet.

An der Gesamtsituation hatte sich wohl nichts geändert. Ich wäre nach wie vor in Gefahr, mein Leben und meine Gesundheit wären bedroht. Auch an der Eheschließung mit Aevarr kam ich nicht vorbei. Falls irgendetwas an diesen Erlebnissen dran war und falls es tatsächlich irgendwo im Nationalpark eine Lücke im Raum-Zeit-Kontinuum gab, die ich durchschreiten konnte, dann hätte Yorick mich umsonst in Sicherheit gebracht und ich würde gezwungen sein, diesen Zweimeterfünfzig-Riesen zu heiraten, während der Mann, dem ich mein Leben verdankte und an den sich meine Seele gebunden hatte, danebenstand und uns dabei zusah. Es war unmöglich und einfach zu gefährlich.

Doch was, wenn ich noch ein wenig wartete? Wenn ich mich vorbereitete, alles erforschte und mich erst dann auf die Suche machte?

Mein Herz schlug schmerzhaft in meiner Brust. Ich wusste ja nun, was auf mich zukam. Und wenn ich den Weg noch einmal fand und die Grenze überschritt, dann würde ich bereit sein. Ich würde wissen, wo ich ihn fand und hätte mich auf die Zeit und das Leben im Mittelalter eingestellt.

Ich presste die Handballen auf die Augen. Stopp. Auszeit. Baldriantropfen und Bett, morgen früh um fünf ging der Wecker und ich musste fit sein für die weiteren Ausgrabungen.

Ausgrabungen …

Ja …

Genau an der richtigen Stelle, wie mir nun auffiel. War nicht das Black Castle ganz in der Nähe der Ausgrabungsstätte? Konnte ich mir die Zeit stehlen und … Ich kannte mich, ich würde Yorick suchen, würde die Archive von Wicklow, Stammbäume und Verbindungen zu irischen Clans durchgehen. Sofern Grison mir nicht einen Strich durch die Rechnung machte, bremste ich mich selbst. Aber ich war schon einmal am richtigen Ort, denn wenn sie sich tatsächlich angesiedelt hatten, dann irgendwo im County Wicklow. Ich wusste, ich würde nicht eher ruhig schlafen können, bis ich zumindest versucht hatte, ihn und seinen Clan in irgendwelchen uralten Unterlagen zu finden.

Entweder gab es mir eine Art Abschluss, wenn ich ihn nicht fand, oder es …

Ja, was?

Was würde passieren, wenn ich Yorick Havarson fand? Wenn es ihn tatsächlich gegeben hatte? Stumm starrte ich in die Nacht hinaus. Es regnete noch immer Bindfäden und ich legte die Hand an das kalte Fenster.

Ich hatte in meinem Leben fast alle Menschen verloren, die mir lieb und teuer waren. Mit jedem von ihnen war auch ein Stück meiner selbst, ein kleiner Teil meiner Seele gestorben. Doch ich hatte noch nie das Gefühl gehabt, dass eben diese Seele auf einmal zerrissen war. In der Mitte durch. Einfach halbiert. Und die verbliebene Hälfte schrie verzweifelt nach dem Rest.

Ein leichter Windhauch ließ mich zusammenfahren. Alles tat mir weh und ich legte nun auch die Stirn an die Fensterscheibe. Wie konnte ein Traum mich einen Teil meiner Seele kosten? Wie konnte es sein, dass ich hier war, dass ich hier stand und genau wusste, dass dieser fehlende Teil von mir noch irgendwo war, dass es ihn noch gab oder zumindest gegeben hatte und dass ich ihn bei dem Mann gelassen hatte, dessen Lächeln sich nun vor meinen geistigen Augen aufbaute und das mich selbst zum Lächeln brachte?

Seine Stimme war mir so nah, ich konnte ihn hören, hörte, wie er meinen Namen sagte. Die feinen Härchen auf meinem Rücken stellten sich auf. Es war, als strich eine Hand mit ihren Fingerspitzen sanft über meine Wirbelsäule.

Keuchend fuhr ich herum, doch da war nichts. Nur meine dunkle Küche und das Surren des Kühlschrankes. Ich umschlang mich selbst mit den Armen und rieb mir die Schultern, bis das Kribbeln nachließ, das die imaginären Finger hinterlassen hatten. Am besten, ich legte mich direkt ins Bett und zog mir die Decke über den Kopf. Mein Verstand brauchte eine Pause.

6

Fünf Minuten vor dem eigentlichen Läuten meines Weckers schreckte ich aus dem Schlaf und blinzelte heftig atmend durch den schummrigen Raum. Ich hatte von Yorick geträumt, tatsächlich nur geträumt. Sein Grinsen, ohne die vorderen Schneidezähne. Der Anblick seines Körpers, als Aevarr ihn schwer verletzt nach Hause geschafft hatte. Das Gefühl seiner Haut unter meinen Händen, als er vor mir saß, sich an mich lehnte und ich ihn verarztet hatte.

Träume, am Arsch! Fahrig strampelte ich die Decke von mir herunter und fuhr mir mit der Hand über den schweißfeuchten Nacken. Auf der Bettkante blieb ich einen Moment sitzen und schloss die Augen.

Diese Gedankenblitze gerade, wild durchmischt und zusammenhanglos, das waren Träume gewesen. Erlebnisse und Bilder, die mein Unterbewusstsein verarbeitete. Bedeutete das, dass es tatsächlich passiert war?

Oder verlor ich im Augenblick einfach Stück für Stück den Verstand?

Mühsam stand ich auf und streckte mich. Ich hatte in der letzten Nacht noch lange wach gelegen und meine Gefühle mit den Fakten gemischt, gut durchgeschüttelt und wieder auseinanderklamüsert. Da ich mich kannte, wusste ich bereits, dass mein Kopf keine Ruhe geben würde, solange ich nicht über alles nachgedacht hatte.

Die Fakten lasen sich in meinem inneren Notizbuch nun wie folgt:

Fakt 1: Ich war der Meinung, dass ich nicht verrückt war.

Fakt 2: Ich war mit Yannis Karhu zusammen und der lebensfrohe Finne tat mir gut. Obwohl ich mir nicht sicher war, wie ich zu ihm stand, denn er war definitiv nicht der Mann, mit dem ich mich durch das dunkle Mittelalter gekämpft hatte, auch wenn er genauso aussah.

Fakt 3: Ich hatte so viel Arbeit in den nächsten Wochen, dass ich es entweder a) schaffen konnte, mich völlig darin zu vergraben oder aber b) – was wesentlich wahrscheinlicher war – die Zeit fand, Yoricks Clan trotzdem zu recherchieren und zumindest eine Art Abschluss für mich in der Tatsache zu finden, dass es ihn zwar gegeben hatte, dass er aber der Vergangenheit angehörte. Einer Vergangenheit, die ich schmerzlich vermisste und in die ich mich zurückwünschte, doch das war irrational und Elida Alvarsdottjer war nicht irrational. Sie war Wissenschaftlerin und hatte verdammt noch mal ihre fünf Sinne beieinander.

Irgendwie war es mir noch während des Einschlafens gelungen, mich davon zu überzeugen, dass ich Yorick wie einen Ex-Freund behandeln musste. Wir waren getrennt. Am besten war er schuld. Es hatte Gefühle gegeben, doch es hatte nicht funktioniert. Punkt. Ich steckte bereits mitten in einer neuen Beziehung, und da ich ohnehin kein Foto, keinen Brief und keinen gespeicherten Liebes-Chat von Yorick besaß, würde ich es hoffentlich schaffen, über ihn hinwegzukommen.

Verdammt, ich hatte nicht einmal mit ihm geschlafen, war ihm kaum mehr als ein paar Stunden überhaupt nah gewesen! Was verstand mein Herz nur an diesen Fakten nicht?

Tief ein- und ausatmend schlappte ich in meine Küche und füllte die Kaffeemaschine. Duschen würde ich vor der Ausgrabung mit Sicherheit nicht. Aber ich wollte zumindest besser darauf vorbereitet sein, meine Regenhose mitnehmen und ein paar Ersatzklamotten. Ich ließ mich auf meinen Stuhl an der Heizung sinken und legte die Füße auf den warmen Heizkörper. Bravo, Elida! Gedanken wie ein ganz normaler Mensch, lobte ich mich innerlich leicht ironisch und angelte eine meiner blauen Lieblingstassen von ihrer Halterung an der Wand über dem Tisch.

~

Um Viertel nach sechs stand ich bei Lynn vor der Tür und wir fuhren gemeinsam am Institut vorbei, wo sie einige Messergebnisse, die sie in der letzten Nacht hatte laufen lassen, holen wollte. Wir lagen gut in der Zeit und besorgten noch eine große Tüte belegte Brötchen, ehe wir schließlich auf die Autobahn auffuhren.

Zu meinem großen Erstaunen stand tatsächlich ein riesiger Baucontainer auf dem gepflegten Golfrasen. Ich musste grinsen bei dem Gedanken, dass der arme Parkplatzwächter und seine sämtlichen Vorgesetzten sich jetzt mit Sicherheit die Haare rauften.

Der Ausgrabungsbereich selbst wurde im schmutziggrauen Morgenlicht gerade mit Planen überzogen. Ich sah einige Doktoranden herumrennen und mit vereinten Kräften Zelte aufstellen. Seit wann waren diese armen jungen Forscher denn schon hier?

Lynn hatte wohl einen ähnlichen Gedanken gehabt und stupste mich an.

„Komm, wir trommeln sie zusammen und es bekommt erst mal jeder ein Brötchen."

Grison war zwar nicht begeistert über die Unterbrechung, aber er trieb uns alle in den Container und beschloss ganz einfach, die Frühbesprechung bereits zu starten.

„Wir haben also frühes zehntes Jahrhundert, Inschriften auf Gälisch und in Runenschrift, ein faszinierendes Kreuz und eine große Grabplatte, um die sich heute Martin und Fiona kümmern werden. Lynn wird die restlichen Jungs mit raus nehmen und die Mauern zu Ende freilegen. Rita und Elida bleiben weiter am Sarkophag. Und sobald ich mit dem tragbaren Röntgengerät und den Leuten von der Klinik zurückkomme, werden wir mal nachsehen, was sich da so drin verbirgt", fasste Robert seine kurze Rede noch einmal für alle zusammen. „Nächste Besprechung und Pause um zwölf, ich habe arrangiert, dass das benachbarte Hotel uns mit Eintopf versorgt. An die Arbeit!" Mit diesen Worten wehte er samt seiner wirren Frisur und dem grauen Blouson von dannen.

Martin nickte anerkennend. „Zelte, Container und Eintopf. Da lohnt es sich doch, unterbezahlter Juniorprofessor zu sein!"

Lachend stieß Lynn ihn in die Seite. „Beschwer dich nicht, du hast Fiona bekommen, die arbeitet wenigstens!" Sie stand auf und warf einen Blick in die Runde. „An die Schaufeln!", befahl sie streng und fixierte einige gähnende Doktoranden mit ihrem strengsten Blick. „Ich will heute Vormittag die gesamten Grundmauern sehen und wissen, woraus das Fundament besteht!"

Vereinzeltes leises Stöhnen und immer wieder auch Gähnen begleitete den Auszug aus dem Container. Doch ich wusste, eigentlich konnte man sich über Grisons Team nicht beschweren. Unsere Abteilung funktionierte und sie hatte von jeder Fachrichtung etwas dabei. Rita, eine junge Blondine mit schmaler Nase und fein gesprenkelten Sommersprossen, war nicht nur fleißig, sie hatte auch ein Linguistikstudium abgeschlossen und sich auf alte keltische Dialekte spezialisiert. Fionas Fachgebiet waren sakrale Inschriften und Grabsteine. Sie war von Beruf Theologin, hatte sich aber von Grison anwerben lassen, als er vor über zehn Jahren einen verschütteten Friedhof im Süden des Landes entdeckt hatte.

„Rechts oder links?" Rita stand bereits vor dem Sarkophag und umarmte ihre schwere Werkzeugtasche.

„Ich nehm den skandinavischen Teil, du den keltischen?" Ich stellte mich auf die linke Seite des monströsen steinernen Sarges.

Sie nickte sofort und sah mich fragend an. „Erst mal …?" Sie deutete auf die bereitstehenden Spaten. „Ich bin mir unsicher, ob das hier zusammenhält, wenn ich weitergrabe."

„Daran habe ich gedacht, warte kurz!" Mit schnellen Schritten überquerte ich den matschigen Rasen und holte die beiden breiten Slacklining-Bänder aus dem Kofferraum, die ich heute früh noch in meinem Keller gesucht hatte. Sie waren stabil, breit und ließen sich mithilfe der metallenen Schraubkarabiner festziehen. Vielleicht würde es ja halten.

Martin und Fiona kamen uns zu Hilfe, als wir den verwitterten Sarkophag vorsichtig umwickelten. Nach einer guten halben Stunde sah er aus wie ein schlecht verpacktes rot-grau gestreiftes Weihnachtspaket, doch es würde mit Sicherheit seinen Zweck erfüllen.

„Wenn wir von der Fußbodenhöhe im bereits freigelegten Bereich um die Bodenplatten und den Grabstein herum ausgehen, fehlt uns noch ein knapper Meter. Das sollte zu schaffen sein. Die Seile werden mit Sicherheit erst einmal halten." Vorsichtig fuhr ich den Riss nach und konnte nicht widerstehen, den Finger in die schmale Ritze zu schieben, die die Seite des kunstvoll behauenen Steinsarges verunzierte. Die Wand war dick. Meine tastenden Finger fanden einen Hohlraum, aber keinen Innensarg, obwohl ich meine Hand bis zum Daumenballen vorgeschoben hatte.

„Ich kann es kaum erwarten, ein Bild vom Inneren zu sehen." Rita ließ ehrfürchtig die Fingerspitzen über den schweren Steindeckel gleiten. „Was glaubst du, wer liegt da drin?"

„Ich habe nicht die leiseste Ahnung." Vorsichtig zog ich die Finger zurück. „Wir graben jetzt den ganzen Steinsarg aus und fotografieren und katalogisieren die übrigen Inschriften und Bilder. Ich denke, bis wir damit fertig sind, ist es elf und vielleicht ist Robert bis dahin zurück." Ich nickte Martin zu. „Weißt du Genaueres?"

Der dunkelgelockte Schopf schüttelte sich und Martin blickte aus seiner hockenden Stellung neben dem rechteckigen Gedenkstein zu mir auf. „Er hat schon heute Nacht eine E-Mail an Direktor Carlisle geschrieben und der hat ihm heute früh direkt einen Kontakt mit dem County General Hospital hergestellt. Die haben wohl ein tragbares Röntgengerät und würden kommen. Es wäre natürlich genial, wenn wir einen Überblick über den Inhalt des Sarges bekämen, ohne dass wir ihn aufreißen und ausräumen müssen."

Fiona neben ihm nickte und fuhr sich mit dem Handrücken über die Stirn. „Ansonsten müssen wir es wohl so machen, wie es auch mit jeder anderen Mumie laufen würde. Auf die Kiste und ab in die Labore. Ziemlich pietätlos."

„Ein CT wäre natürlich besser, aber der Transport könnte so viel beschädigen!" Ich legte beide Hände auf den Deckel des riesigen Sarkophags.

„Machen wir weiter." Martin zückte einen dicken Borstenpinsel. „Vielleicht finden wir ja schon vorweg einen Namen oder zumindest einen Clan."

7

Die weitere Ausgrabung war absolute Knochenarbeit. Rita und ich schufteten fast zwei Stunden lang, um zuerst den Sockel des Sarkophags auszugraben und ihn dann noch einmal ordentlich mithilfe der Leinen zu stabilisieren. Einige von Lynns Jungs kamen uns zu Hilfe und räumten den Schutt mit riesigen Schubkarren nach draußen, wo bereits eine kleine Gruppe mit Sieb, Schäufelchen und Kisten wartete, um jedes Steinchen noch einmal zu prüfen.

2,85 m auf 1,74 m bei einer Höhe von 1,62 m, wenn ich mich nicht vermessen hatte. Das bedeutete … 9 Fuß und 4,2 Inch auf 5 Fuß und 8,5 Inch auf 5 Fuß 3,78 Inch. Verrücktes Format! Viel zu groß für einen gewöhnlichen Steinsarg. Aber gut, an diesem Sarkophag war mit Sicherheit nichts gewöhnlich. Atemlos ging ich neben dem breiten Steinsockel in die Hocke und setzte mich schließlich auf den Boden. Rita tat es mir gleich. Beim Anblick ihres erdverschmierten Gesichtes und ihrer kaum noch als blond erkennbaren Haare wusste ich, wie ich selbst mit Sicherheit aussah. Müde lächelte sie mich an und warf einen Blick auf die Uhr über dem Zelteingang.

„Halb zwölf, gleich ist Pause." Sie klang erschöpft und irgendwie hoffnungsvoll. „Soll ich noch die letzten Bilder machen oder willst du die Zeichen lieber abschreiben?"

„Beides." Mühsam hievte ich mich auf alle Viere zurück und zog meinen Millimeterpapier-Block aus der Tasche. In dieser Sekunde fiel mein Blick auf mein Handy. Mist. Ich hatte doch versprochen, mich zu melden. Schmutzig wie ich war, warf ich meine Jacke wieder über, die ich im Spatenkampf der letzten Stunde irgendwann hatte beiseitelegen müssen.

„Ich muss kurz telefonieren, machst du noch ein paar Aufnahmen? Ich schicke dir einen von den Jungs mit einem stärkeren Licht rein."

Rita nickte sofort und erhob sich schwankend. „Gott, wenn mir jemand erzählt hätte, dass ich nach einem Studium der Sprachwissenschaften an der renommiertesten Schule in Edinburgh einmal im Matsch sitze und Fotos von einem Grab mache, ich hätte ihn für verrückt erklärt!"

Schmunzelnd zwinkerte ich ihr zu. „Ein bisschen Verrücktheit und Matsch schaden nicht."

ICH HATTE Yannis auf die Mailbox gesprochen, wahrscheinlich schlief er noch nach den künstlerischen Ausschweifungen der letzten Nacht. Kurzerhand schickte ich ihm ein Foto von der Ausgrabungsstelle und ein äußerst matschiges Selfie, bevor ich mich wieder auf den Weg zu den Mauerresten machte.

Ein Wagen des kleinen Kurhotels Schlossblick fuhr an mir vorbei und ich spürte, wie mir spontan der Magen knurrte. Martin kam mir bereits entgegengelaufen, das Telefon am Ohr. Er sah enttäuscht aus, nickte aber immer wieder, während er sprach und mich mit einer Geste bat, kurz zu warten.

„Das Röntgengerät kommt erst heute Nachmittag", sagte er, nachdem er aufgelegt hatte. „Der Transport ist wohl schwieriger als erwartet."

„Schwieriger?"

„Nun ja, Rob klang gerade sehr entsetzt, ich glaube, er hat sich das vorgestellt wie einen Geigerzähler, den er sich selber um die Schulter hängt. Das Gerät ist aber groß und sperrig und wird gerade unter ziemlichem Aufwand auseinandergebaut und auf einen Transporter geladen."

„Heißt für uns?" Ich schob mir einige tropfende Strähnen aus den Augen.

„Heißt für uns Abwarten und Eintopf essen." Er winkte Fiona und Rita zu. „Und wenn wir wieder warm sind, machen wir weiter."

„Du möchtest ihn aufmachen, oder?" Nebeneinander schlenderten wir in Richtung Container und ich sah aus den Augenwinkeln, wie Martin mit den Schultern zuckte.

„Es wird ein Haufen Knochen drin sein. Egal ob dieser Mensch einmal ein König oder ein Bauer gewesen ist, wir wollen ihn uns ansehen. Ich weiß, der Sarkophag und die Inschriften sind einmalig, aber was schadet es, wenn wir uns den Bewohner einmal anschauen?", bremste er, als er sah, wie ich bereits zum Reden ansetzte. „Ich meine, das Ding ist kaputt, wir könnten zumindest nachsehen, ob der Innensarg unversehrt ist."

„Lass uns den Nachmittag noch abwarten." Ich schüttelte den Regen von meiner Jacke und hängte sie an einen Haken im Vorraum des Baucontainers. „Aufgemacht ist er schnell, aber ich fürchte, wir beschädigen zu viel. Wer weiß, was da noch für Überraschungen auf uns warten!"

Seufzend nahm Martin sich einen Teller von dem großen Stapel und nickte dem Hotelangestellten zu, der den riesigen Eintopf-Pott auf eine Warmhalteplatte gestellt hatte. „Du hast ja recht", murmelte er. Doch er sah nicht zufrieden aus.

~

15:17 Uhr. Ein vollkommen überdrehter Grison kurz vor dem Herzinfarkt, drei Techniker, ein Transporter, der sich sofort im Matsch festgefahren hatte und ein kleiner Kran. Das würde ein lustiger Nachmittag werden!

Jeder Gedanke an Yannis und Yorick war weit nach hinten in mein Unterbewusstsein verschoben und ich stand aufgeregt mitfiebernd mit einem Bleiumhang neben Grison, während um uns herum ein weiterer Strahlenschutz aufgebaut wurde.

„Alle hinter die Mauer!“, rief einer der Techniker schließlich und ließ einen Alarm ertönen. Die Aufnahmen selbst waren schnell gemacht und innerhalb von fünfzehn Minuten in den Computer eingespeist. Der gesamte Aufbau hatte hingegen den restlichen Tag verschlungen. Wieder war es Abend, kurz nach acht, und noch immer standen Lynn, Martin und ich mit Grison vor dem Laptop im Container.

Als wir endlich mithilfe des letzten verbliebenen und inzwischen missgelaunten Technikers das Gesamtbild zusammengefügt hatten, entfuhr Lynn ein Aufschrei.

„Das sind ja mehrere Leute!“, quietschte sie und deutete auf eine Schattierung, die aussah, als lägen dort zwei Schädel nebeneinander.

„Eine christliche Bestattung.“ Grison lehnte sich feierlich zurück. „Kein Nordmann dieser Zeit hätte sich in ein Grab legen lassen. Aber es erscheint mir aufgrund der vielen Runen und nordischen Zeichnungen offensichtlich, dass diese Leute - vielleicht ist es ein Clanchef und sein Sohn - den Wikingern gegenüber freundlich gesinnt waren. Elida, was ist deine Einschätzung?“

Mit zusammengekniffenen Augen starrte ich noch immer auf das Bild. „Ich denke, dass du Recht hast.“ Unsicher deutete ich auf einen Abschnitt in Halshöhe der einen Person. „Es sieht so aus, als trüge einer von ihnen sogar ein Kreuz um den Hals. Es muss aus einem sehr harten Metall sein, dass es die lange Zeit überdauert hat. Und der andere ist … der andere hält wohl noch im Tod seinen Dolch fest!“ Ich spürte ein Zittern.

„Der Innensarg ist intakt, deswegen ist das Kreuz noch sichtbar. Sieh dir an, wie klein es ist!“ Aufgeregt beugte sich auch Martin vor. „Es liegen weitere Waffen bei. Das war mit Sicherheit ein wichtiger Mann.“ Mit einer knappen Bewegung stieß er sich von der Tischkante ab. „Kurzes Brainstorming, wer ist am nächsten dran an den Clans dieser Zeit? Christopher schreibt seine Abschlussarbeit über die größeren Familien, die heute noch existieren. Wer noch? Soll ich Chris und Ben darauf ansetzen, die Sippen dieser Gegend zu recherchieren? Wir haben ein Zeitfenster, jetzt sollten wir in die Archive gehen.“

„Es ist einiges aus der alten Klostersiedlung bei Glendalough erhalten geblieben, ehe sie geplündert wurde. Vielleicht finden wir dort etwas", schlug Fiona vor, doch Rob schüttelte den Kopf.

„Zu früh, Glendalough ist aus dem sechsten Jahrhundert, wir brauchen neuntes und zehntes." Er sah uns der Reihe nach an. „Fiona, du übernimmst die Leitung. Wicklow Parish Church und die Stadtarchive. Ich reiche den offiziellen Antrag ein, dass sie euch den gesamten Bestand der Bibliotheken zur Verfügung stellen. Chris und Ben werden dich begleiten, nimm vielleicht noch Rita mit, wenn sie hier mit den Übersetzungen fertig ist." Er nickte in die Runde. „Elida bleibt vor Ort, Lynn, du kümmerst dich um die Datierungen und schaust dir den Sockel an. Martin, Feld oder Register?"

Nachdenklich zupfte Martin an seiner schmalen Unterlippe. „Ich könnte weiter die Bilder auswerten und jemanden aus der Klinik hinzuziehen, der sich mit Röntgenaufnahmen auskennt, da sind viele Störungen im Bild. Eventuell können wir den Sarg dann bis zum Ende der Woche sogar öffnen."

Kribbelig vor Aufregung nickte ich sofort. „Ich helfe dir! Wir werten aus und ich bleibe an den Übersetzungen dran. Vielleicht erfahren wir ja noch etwas. Rita hat vorhin einige Inschriften in der unteren Sockelleiste gefunden, die ich noch in das Gesamt-Puzzle einfügen muss. Spätestens übermorgen habe ich eine grobe Übersetzung der Runen. Wenn ihr dann noch mögliche Clans und Namen in den Archiven findet, werden wir zum Ende der Woche wissen, wer da liegt." Ich rieb mir die Hände. „Lynn, wollen wir bald fahren oder hast du hier noch Dinge zu tun? Ich würde gerne noch ein paar Minuten auf die Bilder starren und mich freuen."

„Das dauert, starr von mir aus noch eine Stunde." Fröhlich klopfte sie mir auf den Rücken und schlüpfte wieder in ihre Jacke.

Grison erhob sich ebenfalls. „So gerne ich auch starren möchte, ich muss den Papierkram aufsetzen, damit ich morgen früh direkt alle Anträge bei Direktor Carlisle einreichen kann. Alles speichern und in die Datenbank." Er deutete auf den Laptop. „Erste Ideen und Anmerkungen bitte auch. Wir sehen uns morgen zur Frühbesprechung hier! Sieben Uhr s.t.!"

„Werden wir eigentlich dafür bezahlt, dass wir so lange hier sind?" Gähnend zog Martin sein Handy aus der Hosentasche.

„Wir werden damit eines Tages berühmt und reich!" Ich stieß ihm den Ellenbogen in die Seite. „Und jetzt lass mich gefälligst in Ruhe starren und zoomen!"

8

Zwar hatte ich noch dreimal versucht, Yannis zu erreichen, doch er antwortete nicht. Wahrscheinlich war er tatsächlich zu beschäftigt. Seine Fröhlichkeit und seine sanfte Stimme fehlten mir mehr, als ich es zugeben wollte, doch ich bemühte mich sehr, mich zusammenzureißen. Ich wollte kein Klammeräffchen sein, das mochte er mit Sicherheit nicht. Was konnte ich tun, wenn ich ihn nicht erreichte? Eigentlich nichts. Eine Festnetznummer hatte ich nicht. Auch keine private E-Mail-Adresse. Warum wurde ich gerade so nervös?

Unruhig rutschte ich auf meinem Stuhl hin und her und scrollte mein Adressbuch auf und ab.

T.

Tuure Karhuni-PR.

Ich hatte Tuures Nummer, ich Idiot! Natürlich, mit ihm hatte ich ja die Pläne besprochen und die Details abgewickelt. Es war halb zehn, sollte ich es wagen? Soweit ich wusste, hatte er zwar Kinder, lebte aber in Scheidung. Das bedeutete, die Gefahr, dass ich ein Kind aufweckte, weil ich einmal durchklingelte, war gering.

„Ich muss kurz telefonieren", sagte ich zu Martin, der hoch konzentriert versuchte, die einzelnen Waffen und Grabbeigaben anhand des äußerst unübersichtlichen Röntgenbildes zu erraten und zu katalogisieren.

„Mhm." Er blickte kaum auf.

In der Nähe des Golfclubs wurde der Empfang besser und ich zog den Reißverschluss meiner Jacke zu bis zum Kinn. Der Verbindungsaufbau dauerte wenige Sekunden, dann meldete sich jemand.

„Hallo?"

„Tuure?"

„Ja, wer ist denn da?" Ich hörte es rascheln und vernahm einige Stimmen, offenbar der Fernseher, im Hintergrund. Tuure klang verschlafen, hatte ich ihn geweckt?

„Entschuldige die Störung, hier ist Elida. Ich konnte Yannis nicht erreichen, darum dachte ich …" mit einem Mal kam ich mir schrecklich dämlich vor. Ich war ein Klammeräffchen. Und ich klammerte an Yannis Karhu herum, wie peinlich.

„Elida! Hei!" Zu meinem Erstaunen war Tuure erfreut, obwohl seine Stimme rau war vor Müdigkeit. „Yannis ist in den Fluss gefallen und sein Handy hat es nicht überlebt", sprudelte er hervor. „Und ich hatte letzte Woche ein ähnliches Problem, mein Kleiner hat es aus dem Fenster geworfen, aber ich konnte die SIM-Karte retten, auch wenn die meisten Nummern flöten sind. Bei Yannis ist alles futsch."

Verwirrt hob ich die Augenbrauen. „Er ist in den Fluss gefallen?", fragte ich nach einem kurzen Moment der totalen Verblüffung.

„Letzte Nacht", bestätigte Tuure. „Wir waren unterwegs nach Hause und er musste auf einer Brücke balancieren und … Egal, lange Rede, kurzer Sinn, er hockt nebenan im Wohnzimmer und schreibt dir wahrscheinlich gerade die zehnte blumige Entschuldigungs-E-Mail an deinen Arbeitsaccount, weil ihm nichts Besseres eingefallen ist und er dich im Büro nicht erreicht hat."

Nun musste ich schmunzeln. Offenbar war ich nicht das einzige Klammeräffchen.

„Gib ihn mir", bat ich leise und spürte, wie mir sehr warm wurde.

Es raschelte erneut vernehmlich. Der Fernseher verstummte und ich hörte Tuures Schritte. Fersengänger, wie ich sie liebte!

„Yannis?", rief er halblaut. Eine Tür öffnete und schloss sich. „Yannis?“ Tuures Stimme wurde lauter. „Wo bist du, Mann, ich hab Elida dran!“

Er sagte noch einige Sätze mehr, doch ich verstand ihn nicht wirklich. Dann wandte er sich auf einmal wieder an mich. „Elida? Warte kurz, vielleicht hat er sich oben hingelegt, er wollte über Nacht hierbleiben.“ Die Fersen trampelten die Treppe hinauf und wieder rief Tuure nach seinem Freund. „Hm“, machte er dann etwas ratlos. „Ich... ich hab keine Ahnung, wo er ist, er ... er war im Wohnzimmer, ich hab mich nur kurz hingelegt und muss wohl eingeschlafen sein. Tut mir leid, Elida, er ist nicht mehr hier. Willst du es bei ihm zu Hause versuchen? Ich könnte dir seine Festnetznummer oder eine E-Mail-Adresse ...“

„Ist schon gut“, unterbrach ich ihn, sowohl gerührt von seinen Bemühungen, als auch ein bisschen enttäuscht, aber nichtsdestotrotz erleichtert. Was für eine Mischung! „Wenn du ihn siehst, dann gib ihm einfach meine Nummer und sag ihm liebe Grüße. Ist ja nicht so, dass ...“ Verlegen brach ich ab, doch zu meinem Erstaunen lachte er leise.

„Ist nicht so, nee, darum hat er auch den halben Tag rumgejammert. Ich fürchte, er mag dich. Du musst wohl jetzt damit klarkommen, dass es so ist“, neckte er und ich hörte ihn gähnen. „Er hat uns von deiner Ausgrabung erzählt, das klingt toll!“

„Ist es auch.“ Ich bemühte mich, meine Verlegenheit mit guter Laune zu überspielen. „Ich bin noch vor Ort, wir haben gerade einen riesigen Röntgen-Apparat benutzt, um das Innere eines Sarkophags zu scannen. Eigentlich wühle ich heute den ganzen Tag im Dreck, es ist phantastisch!“

Tuure lachte erneut. „Unsere persönliche Lara Croft! Nur in heiß.“

Prustend betrachtete ich meine vor Erde starrenden, völlig ausgetrockneten Hände. „Sehr heiß, ja. Besonders wenn man auf Maulwürfe steht!“

„Deine Führungen waren genial.“

„Hat es dir gefallen?“

„Hat es“, bestätigte er und gähnte erneut. „Im Gegensatz zu gewissen anderen Leuten habe ich ja auch zugehört und konnte meine Hände bei mir behalten.“

Waren wir tatsächlich so schlimm gewesen? Ich spürte, wie mir die

Röte den Hals hinaufkroch und war erleichtert, als ich hörte, wie jemand meinen Namen rief. Martin.

„Tuure, ich muss Schluss machen. Wenn du etwas von Yannis hörst, dann sag ihm, ich bin noch in Wicklow auf der Ausgrabung, aber er kann sich ja morgen einfach melden."

„Ich sage es ihm. Frohes Schaffen. Und meld dich mal, okay?"

„Versprochen. Gute Nacht!" Ich beeilte mich, aufzulegen und rannte über die Wiese, die der Kran und auch der Transporter völlig zerwühlt hatten. Die armen Golfer! Inzwischen taten sie mir tatsächlich leid.

„Was ist los?" Atemlos hielt ich an, doch Martin zog mich direkt in den Container.

„Ich habe ein Siegel gefunden, sieh es dir an!" Aufgeregt deutete er auf etwas, das ich als Gürtelschnalle identifiziert hätte.

„Cill Mhantáin!" Ich beugte mich näher zu den schwer erkennbaren Umrissen herunter. „Das ist … das ist das Wappen der Stadt! Der Rabe über dem Feuerkelch. Man erkennt es, offensichtlich ist die Schnalle aus gehärtetem Stahl oder Ähnlichem. Martin, das hier ist aber so was von 100% ein Ortsvorsteher!" Begeistert stieß ich ihn an. „Den Bericht schreibst du, das gebührt allein dir! Wenn wir jetzt noch einen Namen finden, dann drehen wir hier die Archäologenwelt auf den Kopf." Ich klopfte dem schmalen Martin kräftig auf die Schultern und er grinste zu mir nach oben.

„Vergiss es! Du nimmst dir jetzt einen Stuhl und bleibst gefälligst hocken! Ich werde das Licht ausschalten und dann verändern wir die Kontraste. Mach dir Notizen und du kommst mit auf das Paper!", verlangte er.

9

Als plötzlich das Licht wieder anging, musste ich schmerzhaft die Augen zusammenkneifen. Ich hatte jegliches Zeitgefühl verloren und starrte in Lynns erstauntes Gesicht.

„Ich dachte schon, du bist ohne mich gefahren!“, rief sie entrüstet und trat näher. „Was zur Hölle macht ihr hier?“

„Wir verstärken die Kontraste“, grunzte Martin und rieb sich die Augen hinter seiner Brille.

„Ach, so nennt man das heutzutage!“ Frech ließ Lynn sich auf meinen Notizen nieder. Ich zog sie mit einem unwirschen Laut unter ihrem runden Hintern hervor.

„Was gibt es, Lynn?“

Ich wollte unbedingt sofort weiterarbeiten. Verdammt, wir hatten die unmöglichsten Dinge entdeckt. Diese Aufnahmen waren ein gigantisches Suchbild mit unterschiedlichsten Grabbeigaben und ganz eindeutig zwei menschlichen Körpern, die zusammen beerdigt worden waren. Wir hatten darüber debattiert, ob sie gemeinsam gestorben waren, Vater und Sohn in einer Schlacht. Oder ob man schlicht den Sohn nach seinem Tode zum Vater gebettet hatte. Wirklich einig wurden wir uns nicht und ich brachte Martin schließlich sogar zum Lachen, indem ich einfach in den Raum warf, dass es genauso gut eine Ehefrau sein konnte, die man mit dem Clanoberhaupt zusammen beerdigt hatte. Mir gefiel diese Idee, doch ich musste zugeben, in das alte ur-christliche Weltbild passte sie mit Sicherheit nicht. Ein Wikinger hätte es vielleicht getan, doch er hätte sich niemals auf diese Art bestatten lassen.

Seufzend streckte ich mich und warf einen Blick auf die Uhr meines Handys. Holla die Waldfee, halb zwölf und kaum noch Akku. Irgendwie war das mein Leben geworden. Der Akku war dauerhaft leer.

Mit einem weiteren leisen Seufzer stand ich auf und rieb mir das Gesicht.

„Gut, dann …, wenn wir nicht hier übernachten wollen, sollten wir uns wohl mal auf den Nachhauseweg machen. Martin, kommst du mit?"

Langsam schüttelte der Assistenzprofessor den Kopf. „Ich habe einen Schlafsack dabei, das lohnt sich jetzt wohl kaum. Fahrt ihr nur, ich bleibe noch und werde vielleicht gleich noch mal die Teleskopkamera in den Riss schieben."

Lynn schüttelte den Kopf und gähnte herzhaft. „Genau, schieb du mal die Teleskopkamera in irgendwelche Ritzen, ich muss ins Bett. Kommst du, Lida?"

Geschafft, zufrieden, leicht überdreht und mit schweren Knochen schlappten wir beide zum Auto. Ich war sehr froh, dass ich die Strecke nicht allein fuhr, denn ich war tatsächlich hundemüde. Nachdem ich Lynn ans Institut und zu ihrem Auto gebracht hatte, tuckerte ich gemächlich durch die dunklen Straßen Dublins.

Ich fand einen Parkplatz direkt unter dem Haus und kramte gerade meine Schlüssel aus der Umhängetasche, als ich eine Person bemerkte, die auf der kleinen Treppe vor der Haustür saß. Ein Penner? Unsicher umschlossen meine Finger den Schlüsselbund, während ich mit der anderen mein Pfefferspray hervorzog. Es war dunkel, vielleicht hatte jemand einfach Schutz vor dem Regen gesucht? Mutig wagte ich einen ersten Schritt und fuhr zusammen, als die Person plötzlich aufstand.

„Elida?", hörte ich leise meinen Namen und die vertraute Stimme durchfuhr mich wie Strom.

Meine Tasche rutschte mir von der Schulter und fiel rumpelnd zu

Boden. Ohne sie zu beachten, rannte ich in Richtung Hauseingang und konnte ein breites Lächeln spüren, das sich auf meinem Gesicht ausbreitete.

„Was tust du hier?", flüsterte ich und ließ mich in eine feste Umarmung ziehen.

„Dich besuchen", flüsterte er zurück und vergrub meine Lippen unter seinen, ehe ich auch nur einen weiteren Ton von mir geben konnte.

„Ich konnte dich nicht erreichen!", sagte ich atemlos, als er mich schließlich freigab und er grinste verschämt.

„Ich bin ins Wasser gefallen."

„Ich weiß." Mir entfuhr ein leises Glucksen. „Yannis Karhu, was tust du hier?"

„Mein Mädchen besuchen." Seine Arme schlangen sich ein weiteres Mal um mich. „Ich muss ohnehin übermorgen wegen einer Sondersendung für Kids doing Sports antanzen, da dachte ich, ich mache hier einen Zwischenstopp."

„Kids doing Sports Ireland?"

„Deutschland." Sein Grinsen wurde breiter.

„Und da liegt natürlich Irland auf dem Weg, ist klar."

„Meine Zwischenstopps suche ich mir selbst aus." Er küsste mich sanft. „Und nachdem ich dich nicht mehr erreichen konnte … Lösch am besten alle meine Mails an deine Arbeitsadresse. Tuure sagte, ich übertreibe, aber ich musste dir schreiben."

Leise lachend schmiegte ich mich an seinen großen, warmen Körper. „Du bist verrückt! Ernsthaft! Du erreichst mich nicht und dann packst du einfach deinen Koffer und fliegst zu mir?"

„Natürlich. Wie gesagt, ich muss ohnehin übermorgen wieder woanders sein. Da kann ich auch dich noch besuchen, wenn ich doch eh auf Reisen bin." Er klang sehr überzeugt, doch ich musste erneut kichern.

„Du bist definitiv verrückt!" Ganz leicht küsste ich seine Lippen. „Ist eigentlich irgendwas an dir normal, Yannis?"

„Ja." Lächelnd beugte er sich zu mir herunter. „Du."

10

Frisch geduscht saß ich wenig später neben ihm auf meiner Couch und mampfte die Pasta in mich hinein, die er aus den wenigen Dingen gezaubert hatte, die wohl in meinem Kühlschrank gewesen waren. Schmutzig, wie ich war, hatte ich mich nicht an den Drive-Through von McDonalds getraut, aber das hier war noch wesentlich besser. Seufzend kuschelte ich mich an seine Seite und berichtete zwischen den einzelnen Gabeln von den Ausgrabungen der letzten Tage. Er bestand darauf, dass er unbedingt mitkommen wollte und ich stimmte nach einigem Zögern zu. Ich würde morgen ohnehin nur einen halben Tag machen können, da ich am Nachmittag meine Kindergruppe „Drachenzähne" zum Selbstverteidigungskurs hatte.

„Was erzähle ich meinen Kollegen?", fragte ich vorsichtig, als er mir schon den Teller aus der Hand nahm und sich auf dem schmalen Sofa über mich beugte.

„Gar nichts", murmelte er und küsste mich. „Oder gib mir einfach einen anderen Namen und ich zieh mir eine Mütze an und mach mich klein oder so."

Mein leises Lachen wurde von seinem Mund verschluckt und ich musste mich gewaltsam von ihm losreißen. „Dann nenn ich dich… wie? Aro? Anti?"

Yannis verzog sein hübsches Gesicht. „Mikael. Mein zweiter Vorname."

„Das wissen deine Fans aber sicher auch!"

„Also, wenn jemand so ein großer Fan ist, dann wird er mich auch erkennen, wenn du mich Hutzelputz nennst." Er schüttelte den Kopf. „Ist doch egal, ich bin Yannis, dein Freund. Oder sag eben Yan, das ist kürzer. Was ist daran so schlimm?"

„Schlimm ist daran gar nichts." Ich fuhr sanft über seine markanten Kieferknochen nach oben und vergrub die Hände in seinen Haaren. „Willst du es öffentlich machen? Sind wir zusammen? Wird sich niemand daran stören? Und was sind die Auswirkungen für uns?"

„Ja. Ja. Nein. Keine Ahnung." Er beugte sich wieder über mich, doch ich schob ihn beiseite.

„Was ist mit der Presse?"

„Ich rede in der Öffentlichkeit nicht über meine Beziehungen. Das ist meine Privatangelegenheit und genauso werden wir das auch behandeln. Wenn dich jemand fragt, dann sagst du einfach, ja, wir sind zusammen. Und nein, ich möchte nichts dazu sagen. Lass mich das nur machen. Ich poste dann irgendwann mal auf Instagram ein Bild. Oder von mir aus kommst du mit auf ein Event oder eine Gala, wenn dir der Sinn danach steht. Ansonsten werden wir einfach ganz privat und sehr zufrieden jede freie Minute miteinander verbringen." Er nickte mit Nachdruck. „Ich erwarte nicht von dir, dass du mich in diese wirre, bunte Glitzerwelt begleitest. Es ist verrückt. Und viel dunkler, als man glauben mag." Seine Finger strichen durch meine Haare. „Lass uns lieber unsere Privatheit genießen."

„Das tun wir." Ich zog ihn enger an mich und versank in seinem Kuss.

Ich wusste, es würde noch sehr kompliziert werden, aber darum mussten wir uns jetzt noch keinen Kopf machen. Wenn ich eines in den letzten Jahren gelernt hatte, dann dass es keinen Sinn machte, sich zu sehr um die Zukunft zu sorgen. Genauso wenig wie es Sinn machte, an Vergangenem festzuhalten und zu trauern.

Meine Forschungen über den nordischen Glauben und seine Einstellung zu Leben und Tod waren mir wohl inzwischen in Fleisch und Blut übergegangen. Ich wusste, die Nornir hatten meinen Weg bereits bei meiner Geburt festgelegt. Urd, das Schicksal, Verdandi, das Werdende und Skuld, die Schuld, oder auch das, was sein soll. Sie waren drei der Schicksalsfrauen, die am Fuße des Yggdrasil die Lebensfäden der Menschen spannen. Vergangenheit, Gegenwart und Zukunft. Und sie lenkten die Geschicke aller.

Wenn Yannis ein Teil meiner Gegenwart sein sollte, dann war er es nur, weil es so vorgesehen war.

Sanft ließ ich die Hände über seinen breiten Rücken gleiten. Ich wusste nicht, was noch kommen würde, doch hier und jetzt, in diesem Moment, war alles richtig.

ALS WENIGE STUNDEN später bereits mein Wecker klingelte, hievte ich mich mühsam aus dem Bett. Ein angenehm warmer Arm angelte nach mir und der Besitzer des Armes zog mich mit einem unwirschen Grunzen wieder zwischen die Decken.

„Du hast heute frei", hörte ich zwischen einigen finnischen Sätzen heraus, die wahrscheinlich lange und unerfreuliche Flüche waren.

Seufzend schmiegte ich mich an ihn und spürte, wie er das Gesicht zwischen meinen nackten Brüsten vergrub.

„Du hast ganz sicher frei, ich weiß es", nuschelte er und umschlang mich fester.

„Kaffee?" Ich beugte mich über ihn und liebkoste seine Wange und sein Ohr. Er sah unglaublich niedlich aus. Völlig zerknautscht, einen Abdruck seines ledernen Armbandes quer über das Gesicht und so müde, dass er mir tatsächlich leidtat.

„Du kannst auch liegen bleiben", bot ich an und weitete meine Schmusereien in Richtung seiner Schulter aus.

„Ich will. Aber auf dir." Verschlafen grinste er und zwang mich sehr sanft auf den Rücken.

„Yannis!", sagte ich warnend, als ich bereits seine Hand spürte, die sich zwischen unsere Körper schob.

„Was denn?" Unschuldig lächelte er mich an. „Herzchen, ich bin vierzig, sind wir mal dankbar, dass die Morgenlatte noch was taugt!"

Prustend schob ich ihn von mir herunter. „Deine Latte funktioniert immer, aber ich muss jetzt definitiv erst mal Pipi und will die Kaffeemaschine anwerfen."

„Wenn du dann direkt wiederkommst, werde ich mich bemühen, dass die Latte noch auf dich wartet." Beherzt griff er zu. „Ja, könnte klappen. Bleib nackt, hörst du?"

Mir entfuhr ein weiteres albernes Kichern. Eilig sprang ich auf und flitzte hinüber ins Bad.

Als ich kaum zwei Minuten später zurückkam, lag Mister Morgenlatte auf dem Rücken und schnarchte. Das würde ich ihm auf jeden Fall den Rest des Tages unter die Nase reiben. Grinsend schlüpfte ich in frische Kleider und richtete zwei Tassen Kaffee.

Sollte ich ihn vielleicht einfach schlafen lassen? Mein Blick huschte auf die Küchenuhr. Es war kurz vor sechs, eigentlich sollte ich in etwa einer Viertelstunde losfahren. Was, wenn ich … In diesem Moment klingelte es an der Haustür. Da die Gegensprechanlage bereits seit geraumer Zeit kaputt war, warf ich einen Blick aus dem Fenster hinunter zur Eingangstreppe. Lynn? Verwirrt schaute ich erneut auf die Uhr. Es war noch immer kurz vor sechs, was tat sie zu dieser beinahe nachtschlafenden Stunde bereits hier?

Schnell drückte ich den Türöffner und schloss die Wohnungstür auf.

„Elida!" Fröhlich tanzte mir Lynn entgegen und wedelte mit einem Stapel Papier. „Ab heute keine garstigen Geologenwitze mehr, ich habe Bombenneuigkeiten!"

Sie schob sich direkt an mir vorbei und steuerte auf die Küche zu, wo sie das Licht über dem Tisch einschaltete. „Aaaalso." Sie nahm sich eine der Tassen, die auf dem Tisch standen und trank einen großen Schluck. „Gott, dein Kaffee wird noch mal mein Ende sein!"

„Lynn, was …"

„Warte, erst muss ich dir was zeigen!" Sie breitete einige Tabellen auf meiner hellen Tischdecke aus und deutete auf sehr unterschiedliche Zahlenwerte.

„Sarkophag, Außenmauer." Grinsend glitt ihr Finger weiter nach unten. „Aber hier: tada! Sarkophag, Innenmauer! Siehst du das? Diese Ähnlichkeit in der Zusammensetzung? Siehst du, wie die Werte …"

Ihr aufgeregter Vortrag wurde von lautstarkem finnischem Kauderwelsch aus dem Schlafzimmer unterbrochen.

„Elida!" Yannis' Stimme klang rau und ich hörte ihn leise fluchen. „Elida?"

Er rief nicht E-li-da oder EElayda so wie es die Iren taten, er betonte den Namen auf zwei Silben wie die Norweger. Eli-da. Meinen Namen auf diese Art zu hören, jagte mir einen Schauer über den Rücken. Es gab wenige Menschen, die mich tatsächlich so nannten.

„Keittiö", krächzte ich zurück. Küche.

„Warum bist du denn nicht wiedergekommen, ich ... oh!" Splitterfasernackt stand er plötzlich in der Tür und kniff geblendet die Augen zusammen. Dann erst fiel ihm ein, dass er seine Blöße auch mit der Hand bedecken könnte. „Hei." Er winkte mit der freien Hand, zögerte aber einen kurzen Moment, sie Lynn anzubieten.

„Holla, meine Herren!" Lynn war knallrot geworden und starrte Yannis an, der sich bemühte, sich ein Geschirrtuch um die Hüften zu legen.

„Ich geh mir mal was anziehen." Mit diesen Worten verschwand er und Lynn starrte mich an wie ein Auto.

„DAS war dein Finne?", flüsterte sie mit leicht hysterischem Unterton. „Ich dachte, er wäre abgereist! Und irgendwie ... Gott, ich hatte ihn mir nie so... so groß vorgestellt! Sind die da oben alle so groß? Und da unten auch?"

„Lynn!" Mir entfuhr ein kurzes Prusten, zum Glück hatte ich den Kaffee gerade heruntergeschluckt. „Er wird sicher nicht begeistert sein, wenn ich seine Größe jetzt hier mit dir diskutiere!"

„Solltest du aber!" Grinsend nahm Lynn einen weiteren Schluck. „Holla, junge Frau! Also, das hätte ich nicht erwartet!" Sie setzte sich auf einen meiner beiden hell lasierten Küchenstühlchen. „Du kommst immer so friedlich und unscheinbar daher, und dann so was!" Sie schüttelte den Kopf. „Immer erst den Partner angucken, ehe man sich überhaupt ein Bild von irgendjemandem macht!"

„Lynn, übertreib's nicht!" Langsam wurde es mir wirklich peinlich. Außerdem war ich nicht unscheinbar und zurückhaltend! Manchmal vielleicht. Aber mit Sicherheit nicht immer!

„Ja, er ist ein hübscher Kerl, aber ..."

„Kommt er heute mit auf die Baustelle?“, unterbrach mich meine Freundin einfach sehr frech und ich zuckte mit den Achseln.

„Eigentlich ist der Morgen nicht so seine Tageszeit. Wenn er Lust hat vielleicht.“

„Lust worauf?“ Immerhin hatte er schon mal eine Jeans an, schlüpfte aber erst in der Küchentür in sein T-Shirt.

„Lust auf unser schmutziges Tagwerk.“ Lynn schmachtete tatsächlich und ich war im ersten Moment verführt, ihr vors Schienbein zu treten und Yannis mit seinem Shirt zu helfen, das er gerade wie ein Erstklässler am Hals noch einmal umzudrehen versuchte, weil er verkehrt herum hineingeschlüpft war.

„Gibts noch Kaffee?“, brummelte er auf Finnisch, als er schließlich fertig gewurschtelt hatte, und rieb sich die Augen.

Da Lynn die Worte fehlten und sie ihn mit riesigen Murmelaugen anstarrte, reichte ich Yannis meine Tasse. „Lynn, Yan, Yan, Lynn.“

„Hi“, hauchte Lynn und ich sah, wie es in ihrem verwirrten Gesicht arbeitete. Sie wusste definitiv, wer er war. Vielleicht brauchte sie noch einen Moment, um auf die Zusammenhänge zu kommen, aber sie wusste es. Wahrscheinlich lag es an dieser Kinder-Sportsendung, die mittlerweile europaweit zu sehen war. Mal abgesehen davon, dass er inzwischen auch so etwas wie ein Youtube-Star war. Ich lehnte mich mit dem Rücken an die Anrichte und reckte mich, um Yannis einige Haarsträhnen aus der Stirn zu streichen. Er schenkte mir ein Lächeln und bot mir meine Tasse wieder an.

„Guter Kaffee!“, lobte er und streckte sich mit einem Grunzen, wobei er Lynn, die ja direkt vor ihm saß, erneut einen herrlichen Blick auf seinen gut trainierten Bauch bot.

„Ich komme sehr gerne mit.“

„Na dann auf!“ Ich nickte in Richtung Tür. „Wir sollten langsam.“

11

„Macht ihr das eigentlich freiwillig?“ Yannis war in einen Hoodie geschlüpft und klammerte sich noch immer an meine Kaffeetasse.

Lachend schnürte ich mir meine dreckverkrusteten Stiefel im Hausflur auf einer alten Zeitung. „Das tun wir tatsächlich.“ Ich musterte ihn fragend. „Das sind aber nicht deine guten Schuhe, oder?“

Er schüttelte grinsend den Kopf. „Das sind die, die mit mir baden gegangen sind. Wenn ich mein kleines Maulwürfchen besuche, komme ich ja nicht im Sonntagsstaat.“ Er leerte den Kaffee und ließ Lynn vorbei, die ihre Blättersammlung an die Brust gedrückt hatte.

„Fahrt ihr mit mir oder sollen wir zwei Autos nehmen?“

„Ich hab um vier noch die Drachenzähne, daher würde ich sagen, wir fahren mit zwei Autos.“

Sie nickte, doch ihr Blick war noch immer forschend auf Yannis gerichtet. Als er ihn erwiderte, wandte sie sich verlegen ab. „Also, Jan … wie schreibt man das?“

„Mit Y.“ Yannis leerte seine Tasse. „Yan.“

„Yan?“, wiederholte Lynn andächtig. „Yan … Yan, ist das schon alles oder die Kurzform von irgendwas?“

Grinsend legte er den Kopf schräg und rückt seine dunkelblaue Windjacke zurecht. „Wie du vielleicht gesehen hast, ist Yan eigentlich die Kurzform von gar nichts. Aber mit der Länge des Namens hast du recht. Yan ist kurz für Yannis."

Lynn wurde rot und stolperte fast über ihre eigenen Füße. „Ich seh euch dann gleich in Wicklow?"

„Geh nur." Ich konnte mir ein Grinsen nicht verkneifen. „Du bist unmöglich!", sagte ich auf Finnisch und Yannis beugte sich herunter, um mich zu küssen.

„Aber ich habe recht."

ICH WECKTE IHN, als wir um kurz nach sieben in Wicklow ankamen und ich einen Parkplatz vor dem Golfhotel gefunden hatte. Unglaublich, dass er einfach so und dann auch noch tief und fest schlafen konnte! Als ich ihn darauf ansprach, meinte er nur: „Ich muss mit Jetlag, zu jeder Tages- oder Nachtzeit auf Knopfdruck wach und vorzeigbar sein. Da ist es von Vorteil, wenn man auch im Stehen zwischen Tür und Angel einschlafen kann."

Da hatte er wohl recht. Ich schob meine Hand in seine und nickte nach rechts. „Na komm, ich kann es kaum erwarten, dir den Sarkophag zu zeigen, es ist faszinierend!"

„Was genau fasziniert dich daran so sehr? Ist es der Typ darin?"

„Nicht in erster Linie." Mit der freien Hand umriss ich die Gegend. „Hier hat es schon immer eine Siedlung gegeben, seit fast tausend Jahren ist sie unter wechselnden Namen auch in die Landes-Chroniken eingetragen. Was wir aber nicht wussten, ist, dass es sich nicht um eine rein keltische beziehungsweise eine reine Wikingersiedlung handelt. Es ist beides. Die Baustile, die Grabbeigaben, die Inschriften, alles ist doppelt. Einmal in Keilschrift, einmal auf Gälisch. Es ist absolut faszinierend. Keilschrift, nordische Runen auf dem Grab eines offensichtlich christlichen Edelmannes, so etwas hat es bisher noch nicht gegeben!"

„Wahrscheinlich bin ich zu blöd dazu, aber du scheinst dich ja mächtig darüber zu freuen."

Ich stieß ihn leicht mit dem Ellenbogen an und überlegte, wie ich es in für ihn verständliche Worte fassen konnte. „Stell dir vor, es gäbe eine Möglichkeit, also in der Theorie, auf einem Foto ein ganz bestimmtes Licht einzufangen. Ein ganz besonderes, das es eigentlich nicht geben dürfte. Aber du hast eine kleine Kiste auf dem Dachboden deiner Oma gefunden. Darin ist ein Filter und du machst damit Bilder und alle Künstler rund um den Globus rasten völlig aus."

Er legte abwägend den Kopf schräg. „Wenn du es so erklärst, muss es ein ziemlicher Hammer sein."

„Ist es, glaub mir." Mit Yannis an der Hand schlüpfte ich nacheinander unter den verschiedenfarbigen Absperrungen hindurch. „Wir haben noch ein paar Minuten vor der Frühbesprechung, komm, ich zeige dir meine Arbeit."

Wir standen gerade vor dem Sarkophag und ich erklärte Yannis seine Besonderheiten, als Robert mit wehendem Haar angerannt kam.

„Externer!", hörte ich aus seinem aufgebrachten Gebrüll heraus und richtete mich unsicher auf.

„Elida, das ..." Atemlos stemmte er die Fäuste in die Hüfte. „Unmöglich und unangebracht! Du kannst doch nicht einfach einen externen Kollegen dazu ..."

„Rob, Yannis ist kein Kollege, er ist mein Freund", versuchte ich zu beruhigen, doch Grison machte in diesem Moment fast einen Salto rückwärts.

„Freund??? Du bringst deinen Freund hierher? Hat er dich um diesen Gefallen gebeten?" Obwohl er selbst nur knappe 1,80 m war, ging Grison mit erhobenen Fäusten auf den verwirrten Yannis los.

„Rob! Yannis ist kein Archäologe! Er ist nicht von irgendeiner konkurrierenden Uni!"

„Wohow, Alter!" Yannis war einen Schritt zurückgewichen und hob abwehrend die Hände. „Ich hab nicht mal Abitur, Mann! Elida war nur so begeistert und wollte mir die Kiste zeigen!"

„Die Kiste?!" Grisons Gesicht rötete sich vor Zorn, als habe Yannis gerade sein Enkelkind als dumm bezeichnet. „Das ist so viel mehr als eine Kiste und Elida sollte es besser wissen!" Mit dem ausgestreckten Zeigefinger tippte er Yannis an die Brust. „Nur eine Kiste, pah! Kein Zugang für Externe, oder es wird Konsequenzen haben, Elida!"

Ich schob mich zwischen die beiden Männer. „In Ordnung, Rob, es tut mir leid!" Beschwichtigend legte ich die Hände an Grisons Oberarme. „Hör zu, wir machen es so: Ich muss heute ohnehin schon gegen zwei Uhr wieder los. Gib mir den anderen halben Tag auch frei und ich hole am Samstag alles nach, in Ordnung?"

Grison hatte noch immer die Fäuste erhoben und tänzelte leicht auf der Stelle. Es dauerte ein paar Sekunden, bis er sich gefangen hatte und langsam nickte. „Gut. Dann zur Morgenbesprechung. Nein, nicht zur Besprechung. Du fährst direkt wieder. Oder er … er wartet draußen."

„Alles gut, Rob, Yannis wartet draußen." Ich klang mit Sicherheit, als versuchte ich, ein scheues Meerschweinchen aus seinem Häuschen zu locken. „Er wartet draußen und danach fahren wir direkt."

„Nein, er muss mit reinkommen." Grisons Kopf fuhr herum. „Hier draußen haben wir ihn nicht im Blick."

Ich schaute Yannis an, der sich offenbar von seinem Schrecken erholt hatte und folgsam nickte. „Ich halte mir auch die Ohren zu", bot er an und ich konnte deutlich sehen, dass Rob den Vorschlag für einen Moment in Erwägung zog.

„Kein Abitur?", hakte er nach und Yannis schüttelte den Kopf.

„Nicht mal im Ansatz! Ich bin Sportler."

„Sportler." Nachdenklich zupfte mein Chef sich am Ohr, nickte aber dann. „Gut, wir besprechen die Ergebnisse der geologischen Auswertungen. Die Archivtruppe ist schon auf dem Standesamt im Ort, alle schriftlichen Verzeichnisse sind dorthin gebracht worden. Nur Fiona ist noch hier für die Frühbesprechung. Seid ihr weitergekommen mit den Grabbeigaben?"

„Vielleicht Martin. Ich bin um halb zwölf rum nach Hause gegangen."

Grison brummelte etwas in seinen nicht vorhandenen Bart. Wahrscheinlich, was mir einfiel, einfach Feierabend zu machen. Am selben Tag, an dem ich auch die Arbeit begonnen hatte. Sein Blick huschte über Yannis und er seufzte erneut. Ich konnte seine Vorbehalte förmlich sehen, er war schlimmer als ein Vater. Ich wusste, dass Martin nur so viele Überstunden machte, damit Rob ihm nicht einen Teil seiner Befugnisse entzog, weil er seiner Meinung nach nicht mehr gut genug arbeitete, seit es Carol gab. Nun hatte ich Papa/Chef Grison einen Sportler als Freund und Freizeitbeschäftigung präsentiert. Zwar hatte ich tatsächlich nur das Wort Freund, also friend benutzt, doch es war offensichtlich, dass Grison mehr sah. Und das passte natürlich nicht in sein Weltbild.

TROTZDEM SASSEN wir wenig später alle im Container und Grison war nicht der Einzige, der Yannis beobachtete. Auch die Doktoranden waren unruhig, ich sah, wie einer von ihnen heimlich unter dem Tisch mit seinem Handy hantierte. Es gab wesentlich mehr Flüsterpost, als es eigentlich in Grisons Team üblich war. Dabei verhielt Yannis sich wirklich vorbildlich. Ich hatte gesehen, wie schwer es ihm nach dem ersten Schrecken gefallen war, ernst zu blieben. Doch nun saß er ganz still hinter mir, die Mütze tief in die Stirn gezogen.

Ob ihn noch jemand erkannt hatte? Mit Sicherheit. Vielleicht war es hier in Irland nicht ganz so schlimm wie in Skandinavien oder auch Deutschland, wo er ja tatsächlich sogar in der Jury einer beliebten Talentsendung für Kinder und Jugendliche saß. Ich sah und spürte die vielen Blicke. Oft auch – wie zuvor bei Lynn – gepaart mit dem Erstaunen, dass er mit mir hier war. Ich hatte nie einen Freund mit zu einer Ausgrabung gebracht. Wenn ich es mir genau überlegte, hatte ich in den letzten drei Jahren keinen der Männer, die ich gedated hatte, an meiner Arbeit teilhaben lassen. Und jetzt schleppte ich vollkommen unbedacht diesen riesigen, höchst attraktiven und nicht ganz unbekannten Finnen an.

Egal. Ich rutschte auf meinem Stuhl hin und her und bemühte mich, Lynns Auswertungen zu folgen. Inzwischen war sie bei den Steinen der Innenwand angekommen und ließ den Beamer lange Tabellen an die Containerwand werfen.

„Einige Steine aus der Innenwand rund um die Grabkammer selbst zeigen sehr eindeutig, dass sie mit Bedacht und großem Aufwand hierher gebracht wurden. Ich habe einen Vergleich gestartet, manche der Steine sind aus einem Steinbruch an der Küste. Andere, wie auch das Material des Sarkophags selbst, scheinen dänischer Herkunft zu sein. Die Analyse läuft noch, aber die Zusammensetzung spricht nicht für Wicklow. Wenn ich eine Vermutung in den Raum werfen dürfte, ohne dass ihr ausrastet, ich denke, dass diese Leute da einen ihrer Stammesführer, sei es nun einen Iren oder einen nordischen Clanführer beerdigt haben. Was denkst du, Elida?"

Nachdenklich rieb ich mir das Kinn und stand auf. Mit wenigen Handgriffen hatte ich ein Bild von der linken Außenwand des Sarkophags an die Wand projiziert und deutete auf die Aufnahme. „Das hier ist Yggdrasil, die Weltenesche. Sie verbindet in der nordischen Mythologie die Welten zwischen Asgard und den Unterwelten. In der Inschrift daneben," ich klickte auf eine weitere Vergrößerung, „ist die Rede von Führung und Krieg, in der zweiten Zeile jedoch geht es um spirituelle Führung." Mit dem Finger fuhr ich einige Runen nach. „Es könnte entweder ein Priester gewesen sein, der seinem Volk sehr wichtig war, oder auch ein Clanchef, der sowohl Priester als auch Kriegsherr gewesen ist. Ich bin mir nicht sicher. Aber ich muss ganz klar herausstellen, dass sich kein nordischer Clanführer so bestatten lassen hätte. Das widerspricht allem, woran sie glauben."

Ich ließ mir die übrigen Ergebnisse noch einmal durch den Kopf gehen und holte tief Luft. „Kurz gesagt, ich vermute ein irisches Clanoberhaupt. Der zweite Körper gibt uns noch Rätsel auf, vielleicht ein Sohn oder ein Vertrauter. Ich würde auch die Möglichkeit nicht ausschließen, dass man nach ihrem Tod die Ehefrau dazugelegt hat." Ich warf einen Blick auf die Uhr. „Vielleicht hat Martin noch ein paar Ergänzungen?"

Martin erhob sich und trat neben uns. Wie ich zuvor, suchte er mit flinken Fingern einige Ordner durch und projizierte eines der Röntgenbilder an die Wand.

„Das Röntgenbild hat uns eine genauere Untersuchung des Innenraumes ermöglicht, ohne dass wir den Sarg öffnen mussten und damit vielleicht den Inhalt beschädigt hätten." Er nahm sich einen Zeigestock. „Wir haben eine Axt, mehrere Gefäße, die offenbar aus Stein sind, sowie mehrere Dolche. Die Gürtelschnalle der größeren Person trägt das alte Wappen von Wicklow, eine erstaunliche Enthüllung und ein weiterer Hinweis, dass dieser Mann wichtig gewesen sein muss. Wir haben Broschen entdeckt und einige Beigaben, die wir als Schmuck zu identifizieren glauben." Er warf mir einen Blick zu und ich gab ihm mit dem gereckten Daumen zu verstehen, dass er fortfahren solle und ich einverstanden war, dass er diesen Teil unserer gemeinsamen Arbeit präsentierte.

„Der Größere der beiden trägt eindeutig mehrere Armreife und hat auch eine Kette um den Hals gelegt", fuhr Martin fort und zeigte die Stellen, an denen wir in mühsamer Feinarbeit tatsächlich irgendwann den Schmuck in dem stark gefleckten Bild entdeckt hatten. Durch das Licht im Container war es dagegen fast unmöglich wahrzunehmen. Ich signalisierte dem Doktoranden in der Nähe der Tür, dass er das Licht dimmen sollte. Martin nickte mir dankbar zu, ehe er auch auf einen Ausschnitt am Hals der zweiten Person zeigte.

„Der Kleinere trägt ganz offensichtlich ein Kreuz. Diese Mischung ist so interessant wie das Gesamtbild aus unterschiedlichen Sprachen, Zeichen und Kulturen. Noch ist es schwer einzuordnen, aber dafür sind wir ja hier. Ich möchte euch jetzt noch einen Teil der Außenwand des Sarkophags zeigen, den wir noch vollständig freilegen müssen. Es ist das Fußende." Martin klickte sich durch weitere Bilder und vergrößerte eine Aufnahme der hochauflösenden Kamera. „Dieser Teil wird momentan noch mit äußerster Sorgfalt behandelt und ist definitiv aufgrund des Risses durch den gesamten Außensarg unser Problemkind. Allerdings …", er deutete auf den Bereich etwa zwanzig Zentimeter oberhalb des Sockels, „allerdings haben wir gestern festgestellt, dass dort unten ein weiterer Schriftzug zu finden ist."

Fiona meldete sich plötzlich und er nickte ihr zu.

„Martin, das …" Sie rückte ihre Brille zurecht und stand auf. „Darf ich kurz?" Sie gestikulierte in Richtung des Computers und Martin trat beiseite, damit sie sich näher zum Bildschirm herunterbücken konnte. „Das sind keine Runen, das ist … Martin, ist das Englisch?"

Verwirrt trat nun auch ich wieder näher. Englisch?

„… requesting me to … without … go …, verdammt, es ist furchtbar schlecht lesbar!" Fiona fuhr sich durch die wirren Locken. „People … God … Mist!"

„Was bedeutet das?", fragte einer der Doktoranden in die angespannte Stille.

„Das bedeutet …" Grison knetete seine Finger und starrte an die Wand, als könne er durch lange genug Hinsehen mehr entdecken als die wenigen Worte. „Das bedeutet, dass wir hier entweder einen

Sensationsfund haben, der noch weit spektakulärer ist als bisher angenommen, oder dass wir einem fetten Schwindel aufgesessen sind."

„Schwindel?", hörte ich Yannis leise fragen und Grison erstach ihn fast mit einem kurzen Blick.

„Im neunten und zehnten Jahrhundert wurde hier das Englische weder gesprochen noch geschrieben. Es gab gälische Dialekte, aber die englische Sprache kam erst mit den Normannen, als Heinrich II im späten zwölften Jahrhundert die Herrschaft über Irland übernahm. Erst im fünfzehnten Jahrhundert fingen die beiden Sprachen an, sich gegenseitig zu beeinflussen. Also entweder ist das ein Fake oder eine echte Sensation."

Der gesamte Raum war verstummt. Auch ich starrte wie gebannt auf das Bild an der Wand.

People ... Volk ...

God ... Gott ...

Wo hatte ich das schon einmal gelesen? Mein Nacken kribbelte und ich spürte, wie ein eisiger Hauch meinen Rücken streifte.

„Ich kann dich nicht auf diese Art verlieren. Kehr nach Hause zurück und lebe dein Leben in Sicherheit!", hörte ich wie von weit her auf einmal Yoricks Stimme. Kaum mehr als ein Flüstern, doch in dieser Sekunde zog sich alles in mir zusammen. Ich rieb mir die Oberarme und blinzelte ein paar Mal, um das Bild seines lächelnden Gesichtes zu verdrängen.

„Elida?", vernahm ich leise meinen Namen und es dauerte einen Moment, bis ich merkte, dass es nicht Yorick war, der mit mir sprach, sondern Martin.

„Was?" Rasch schüttelte ich den Kopf.

„Die Runen sagtest du? Elida, hör auf zu murmeln, rede mit uns!", drängte nun auch Rob.

Runen? Verwirrt blickte ich in die Runde. Dann traf mich die Erkenntnis wie ein Blitz und ich war mit zwei Schritten an der Computertastatur. Die Runen! Natürlich!

Hektisch rief ich ein anderes Bild auf und deutete auf die eingeritzten Zeichen. „Dieses hier steht für Volk, also People. Wir haben Gott, ohne dich oder allein, den Tod und ein Begräbnis. Verlassen oder ohne jemanden gehen." Ich tippte mit dem Zeigestock in der zitternden Hand auf die schwer entzifferbare Keilschrift. „Fiona, wenn wir es schaffen, die englischen Fragmente freizulegen, könnten wir vergleichen, ob es sich um eine Übersetzung handelt." Ich umriss den gesamten Sarkophag auf dem nächsten Bild. „Wir haben immer alles doppelt, einmal in Keilschrift, einmal etwas Gälisches. Die gälischen Passagen sind leider zu schwer beschädigt, aber wenn wir es schaffen, die englische Reihe freizulegen und ich diese Runen übersetze, dann können wir es vergleichen."

Grison stand noch immer vor der Containerwand wie vom Blitz getroffen. „Was, wenn es doch ein Fake ist?"

„Wenn es ein Fake wäre, dann müsste sich jemand schwer angestrengt haben." Ich deutete auf den Rechner. „Rob, die Radiocarbon-Datierung irrt sich nicht! Vielleicht sind diese Worte nachträglich eingeritzt worden. Sieh dir die Tiefe an, den Schwung. Das ist nicht irgendein Gekrakel, das wurde bewusst geschrieben! Von einer Hand, der genau gesagt wurde, was sie zu ritzen hat."

Fiona strahlte mich an. „Setz du dich an die Runen, ich grabe mit Martin draußen weiter und wir besprechen uns in einer Stunde?"

Ich nickte sofort, warf dann aber Yannis einen Blick zu. Zu meinem Erstaunen lächelte er und nickte mir zu.

„An die Arbeit!", trompetete Grison und es dauerte kaum acht Sekunden, bis alle draußen waren.

12

„Tut mir leid!“, murmelte ich und legte den Arm um Yannis, der einfach auf seinem Stuhl sitzengeblieben war und die Völkerwanderung ignorierte. Er lächelte zu mir nach oben und in seinen schönen blauen Augen glitzerte es.

„Ich habe dich noch nie so begeistert gesehen.“ Seine Hände fuhren über meine Hüften nach oben. „Lass dich um Himmels willen nicht von mir am Arbeiten hindern!“ Lächelnd zog er mich zu sich heran. „Frag deinen Chef, wo ich mich hinsetzen darf. Ihr Ausgrabungs-Geeks gefallt mir. Bisher hat keiner mich angequatscht, wollte ein Autogramm, einen Kuss oder ein Kind von mir. Für euch sind Schriftzeichen und Knochen spannender und das finde ich äußerst angenehm.“ Seine weichen Lippen berührten meine und ich zuckte in diesem Moment im Halbdunkel des Containers fast vor der Berührung zurück. Für eine Sekunde war es nicht Yannis‘ Gesicht gewesen, das sich mir genähert hatte. Himmel, ich brauchte frische Luft! Warum hatte ich nur das Gefühl, das Yorick mir so nah war?

Ich vergrub die Nase in Yannis‘ wirren blonden Haaren. Er roch wunderbar, doch ich spürte, wie meine Finger auf der Suche nach einem Zopf ganz automatisch in seinen Nacken glitten.

„Bleib … bleib ruhig einen Moment hier“, flüsterte ich mit belegter

Stimme. „Ich werde mich an die Keilschrift setzen und bin hoffentlich in einer Stunde fertig."

Er lächelte mir zu und küsste mich ein weiteres Mal. „Keine Sorge, ich habe ein paar E-Books auf dem Handy und wenn mir langweilig wird, gehe ich an den Strand runter. Wir beide haben noch den ganzen Abend zusammen, ich fliege ja erst morgen früh. Und ich verspreche dir, ich nehme ein Taxi zum Flughafen, damit du pünktlich hier sein kannst." Noch immer lächelnd strich er mir eine Haarsträhne hinter das Ohr. „Es gefällt mir, dass du eine Leidenschaft hast. Auch wenn diese Leidenschaft für mich ein bisschen hoch ist. Bisher war ich doch eher mit nicht ganz so studierten Damen liiert." Er legte die Hände an meine Wangen und küsste mich. „Gegensätze ziehen sich wohl doch an." Lächelnd gab er mich frei und nickte in Richtung PC. „Na komm, geh deiner Leidenschaft nach. Ich bin dir auch tatsächlich nicht böse, dass es nicht ich bin."

Wirklich nicht? Ich brachte ein Lächeln zustande und löste mich aus seinen Armen. „Bis später?"

Er nickte und fuhr sich sehr zufrieden durch die Haare. „Bis später."

~

Obwohl ich über eine Stunde lang Bücher, Online-Foren und andere Textfragmente wälzte, kam ich nicht wirklich voran und es ärgerte mich maßlos.

Ich hatte Yannis irgendwann doch noch an den Strand geschickt, denn seine Vorstellung von konzentriertem Arbeiten enthielt offenbar Schmuserei, dauerndes Nachfragen und mit naivem „Und was heißt das?" auf Zeichen deuten. Gegensätze zogen sich an. Auf jeden Fall zog ihn etwas an mich heran, dass es mich schier erdrückte. Monsieur hatte definitiv seine Schwäche für schlaue Mädchen entdeckt, denn als ich meine Brille angezogen und mir einen Dutt gebunden hatte, schlug er sogar vor, dass wir den Container doch einmal für eine Weile von innen verriegeln könnten.

Ich rieb mir die müden Augen. Verdammt noch mal!

Jemanden bitten zu gehen, nicht ohne jemanden gehen.

Rasten/ ein Dorf gründen.

Ein Volk und ein Gott.

Genervt atmete ich durch die Nase ein und ließ die Luft durch den leicht geöffneten Mund entweichen. Der Tod ... der Tod ... ein Begräbnis.

Eine Trennung oder auch keine Trennung.

Verflixt noch mal, es wurde kein sinnvoller Text, was war nur los mit mir?

Wo hatte ich diese Worte schon einmal gelesen, verdammt?

Ich starrte auf die Runen, bis sie vor meinen Augen verschwammen. Dann stand ich auf. Am Computer des Containers rief ich die ersten Bilder des Fußendes unseres Sarkophags auf. Martin hatte per Bluetooth weitere Fotos direkt in die Cloud geladen, damit auch ich darauf zugreifen konnte. Ich liebte es einfach, wenn die Technik funktionierte!

Spontan hob sich meine Stimmung und ich vergrößerte mir einige Abschnitte. Wow. Die beiden waren ein gutes Stück weitergekommen und hatten den Sarkophag trotzdem sicher mit breiten Seilen stabilisiert.

Requesting me to go away from you, or ... for wherever you go I will ... Wow. Nun entwich tatsächlich für einen Moment alle Luft meinen Lungen und ich musste mich zusammenreißen, nicht laut aufzuschreien. Ich kannte diesen Text! Gott, wir waren so blind, wer kannte ihn nicht?

Mit zitternden Fingern verband ich den Rechner mit dem Internet und gab die Satzfragmente ein. Es dauerte kaum eine Zehntelsekunde, da spuckte die Suchmaschine mir bereits Millionen von Ergebnissen aus.

Give up requesting me to go away from you, or to go back without you: for where you go I will go; and where you take your rest I will take my rest; your people will be my people, and your God my God.

Wherever death comes to you, death will come to me, and there will be my last resting-place; the Lord do so to me and more if we are parted by anything but death.

Ein Bibelzitat. Auf den Sarkophag war tatsächlich ein Bibelzitat graviert!

Es war aus dem Buch Ruth, wahrscheinlich einer der beliebtesten Verse für ein Ehegelöbnis oder eine Hochzeitsfeier.

Rede mir nicht ein, dass ich dich verlassen sollte und von dir umkehren. Wo du hingehst, da will ich auch hingehen; wo du bleibst, da bleibe ich auch. Dein Volk ist mein Volk, und dein Gott ist mein Gott. Wo du stirbst, da sterbe ich auch, da will ich auch begraben werden. Der HERR tue mir dies und das, der Tod muss mich und dich scheiden.

Ich sprang auf und rannte nach draußen.

„Fiona!", kreischte ich und wedelte mit dem Zettel, auf den ich mir die Übersetzung gekritzelt hatte. „Es ist aus der Bibel!"

Ungläubig hielt Fiona meinen Notizzettel in den erdverschmierten Händen. Auch Rob war herangeeilt, als er meine Stimme und ihre ungewohnte Tonlage gehört hatte.

„Ein Bibelvers", flüsterte Fiona andächtig und schaute immer wieder auf den Sarkophag. „Aber warum ist der nicht auf Latein? Niemand in diesem Land konnte zu dieser Zeit wirklich Englisch, konnte schreiben oder kannte die Bibel! Das ist … Das ist ein absolutes Rätsel!"

„Sechshundert Jahre vor Martin Luther." Rob vergrub die Hände in den Haaren und starrte nachdenklich zu Boden. Dann gab er sich einen sichtbaren Ruck. „Wir bauen den Sarkophag jetzt ab."

Unsere drei Gesichter wandten sich ihm spontan zu und er nickte mit Nachdruck.

„Wir wissen jetzt alles, was wir herausfinden konnten. Dieser Fund ist heiß, er ist verwirrend und sensationell. Ich will das alles hier," er umriss mit einer ausholenden Handbewegung den Steinsarg und die Gedenktafel am Boden, „ich will das alles im Labor haben, ich will den Inhalt untersuchen und ich will das Ding mithilfe unserer Restauratoren Stück für Stück wieder zusammensetzen. Martin, ruf in der Klinik an, wir brauchen ein paar Experten für die Knochen und weitere Analysen. Elida, du fotografierst noch einmal alles einzeln, egal wie oft wir das schon getan haben. Leg einen neuen Ordner an und speichere alles separat ab. Fiona, du vergleichst den Vers, den Elida gefunden hat mit dem, was da steht und ich … Ich werde mich um den Transport und ein Abbau-Team kümmern." Er machte auf dem Absatz kehrt und das graue Blouson blähte sich im Wind.

Es wurde spannend. Mit einem kurzen Blick auf die Uhr stellte ich allerdings fest, dass es bereits kurz vor elf war. Vielleicht sollte ich die Drachenzähne heute absagen … Ich blickte mich um. Das hier war zu spannend, zu viel und zu groß, um jetzt einfach zu gehen und anderen das Feld zu überlassen. Yannis! Fiel mir ein und ich rieb mir die Augen. Er war tatsächlich im falschen Moment aufgetaucht. Nur zwei oder drei Wochen früher hätte ich mich über jede Ablenkung von meinem Schreibtischjob gefreut. Jetzt wusste ich nicht, wie ich ihm klarmachen sollte, dass ich hierbleiben und mit anpacken musste. Dass ich keine Zeit für ihn hatte. Seufzend blickte ich mich um.

„Ich muss eben nach Yannis sehen, danach mache ich die Bilder", sagte ich leise und verdrückte mich nach draußen, ehe Fiona oder Martin Einwände erheben konnten.

Auf dem Weg nach draußen sagte ich das Kindertraining für den Nachmittag ab und machte mich auf die Suche nach Yannis. Ich fand meinen fröhlichen Finnen sehr nachdenklich auf einem Stein in der Nähe des Wassers. Er rauchte eine Zigarette und starrte aufs Meer hinaus. Offenbar hatte er nicht gehört, wie ich mich näherte, denn er zuckte zusammen, als ich seinen Arm berührte.

„Hei", flüsterte er und drückte einen sanften Kuss auf meine Schläfe. „Es ist unglaublich schön hier", murmelte er nach einigen Sekunden und schaute weiter über das graue Wasser, auf dem weiße Schaumkronen tanzten. Es war tatsächlich schön, obwohl das Wetter durchwachsen war. Ich lehnte mich an ihn und beobachtete für einen Moment die Möwen, die sich in Scharen hier trafen und Himmel und Wasser bevölkerten.

„Bist du fertig?", fragte er leise und rieb die Nase hinter mein Ohr.

Ich senkte den Blick und biss die Zähne zusammen. „Wie man's nimmt. Wir bauen den Sarkophag heute noch ab."

„Wow!" Er griff nach meinen Schultern und zu meinem Erstaunen sah ich Begeisterung in seinen aquamarinfarbenen Augen aufblitzen. „Darf … darf ich zusehen?"

Verwirrt hob ich die Augenbrauen. „Ich sage dir hier gerade, dass ich wahrscheinlich bis spät in die Nacht einen Steinsarg auseinandernehme und Knochen in Tüten verpacke und du …"

„Hey!", unterbrach er mich und lächelte breit. „Eines Tages wirst du mir hinterherdackeln, während ich zwischen Eishalle, Fototermin, Maske und Hotel herumeiere. Was ich erwarte, ist lediglich dieselbe Begeisterung."

„Bekommst du!" Spontan umarmte ich ihn ganz fest und drückte ihm einen Kuss auf den Mund. „Komm, lass uns gehen!"

13

Es wurde ein langer Tag und ich sah Yannis an, dass er zwar in höchstem Maße fasziniert war, aber nicht im Geringsten nachvollziehen konnte, was uns bewegte, wenn einer von uns ein besonderes Objekt ans Tageslicht beförderte und hysterisch aufschrie.

Zu sechst und mithilfe eines Mini-Kranes an einer Seilwinde hoben wir unter höchsten Sicherheitsvorkehrungen den schweren Sarkophagdeckel an. Rob war zu aufgeregt, um sich daran zu stören, dass Yannis noch da war, ja, sogar half. Wir stellten Scheinwerfer auf und Martin gab nach einigen Fehlversuchen die Kamera an Yannis weiter, da wir Bilder von oben brauchten, dafür aber keine Leiter aufstellen konnten. Folgsam und mit ernster Miene fotografierte mein äußerst liebenswerter Finne daraufhin jede noch so kleine Ecke, die einer von uns ihm zeigte.

Das gesamte Team war im Einsatz, es wurde gehoben, geschoben und stabilisiert. Wie zu erwarten brach tatsächlich ein Teil der äußeren Wand und die Doktoranden wuselten mit Eimerchen und Plastiktütchen herum, um auch ja alles bis zum winzigsten Steinkrümel aufzusammeln.

Nach über zwei Stunden war es so weit. Alles war mit weißer Folie ausgelegt, das Licht neu ausgerichtet. Mittlerweile trugen wir alle helle Schutzanzüge und Brillen. Martin lief ein letztes Mal in den

Container, um die Speicherkarte zu leeren und Yannis eine neue zu geben. Mein Finne stand inzwischen auf einem Hocker und wartete auf weitere Anweisungen. Wann immer sich unsere Blicke trafen, schenkte er mir ein Lächeln. Offenbar genoss er es tatsächlich, mich in Aktion zu erleben. Vorsichtig winkte er mich zu sich, als Martin und Rob begannen, darüber zu debattieren, wie der Innensarg aus fein geschliffenem, schwarzem Stein geöffnet werden sollte.

Ich fuhr sacht über die glatte Oberfläche und spürte einen Schauer. Der Stein sah aus wie vulkanisches Glas, Obsidian vielleicht. Kompakt und glasartig. Ich berührte einige helle Flecken. Pechstein, eindeutig.

Die fortschreitende Kristallbildung sprach dafür, dass das schwarze Gestein bereits bei der Verarbeitung die schneeflockenartigen Einschlüsse gehabt hatte.

Jahrtausendealter Obsidian. Mir wurde regelrecht schwindelig. So etwas Wunderschönes und gut Erhaltenes hatte ich selten gesehen. Besonders in dieser Feinheit und Reinheit. Beseelt lächelnd ging ich zu Yannis hinüber, der gerade die Kamera ausrichtete und nach einigen Aufnahmen von seinem Hocker herunterstieg.

„Öffnet ihr den jetzt tatsächlich?", fragte er, während er mir um den Sarg herum folgte und weitere Aufnahmen aus allen möglichen Winkeln machte.

Rob war begeistert gewesen von seiner ruhigen Hand und den so entstandenen Fotos. Er hatte Yannis höchstpersönlich nicht nur erlaubt zu bleiben, sondern ihn auch ehrenhalber zum Team-Mitglied gemacht und ihm einen extragroßen Schutzanzug bringen lassen.

Ich strahlte ihn an und stellte mich auf Zehenspitzen, um ihn zu küssen. „Wir machen ihn tatsächlich auf." Behutsam tasteten meine Finger sich über den Deckel, der mit Harz verklebt luftdicht gegen den Körper des Sarges abschloss. Wahnsinn.

„Mach Bilder hiervon!" Ich deutete auf die Gravuren der glatten Oberfläche.

Yggdrasil, das immer wiederkehrende Wappen der Stadt und ein Rabe mit weit ausgebreiteten Flügeln. Unfassbar detailgetreu und vollkommen unversehrt. Alles in mir kribbelte und vibrierte.

„Besteht keine Gefahr, wenn ihr ihn öffnet?“, fragte Yannis sehr vorsichtig und ich sah, wie er zögerte, den Sarg zu berühren.

„Es besteht natürlich eine gewisse Gefahr.“ Ich deutete auf die hartgetrockneten, bräunlichen Versiegelungen. „Der Inhalt war jahrhundertelang hermetisch abgeschlossen. Wenn wir ihn öffnen, besteht die Gefahr, dass wir das, was darin ist, beschädigen. Oft setzt die Öffnung und der Luft- beziehungsweise der Sauerstoffkontakt, sehr schnell Oxidationen in Gang. Aber dafür sind ja die Spezialisten angerückt.“ Ich nickte in Richtung Zelteingang, wo sich in einer sehr ordentlichen Reihe zehn medizinische Spezialisten des Institutes mit Vakuum-Aufbewahrungstruhen und Kisten aufgestellt hatten. „Sämtliche Gebeine werden direkt in diese Spezialbehälter überführt, das passiert als Erstes. Wir anderen gehen beiseite und übernehmen erst wieder, wenn auch das letzte Knochenfragment sicher ist. Wir normalen Archäologen bekommen dann die Grabbeigaben für unser Labor.“

„Was ist mit Bakterien oder so?“, hakte Yannis nach. „Kann da etwas überdauert haben?“

Abwägend legte ich den Kopf schräg. „Kann. Aber das muss dann ein extremer Anaerobier sein.“

„Das heißt?“

„Bakterien, die Sporen bilden und keinen Sauerstoff brauchen oder sogar unter Sauerstoff eingehen. Die Gefahr geht oft von ihren Toxinen aus. Klostridien zum Beispiel sind sehr gefährlich. Wundstarrkrampf und Gasbrand sagt dir sicher etwas?“

„Gasbrand? Nicht Milzbrand?“

„Nein, tatsächlich Gasbrand. Das ist eine nekrotisierende Infektion der Weichteile, die mit Gasbildung einhergeht. Milzbrandbakterien, also der Bacillus anthracis, ist obligat aerob. Aber auch ein Sporenbildner.“ Ich sah an seinem Blick, dass ich zu weit ausholte, darum verstummte ich und zog ihn für einen weiteren schnellen Kuss zu mir herunter. „Du denkst bestimmt an so etwas wie den Fluch des Pharao, oder?“

Seine blauen Augen leuchteten begeistert auf. Wie machte er das bloß?

„Genau so etwas!“ Er trat beiseite und zog mich mit sich. „Ist da was dran?“

„Es gab tatsächlich viele ungeklärte Todesfälle bei den Ausgrabungen im Tal der Könige und man gab dem Fluch von Tutanchamun die Schuld.“ Ich zuckte mit den Achseln. „Kann sein, muss aber nicht. In der Theorie ist es ein Pilz gewesen, der praktisch alle Leute, die an der Graböffnung selbst beteiligt waren, dahingerafft hat. Aspergillus niger oder Aspergillus flavius, ich bin mir nicht ganz sicher. Er setzt sich in der Lunge fest und vermehrt sich sehr schnell im feuchten, warmen Milieu. Darum kam es bei den Wissenschaftlern damals auch zu Hämoptyse, also blutigem Husten. Bei manchen der Betroffenen war das Hirn befallen und sie verloren den Verstand. Wirklich nachweisen konnte es aber soweit ich weiß niemand. Eine mysteriöse Sache.“ Schmunzelnd kraulte ich sein Kinn. „Möchtest du lieber einen Atemschutz?“

Grinsend schüttelte Yannis den Kopf und beobachtete das geschäftige Treiben um uns herum. „Weißt du, dass es unfassbar ist, was du mit mir anstellst?“, murmelte er dann sehr nah an meinem Ohr. „Du sagst Dinge wie Aspergillus irgendwas und ich habe spontan das Bedürfnis, dir deinen Anzug runterzureißen und uns ein dunkles Eckchen zu suchen.“ Seine Lippen glitten sanft über meinen Nacken und ich schmiegte mich mit geschlossenen Augen an ihn. Ich hätte tatsächlich nichts dagegen, denn ich stand derart unter Strom, dass es mir wahrscheinlich guttäte, ein wenig Adrenalin abzubauen.

„Spätestens im Auto bist du nachher fällig“, murmelte ich an seinem weichen Mund und spürte, wie er erneut grinste.

„Zu Befehl, Frau Professor!“

„Jan, Fotos!“, brüllte Rob quer durch den Raum. Der YanNIS war offenbar nicht angekommen, obwohl ich ihn mit diesem Namen vorgestellt hatte. Aber immerhin wurde Jan freundlich geduldet.

Ich rieb meine Hüfte leicht gegen Yannis, ehe ich ihn losließ und ihm anerkennend zunickte. „Schön Fotos machen, dann machen wir beide bald ein Päuschen.“

Verdattert starrte Yannis mir hinterher und ich zwinkerte ihm zu. Dann lachte er plötzlich und rief etwas auf Finnisch, von dem ich nur:

„Warm anziehen, fertig bin und Rest der Nacht“ verstand. Was aber eigentlich genügte, denn sein freches Grinsen sprach Bände.

In diesem Moment wurden die tragbaren Hebegeräte hereingebracht und ich in eine andere Ecke gedrängt. Zwei der Restauratoren unseres Labors standen sich bereits an beiden Seiten des Sarges gegenüber und tauschten ihre Feinmechaniker-Werkzeuge aus. Gleich würden sie das Harz entfernen und damit die Versiegelung aufbrechen. Sobald eine winzige Lücke zwischen dem Deckel und dem Corpus entstanden war, wurden dann die schmalen Hebeflächen eingebracht und von sechs Mitarbeitern gleichzeitig manuell bedient, um das Kopf- und das Fußende sowie jede Seite doppelt und so gleichmäßig wie möglich anzuheben. Martin, Chris, Ben und Lasse scharrten mit den Füßen, Rob stellte sich an das Kopfende und winkte Lynn zu sich heran. „Miss Turner, das Fußende!“, rief er und gestikulierte Yannis in Richtung des Hockers. „Jan, Ihr Auftritt! Auf gehts.“

Das leise Hämmern und Kratzen war für einen Moment das einzige Geräusch in der Grabkammer, obwohl sich inzwischen an die dreißig Menschen darin drängten. Lynn wandte suchend den Kopf und hob den schweren Heber ein kleines Stück an. Fragend nickte sie mir zu, doch ich wehrte ab. Ich war nie ein Drängler gewesen, mein Stand im Leben war fest genug, dass ich es nicht nötig hatte, mich überall in den Vordergrund zu spielen. Und immerhin war ich gewissermaßen auf das Highlight des Tages gestoßen, den Bibelvers. Mein Soll an Heldentaten hatte bereits ein Goldsternchen, da konnte sie doch wenigstens die Ehre haben, mit anzupacken. Ich schob mich trotzdem zwischen sie und Lasse, unseren freundlichen Labor-Geo-Physiker. Sehen wollte ich es. Mit eigenen Augen. In der ersten Sekunde. Aufgeregt rieb ich mir die Hände.

„Clear!“, rief einer der Restauratoren und trat zurück. Der andere nickte und fuhr ein letztes Mal mit einem speziellen, angewärmten Messer durch den schmalen Schlitz.

„Hier auch!“, rief er und packte wie auch sein Kollege mit an, um die sechs gummierten Unterlegscheiben an die richtigen Stellen zu setzen.

Es ging los. Spontan griff ich doch noch zu und half Ben, dessen Hebearm sich verkantet hatte. Er warf mir ein dankbares Lächeln zu und ich sah den Schweiß, der ihm auf der Stirn stand. Es war seine erste richtige Ausgrabung. Denn seit er vor zwei Jahren ins Team gekommen war, hatte sich seine Arbeit aufgrund seiner Promotion eigentlich nur auf die Archive der Uni und einiger Kirchen in der Umgebung beschränkt. Er war brillant und ich wusste, er hasste es, der dauernde Bücherwurm zu sein.

„Ich hab dir noch ein paar Notizen hingelegt", flüsterte er mir plötzlich atemlos zu und sein Gesicht strahlte. „Wir haben einige Namen entdeckt, vielleicht sagen sie dir etwas. Sie klingen nordisch, das kannst du mit Sicherheit eher zuordnen."

Ich warf ihm ein Lächeln zu. „Das ist super! Danke! Kommt wohl einer infrage für unsere beiden John Does hier?"

„Vielleicht. Es waren mehrere Clans gelistet, einige sogar in den Trauregistern, weil sie wohl einheimische Frauen geheiratet haben. Magnusson, Nordinson, Johannson, Ragnarsson und noch irgendwas Jorentson oder so ähnlich." Ben stemmte sich gegen den Hebearm und warf Rob einen Blick zu. „Wie gesagt, liegt alles für dich im Container."

„Danke", murmelte ich zurück und die Enttäuschung brannte für einen Moment irgendwo in meiner Brust. Dummes Mädchen, natürlich hatte ich Havarson erwartet, aber das war wohl doch zu viel des Wunschkonzerts. Ich biss die Zähne zusammen und klopfte Ben auf die Schulter.

„Sehr gute Arbeit", schaffte ich es zu sagen, so eng und dunkel mir im Herzen gerade auch war. Graböffnung, ich musste mich jetzt auf diese Sensation konzentrieren. Meine Arbeit, meine Forschung und Yannis. Das war meine Gegenwart. Alles andere war … Etwas anderes. Fiktiv. Vielleicht tatsächlich so etwas wie ein Traum oder Hirngespinst.

Ein Hirntumor wäre wohl die einfachste Erklärung für meine seltsamen Gefühle, Träume und emotionalen Schwankungen. Die Bilder einer MRT-Untersuchung im letzten Winter nach einem Unfall in der Kletterhalle schlossen diese Möglichkeit aber ziemlich eindeutig aus. Seufzend konzentrierte ich mich wieder auf den leicht verstaubten, aber nichtsdestotrotz glänzenden Obsidian.

„Zugleich!", rief Rob auf einmal und ich sah aus den Augenwinkeln, wie die Spezialisten mit den Vakuum-Kisten näher rückten. Yannis stand bereit, die Kamera im Anschlag. Er lächelte, doch es wirkte angespannt. Natürlich, man wurde schließlich nicht alle Tage Zeuge einer solchen Sensation. Nicht einmal Yannis Karhu.

„Auf Stufe 1 einrasten!“, befahl Rob atemlos und alle fünf seiner Handlanger bemühten sich, im Gleichklang zu drücken. Ein leises Knirschen war zu hören, dann hob sich die Platte wenige Millimeter.

„Auf 2.“ Inzwischen flüsterte Rob nur noch und das Team reagierte, ohne zu zögern.

Der Geruch, der mir in die Nase stieg, war merkwürdig neutral. Trocken und leicht muffig. Instinktiv hielt ich trotzdem für einen Moment die Luft an. Das war er, unser großer Fund.

„Zugleich!“, hauchte Rob und ich hörte das leise Knarren und Einrasten der Hebewerke, die es kaum schafften, mein aufgeregt schlagendes Herz zu übertönen.

14

„Woran denkst du?“, fragte ich Yannis leise und erntete ein müdes Brummen.

Vorsichtig drehte ich mich auf die Seite, um ihn ansehen zu können, und forschte im dämmrigen Halblicht in seinen blauen Augen.

Er lächelte mich an und rückte seine Jacke zurecht, die er im Nacken als Kissen zusammengelegt hatte.

„Das war ein ziemlich aufregender Tag“, stellte er fest und nahm einen tiefen Zug von seiner Zigarette. Ich tat es ihm gleich und nickte schmunzelnd. Oh ja.

Es freute mich ungemein, dass ich mit meinem Archäologenleben Mister Premiere League einen aufregenden Tag beschert hatte. Nun gut, er war tatsächlich extraordinär gewesen. Vielleicht aufgrund des fehlenden Goldes kein Carter-Fund, aber so viel mehr als das für das Verständnis der Welt für die irische Geschichte und für die Wissenschaft.

„Denk nicht, dass alle meine Tage so spannend sind!“, wehrte ich verlegen ab, doch Yannis lachte nur leise.

„Ich denke, das ist in meinem Leben wohl genauso.“

„Was meinst du?“

Er seufzte leise und zog an seiner Zigarette, ehe er den Rauch durch die Nasenlöcher entweichen ließ. Gott, was sah er sexy aus, wenn er rauchte!

„Wie stellst du dir mein Leben vor?", fragte er, anstatt mir eine direkte Antwort zu geben.

Ich zuckte mit den Achseln und lehnte mich an die Seitenwand meines Kofferraumes, den wir mit umgeklappten Rücksitzen und offener Heckklappe zur Pausen-Kuschel-Ecke umfunktioniert hatten.

„Ich weiß nicht." Nachdenklich beobachtete ich einige Krähen, die sich für die Nacht zu einem Schwarm zusammenfanden. „Viel Sport und Applaus, Interviews und Fototermine und dann auch so wie neulich nachts. Bilder sichten, Lieder schreiben, Musik machen, Pizza und Bier, schöne Frauen, ausverkaufte Hallen. Viel Schweiß und ziemlich kalt."

Nachdenklich drehte er die Zigarette zwischen den Fingern und ich sah, wie er schmunzelte.

„Das ist ein kleiner Teil und er ist schön", gab er dann zu und seine leuchtenden Augen suchten meine trotz der Dunkelheit. „Ein großer Teil sind anstrengende Reisen. Interviews, Shitstorms, Verhandlungen und Wortgefechte mit Firmen und Kunden, die manchmal das Potenzial einer Idee für eine Kampagne nicht erkennen, auch wenn sie ihnen in den Arsch beißt." Langsam schüttelte er den Kopf und schnippte seine Kippe nach draußen. „Es ist viel harte Arbeit und es kostet Nerven. Wir verarbeiten viel von unseren persönlichen Erfahrungen in den Kampagnen und besonders ich in meinem Reise- und Video-Blog. PR ist spannend, aber ich weiß auch, wie schmutzig sie sein kann, besonders seit meinem Unfall, der mich monatelang auf die Reservebank gezwungen hat. Seit ich an dieser Show mitarbeite und denen sozusagen als Coach diene, wurde die Firma international richtig gepusht. Die Jungs sind natürlich glücklich darüber, aber für mich war es nur ein weiterer Schritt raus aus der Liga und das tut weh." Er zuckte leicht mit den Achseln. „Ich war mein Leben lang Eishockeyspieler, eigentlich seit ich laufen kann. Und jetzt gehöre ich zum alten Eisen und muss mir etwas anderes suchen, in einer ganz anderen Welt klarkommen." Erneut seufzte er leise und zündete sich schweigend eine neue Zigarette an. Ich hatte meine noch nicht einmal zur Hälfte geraucht, aber ich war auch nur Gelegenheitsraucher.

Gedankenverloren betrachtete ich Yannis. Dieser unglaublich schöne Mann mit dem scheinbar so aufregenden Leben, dessen Schattenseiten man erst wirklich kennenlernte, wenn man ihn kennenlernte. Sacht strich ich ihm die Haare aus der Stirn und er hob den Blick.

„Ist das hier dein Traum?", fragte er leise. „Dein Traumjob, dein Traum vom Leben?"

„Manchmal. Oft. Meistens."

Er lachte gedämpft und der sanfte Laut traf mich irgendwo tief in meiner Seele. „Und manchmal nicht", ergänzte er und stützte sich neben mir auf seine Ellenbogen. „Genauso geht es mir. Es ist schön zu wissen, dass es anderen Menschen mit völlig anderen Voraussetzungen, anderen Berufen und anderen Lebensentwürfen genauso geht wie mir."

Ich spürte seine Hand an meiner Wange und schloss für einen Moment die Augen. Der Regen trommelte noch immer unaufhörlich auf das Dach des Seat. Es war kalt, nass und ich war eigentlich erschöpft bis in die Tiefen jedes einzelnen Knochens. Aber ich war auch aufgeregt. Völlig überdreht aufgrund der Dinge, die ich in den letzten Stunden gesehen und erlebt hatte. Und gleichzeitig sehr ruhig durch ihn, den Mann, der neben mir lag. Eine seltsame und sehr emotionale Mischung.

„Elida! Jan!", unterbrach eine aufgeregte Stimme die spontane Annäherung unserer Lippen. Es war Ben, der hektisch winkend vor dem Auto stand. „Pause ist um!", japste er und alles an ihm strahlte. „Wir haben den Fehler gefunden, die Platte lässt sich weiter heben!"

Sofort kletterte ich aus dem Kofferraum. „Wo war das Problem?"

„Bloß ein scheiß verkanteter Innenhebel, unfassbar. Das Ding hatte ein Scharnier, das geklemmt hat, wir stemmen jetzt nur noch von rechts", erklärte Ben knapp und packte mich am Arm. „Jetzt bewegt sich der Deckel. Wir brauchen Fotos, Jan!"

So gut mir die kurze Zwangspause auch getan hatte, ich war sofort wieder im Arbeitsmodus. Der Deckel des Obsidian-Sarges hatte sich partout nicht mehr als ein paar Zentimeter öffnen lassen. Rob hatte uns kopflos schließlich in eine Pause geschickt, um mit Chris und Ben, die immerhin ein wenig technisches Wissen besaßen, daran zu arbeiten. Jetzt ging es weiter. Ich warf Yannis einen Blick zu und schaute auf die Uhr. Fast sieben Uhr abends. So viel zu unserem romantischen Dinner. Wahrscheinlich lief es auf Bratwurst oder Döner hinaus, und das auch erst gegen elf Uhr. Mir lag bereits eine Entschuldigung auf der Zunge, als Yannis mich angrinste und sich die Kamera wieder umhängte.

„Auf gehts, da warten Knochen auf uns!" Er schob mich vor sich her durch den Regen. „Los, los, junge Frau, Sie verpassen das Beste!"

Ein überraschtes Lachen entfuhr mir und ich lehnte mich kurz an Yannis' Oberarm. „Du bist echt verrückt!"

IM ZELT FIEBERTE uns bereits die Unruhe entgegen. Rob kam hereingerannt, Fiona und Rita mit Chris und Lasse im Schlepptau. Die Medizintechniker waren ebenfalls vorgerückt und die Erregung wurde greifbar.

„Lasst uns die Geschichte neu schreiben!", verkündete Rob und ich musste trotz meiner Aufregung grinsen. Diesen Satz hatte er sich bestimmt schon vor ein paar Tagen zurechtgelegt und vor dem Spiegel geübt.

„Auf 3!", rief Martin und erntete dafür einen erbosten Blick von Rob, der das Kommando selbst geben wollte. Martin sah den Blick seines Vorgesetzten und nickte ihm hastig zu.

„1 … 2 … 3!", zählte Grison und stemmte sich gemeinsam mit Lynn, Ben und Martin gegen durchscheinenden schwarzen Stein.

Der Deckel hob sich, es knirschte laut, doch bevor Rob die Chance hatte, „Stopp!" zu rufen, knackte es und die Platte rutschte über den Rand. Wie in Zeitlupe sah ich die reich verzierte und sicherlich neunzig Kilogramm schwere Pechsteinplatte fallen. Alles in mir schrie auf. Nicht so, nicht herunterfallen und zerbrechen, Gott, bitte nicht! Aus den Augenwinkeln sah ich Toby, einen der Medizintechniker, und Chris heranhechten. Sie packten zu, doch die Wucht der Platte warf die beiden Männer zu Boden. Ich hatte keine Ahnung, wie Yannis so schnell die Situation begreifen und reagieren konnte. Doch er war im Bruchteil einer Sekunde auf die Erde gesprungen, hatte den kleinen Metallhocker, auf dem er bisher gestanden war, gedreht und mit dem

Fuß nach vorne gestoßen. Ein einziger langer Schritt von ihm und er fing die Steinplatte ab, die das Hockergestänge kreischend knapp über Chris‘ Brustkorb abgebremst hatte.

In der vollkommenen Stille hörte ich überdeutlich Yannis‘ Atem. Er sah mich an, die Augen schreckensgeweitet und durch die fast komplette Dilatation seiner Pupillen schwarz. Die beiden Männer unter der Platte lagen noch für einen Moment schockstarr auf dem Rücken. Dann gab Chris auf einmal einen Laut von sich. Es klang wie eine Mischung aus einem Aufschrei und einem Würgen. Das Geräusch löste meine Erstarrung und ich rannte mit zitternden Knien um den Steinsarg herum.

„Bist du okay?“, flüsterte ich heiser und griff nach den Armen, die mir mein Kollege mit panischen Augen entgegenstreckte. Weitere Leute kamen angerannt, nahmen Yannis die Platte ab und halfen dabei, auch den Techniker zu befreien, der weniger Glück gehabt hatte.

Wütend auf sich, das Team und die Situation begann Grison zu brüllen. Warum hatte keiner an die Sicherungsleinen gedacht, warum war das Scharnier gebrochen, warum hatte das keiner kommen sehen?

Weil wir alle müde waren? Weil das Scharnier wahrscheinlich über tausend Jahre alt war?

Martin packte Rob bei den Armen, drückte ihm ein Telefon in die Hand und wies ihn an, einen Krankenwagen zu holen, ehe er selbst erste Hilfe leistete. Schweigend ließ Toby sich untersuchen, der Schock saß tief, doch offenbar war lediglich sein Arm gebrochen, da er ungeschickt auf eine Seite gefallen war. Chris übergab sich derweil lautstark am Zelteingang und mein Blick huschte umher.

Blass wie die Wand saß Yannis auf dem Boden und ich lief zu ihm, um meine Arme fest um seinen zitternden Körper zu schlingen. Ich spürte seinen Herzschlag bis tief in meine eigenen Knochen vibrieren.

„Das war scheißknapp!“, flüsterte er auf Finnisch und sah mich an, die Augen noch immer kaum mehr als ein dünner blauer Irisrand um einen schwarzen See.

„Ich weiß“, flüsterte ich zurück. „Nicht auszudenken, was …“ Ich ließ den Satz in der Schwebe und half Yannis mit einiger Mühe auf die

Füße zurück. Er schüttelte den Kopf und machte sich von mir los, um sich einfach wieder hinfallen zu lassen.

„Ich brauch noch einen Moment." Er nahm die Kamera ab, die schief über seiner Schulter hing und reichte sie mir. „Mach du die Fotos, ich zittere zu sehr."

Fotos, natürlich. Auch meine Hände zitterten fürchterlich, doch irgendjemand musste die Initiative ergreifen und in dem Chaos um uns herum diese einmalige Möglichkeit wahrnehmen. Ich hob den Hocker vom Boden auf und quetschte mich durch den Menschenauflauf um Toby.

Fotos, bemühte ich mich, zu fokussieren, und holte tief Luft.

Nach diesem Schock hatte ich eigentlich erwartet, dass mich so schnell nichts mehr aus der Fassung bringen würde. Der Inhalt des Sarkophags tat es dennoch.

Sie lagen eng beieinander, der Größere auf dem Rücken, der Kleinere leicht seitlich daneben. Die Bestatter hatten die Hand des Kleineren auf die Brust des Großen gelegt. Der Arm des Großen war unter dem Nacken des Kleineren hindurch geschlungen und ruhte an dessen Seite. Vollkommen fasziniert schaute ich auf die liebevolle Umarmung herunter und blendete die Geräusche um mich herum aus. Ich war die erste Person seit über tausend Jahren, die Zeuge dieser Nähe und Zuneigung wurde. Das hier war definitiv kein Vater mit seinem Sohn. Ich war mir zu 100% sicher, dass es sich um einen Ortsvorsteher und seine Frau handeln musste. Gott, ich konnte mich nicht sattsehen! Ich fotografierte, zoomte, lichtete jedes noch so kleine Fitzelchen Stoff ab. Der lederne Gürtel mit dem Stadtwappen aus Feuerkelch und Rabe. Die Axt, ebenfalls geziert mit einem Raben. Die Reste eines festlichen Kleides, von dem es mir schleierhaft war, wie es sich so lange hatte erhalten können.

Dieser Fund war fantastisch. Allein die Tatsache, wie sich die beiden noch im Tode umarmten, schickte mir einen Schauer über den Rücken. Die Frau lag dem Mann zugewandt. Das, was von ihrer Nase übrig geblieben war, berührte seine Schulter. Ihre durch die Mumifikation im Obsidian-Sarg noch immer seltsam gut erhaltene Hand war genau über seinem Herzen platziert. Fast so, als habe nicht einmal der Tod es gewagt, die beiden wirklich zu trennen.

Eine Hand legte sich auf meine Schulter und ich fuhr zusammen, als auf einmal Yannis neben mir stand.

„Ist nicht mehr arg viel erhalten, was?“, fragte er leise und stellte sich neben meinen Hocker. Ich sah ihn entrüstet an und wollte ihn am liebsten zurechtstutzen. Nicht viel erhalten? Was erwartete er denn nach tausend Jahren? Doch ein Blick in sein freundliches, noch immer blasses Gesicht genügte. Woher sollte er es auch wissen? Wie sollte er anhand dieser beiden für Otto-Normalverbraucher schwer verunstalteten Leichen ihren Wert für einen Archäologen verstehen?

Sacht legte ich den Arm um seine Schultern und küsste sein Haar.

„Dafür, dass sie ein knappes Jahrtausend, wenn nicht mehr, in dieser Kiste lagen, sehen die beiden Mumien verdammt gut aus“, erklärte ich und deutete auf den offenen Sarg. „Ein Teil der Kleider ist erhalten und die Art, wie die beiden sich in den Armen liegen, ist alles andere als gewöhnlich.“

„Mumien?“ Yannis beugte sich vor und musterte das Pärchen irritiert. Ich sah, dass es ihn ein klein wenig Überwindung kostete, so genau hinzusehen, er tat es dennoch und schaute dann mich wieder an. „Ich dachte, Mumien gibt es nur in Ägypten, die Einbalsamierten mit den Umwickelungen?“

Schmunzelnd schüttelte ich den Kopf. „Das ist nur eine Art. Die klassische Mumie aus Funk und Fernsehen sozusagen. Die alten Ägypter haben ihre Toten tatsächlich einbalsamiert und eingewickelt. Hierbei spricht man von Mumifizierung. Mumifikation dagegen ist ein natürlicher Prozess. Es gibt zum Beispiel Moorleichen oder Kältemumien wie den Ötzi. Oder auch Trockenmumien in Wüstengebieten. Hier wurde der Verwesungsprozess offenbar durch den Sauerstoff-Ausschluss gestoppt. Der Innensarg war praktisch vollkommen dicht durch die Harzversiegelung. Kein Sauerstoff, keine Zersetzung. Die Leichen trocknen dann lediglich aus, manchmal kommt es auch zur Bildung sogenannter Wachsleichen. Durch die Aufbewahrung in sehr saugfähigem Stein ist die Kapuzinergruft in Palermo mit einigen der besterhaltenen Mumien entstanden. Der Begriff der Mumie ist tatsächlich stark belegt durch die ägyptischen Mumien, aber damit haben diese beiden nichts zu tun.“

Ich rief nach Rob und winkte einigen der Medizintechniker.

Vielleicht ging es jetzt schon um Minuten, denn ich wusste, dass die plötzliche Sauerstoffzufuhr einige chemische Prozesse in Gang setzen konnte, die wir auf keinen Fall haben wollten.

„Ich habe alles dokumentiert!" Ich reichte Martin die Kamera. „Jetzt sollten wir schnellstmöglich alles verpacken."

Martin nickte mir dankbar zu und wandte sich in Richtung Container. Mit Sirene und Blaulicht näherte sich ein Krankenwagen, während Martin mit Lasse im Zelteingang stand und den Technikern noch einige Anweisungen gab. Ich kletterte von meinem Hocker herunter und griff in einen der bereitstehenden Koffer. Wir hatten immer Hunderte verschiedengroße Tütchen mit einer Art Reißverschluss in unserem Equipment und es brannte mir unter den Nägeln, einige der Artefakte zu Verpacken und zu katalogisieren. Mit einem Blick auf Yannis hielt ich inne. Eigentlich sollten wir jetzt langsam nach Hause fahren und zum gemütlichen Teil des Tages übergehen. Zu meiner großen Erleichterung schien er meinen Zwiespalt zu spüren und wedelte mit seinem Zigarettenpäckchen.

„Ich gehe eine rauchen, telefoniere ein bisschen wegen meiner Tagesplanung für morgen und gehe dann eine Runde Burger für alle holen, okay?"

Ein Lächeln breitete sich auf meinem Gesicht aus.

„Du bist ziemlich toll, weißt du das?" Ich stellte mich auf Zehenspitzen, um ihn zu küssen.

„Weiß ich natürlich." Grinsend erwiderte er meinen Kuss und schob mich dann wieder von sich. „Auf, auf, pack fein Knochen in Gefrierbeutelchen!"

Ich sah ihm nach, als er das Zelt verließ. Er war tatsächlich toll. Er war witzig, charmant und ich mochte es, Zeit mit ihm zu verbringen. Vor dem geöffneten Sarkophag blieb ich stehen und betrachtete die Liebenden darin. Zu meinem Erstaunen tat es mir weh, die beiden anzusehen. Ihre liebevolle Umarmung, ihre Nähe seit tausend Jahren. Wie nah mussten sie sich gestanden haben, wie sehr mussten sie einander geliebt haben! Die Erkenntnis traf mich wie ein Stich tief in mein Herz. Ich mochte Yannis, liebte ihn vielleicht sogar. Doch das waren nicht wir. Ich würde nicht an seiner Seite beerdigt werden, würde vielleicht nicht einmal lange an seiner

Seite leben. Die ganz großen Gefühle, die große Liebe, das war nicht er für mich.

Ich zerknüllte die kleine Tüte in meiner Hand und musste mich zusammenreißen, ruhig zu atmen. Wie durch einen Schleier sah ich, wie jemand sich über den Sarkophag beugte und gestikulierte. Zwei weitere Männer kamen angerannt. Jemand nahm den Arm der Frau von der Brust ihres Mannes und ich wäre am liebsten dazwischen gegangen. Ich wollte aufschreien, sie daran hindern. Nur unter Aufbietung aller mir zur Verfügung stehenden Kräfte schaffte ich es, niemanden anzubrüllen und zu verlangen, dass das Grab sofort wieder geschlossen wurde.

Gott, was war nur los mit mir? Ich legte die Hand an meine Stirn, doch sie fühlte sich normal an. Kein Fieberwahn, alles im grünen Bereich.

Die beiden mussten umgebettet werden. Sie mussten untersucht werden, daran führte kein Weg vorbei! Vielleicht würde man sie ausstellen, aber ich konnte dafür sorgen, dass man ihr gemeinsames Grab im Museum wieder fast genauso herrichtete wie dieses hier.

Nur langsam beruhigte sich mein heftiger Herzschlag und ich spürte, wie schwindelig mir war. Ich war müde, hungrig und völlig überarbeitet.

Und ich wusste in diesem Moment mit schmerzhafter Gewissheit, dass ich nicht mit Yannis alt werden würde.

15

Mit einem leisen Aufschrei fuhr ich aus dem Kissen und tastete über den Platz neben mir. Meine Finger glitten über einen warmen Körper und ich sank zurück in mein schweißfeuchtes, zerwühltes Bett.

Es war nur ein Traum gewesen, nichtsdestotrotz erschreckend realistisch. Schwer atmend schaute ich hinaus in den rosig anbrechenden Morgen. Was für ein verwirrender Traum! Ich hasste mein Unterbewusstsein für die seltsamen Verknüpfungen, die es zu meinem realen Leben fand! Was war passiert? Ich legte die Hand über die Augen.

Aevarr. Er war tot, ich hatte seine Bestattung gesehen. Zuerst rituell auf einem brennenden Boot, doch plötzlich hatte sich das komplette Szenario verändert. Ich sah den Sarkophag und als ich einen Schritt darauf zu wagte, lächelte Idun mich von Pfeilen durchbohrt aus seinem Inneren an. Eine Gänsehaut kroch über meinen ganzen Körper. Dann war Aevarr gekommen. Er hatte eine riesige, blutige Wunde an seinem Nacken, doch auch er lächelte mich an. Förmlich verbeugte er sich vor mir und kletterte in den Steinsarg. Idun kuschelte sich ganz selbstverständlich an seine Seite und legte die Hand auf die Brust ihres Mannes.

„Es wird alles gut, Schwester“, flüsterte sie mir zu. „Schließt den

Sarg nur gut und lasst nicht zu, dass jemand uns stört.“ Erneut lächelte sie und ich sah Yorick neben mir. Er drückte sacht meine Schulter und hob ohne jede Schwierigkeit die schwere Pechsteinplatte auf, um das Grab zu verschließen.

„Nimm du das Harz und mach den Rand dicht“, befahl er.

Vollkommen verwirrt starrte ich hinunter auf das kleine Eimerchen und den Pinsel in meiner Hand.

„Seherin?“, hörte ich Yorick flüstern und blickte auf. Er sah mich an und lächelte. Sanft legte er die Hand an meine Wange und küsste mich.

Eine Million Gefühle explodierten in dieser Sekunde in meinem Inneren. So viele, dass ich noch nicht einmal mehr verstand, woher sie kamen, wie es sein konnte, dass ich sie spüren, aber nicht benennen konnte. Atemlos umschlag ich ihn mit den Armen und erwiderte die Liebkosung, die ich so schmerzlich vermisst hatte.

Sein leises Lachen tönte in meinen Ohren, als er mich von sich schob. „Es ist deine Pflicht, du bist ihre Herrin, die weltliche und spirituelle Führung dieses Clans. Gib den Verstorbenen deinen Segen.“

„Ich bin was?“, hörte ich mich zittrig fragen und er lachte erneut. Gott, er war so schön, wenn er lachte!

„Ihre Herrin, mein Herz.“ Er berührte meine Lippen mit seinen. „Ihre und meine.“

Das war der Moment, in dem ich aus dem Schlaf schreckte, gefangen irgendwo zwischen Traum und Erinnerung.

Yannis neben mir schnarchte leise. Es war verflucht spät geworden und ich erinnerte mich nur bruchstückhaft, wie ich in mein Bett gekommen war. Ich warf einen Blick auf die Uhr auf dem kleinen Nachttisch. Es war gerade halb sechs, was lief nur verkehrt mit mir? Schwer atmend schwang ich die Beine aus dem Bett und stand leise auf. Neben meinem BH und Yannis‘ Short lag ein benutztes Kondom auf dem Boden. Aha. Ich rieb mir das Gesicht.

Wann waren bei mir in der letzten Nacht die Lichter ausgegangen?

Wie erschlagen und auf Autopilot schleppte ich mich ins Bad.

Autsch, ich war tatsächlich ein wenig wund. Offenbar hatten wir den romantischen Abend noch gebührend im Bett ausklingen lassen.

Ich massierte meinen steifen Nacken und schaltete die Dusche an. Wenn ich ohnehin nicht mehr schlafen konnte, wollte ich wenigstens richtig aufwachen.

Yannis schlief noch immer, als ich eine Viertelstunde später ins Schlafzimmer schlich und mich anzog. In der Küche setzte ich mich mit einer großen Tasse Kaffee direkt auf die Heizung und starrte hinaus in den grauen Tag.

Es war unlogisch. Alles war unlogisch.

Wie stand es um die Fakten?

Fakt 1: Traum. Oder Hirngespinst. Eventuell ein ungeschickt wachsender Tumor irgendwo verborgen in meinen Gehirnwindungen.

Fakt 2: Der Mann und die Frau im Sarg waren definitiv nicht Aevarr und Idun. Niemand hätte es gewagt, sie dergestalt zu beerdigen, anstatt ihnen die letzte Ehre zu erweisen, wie die Götter es vorsahen.

Fakt 3: Ich mochte Yorick … Yannis! Verdammt, ich mochte Yannis! Er tat mir gut, er zeigte Verständnis. Auch wenn ich irgendwo tief in mir spürte, dass wir nicht zusammen alt werden würden. In welcher Beziehung wusste man das schon ganz zu Anfang? Hm? Logik, Elida! Niemand wusste nach so kurzer Zeit bereits, dass er für immer mit jemandem zusammen sein würde!

Doch.

Ich hatte es gewusst.

Ich wäre geblieben. Bei ihm, Yorick. Ich hätte alles aufgegeben, ohne auch nur eine Sekunde zu zögern.

Übelkeit stieg meinen Hals hinauf und ich schob meine Tasse von mir.

Herzlichen Glückwunsch, dass ich es geschafft hatte, mich bei meinem Glioblastom- oder auch Psychose-induzierten Tumor-Dachschaden-Traum spontan für einen Mann zu entscheiden.

Ich vergrub das Gesicht in den Händen und zwang meinen Mageninhalt wieder und wieder nach unten. Vielleicht sollte ich mir Hilfe suchen. Aber wo? Nervös spielte ich mit meinem Handy. Vielleicht sollte ich einfach bei meinem Hausarzt nachfragen, ob er mich an einen Psychologen vermitteln konnte. Ich war definitiv nicht ganz richtig im Kopf. Und das verunsicherte mich stärker als die Aussicht, eventuell körperlich krank zu sein. Mit Operationen kam ich klar. Aufschneiden, rausholen, Medikamente. Leider funktionierte das bei meiner Seele nicht, und der Gedanke, dass ich wie nach Matias' Tod wieder einem Psychoheini mit bunter Taschentücherbox gegenübersitzen würde, brachte mich zum Würgen.

Ich wollte das alte Fass nicht wieder aufmachen, wollte meine Gefühle sicher verborgen und fest verschlossen in einer kleinen Kiste in der dunkelsten Ecke meiner Seele vergessen. Ein Psychiater oder Psychologe würde alles wieder hervorholen und mich komplett durchleuchten, und davor graute es mir.

Selbstanalyse, auf gehts, Elida!

Ich bemühte mich, ruhig zu atmen.

Hatten meine Gefühle, Empfindungen und Träume irgendetwas mit meiner Vergangenheit zu tun?

Auf den ersten Blick nicht.

Ich hatte Mamma verloren. Ein schrecklicher Schlag für ein Kind.

Ich hatte Matias verloren, meinen Bruder, meinen einzigen Halt im Leben, meinen besten Freund. Ein noch weit schrecklicherer Schlag, denn mit seinem Tod hatte sich auch mein Vater vollständig von mir abgewandt. Aber was hatte das alles mit Yorick zu tun, mit meiner Sehnsucht nach ihm?

Ich hatte doch jemanden! Ich hatte Yannis, der mich offensichtlich mochte, liebte, sich um mich kümmerte. Warum sehnte ich mich genau danach, nur dass ich mir einen anderen Mann wünschte? Ich verstand es nicht, es war einfach nicht logisch. Ich hatte Arbeit, Freunde, einen Partner. Was fehlte meiner Seele, dass sie unbedingt zu Yorick zurückwollte?

Ich schüttelte innerlich den Kopf über mich, bemühte mich um Distanz zu mir selbst. Es war ja noch nicht einmal möglich! Ein Leben mit Yorick gab es nicht, es war schlicht und ergreifend Fiktion, ein Phantasiegebilde! Es gab ihn hier und jetzt, zu diesem Zeitpunkt, überhaupt nicht! Und verdammt noch mal, es gab keine Risse im Raum-Zeit-Kontinuum und keine Wurmlöcher, wir waren hier nicht auf dem Raumschiff Voyager!

Vielleicht würde die Sehnsucht nachlassen?

Doch wie sollte die Erinnerung verblassen, wenn ich derart heftig und realistisch von Yorick träumte? Wenn ich ihn sogar im wachen Zustand förmlich hörte, seinen Atem spürte oder gar seine Hand, die mich berührte? Himmel, er fehlte mir, fehlte meiner Seele, meinem Innersten, meinem Kern! Seufzend legte ich den Kopf in den Nacken und starrte an die helle Küchendecke. Wie sollte ich jemals …

Das Klingeln eines Telefons unterbrach meine Gedanken, doch es war nicht mein eigenes.

Ich hörte ein Grunzen und ein leises Fluchen, dann nahm Yannis ab. Er murmelte, doch seine Stimme wurde schnell lauter, bis er sein Gegenüber anschrie.

Natürlich, ein Anruf um sechs Uhr früh, das war starker Tobak für Herrn Karhu. Wer auch immer am anderen Ende der Leitung den finnischen Schimpftiraden lauschte, war entweder lebensmüde oder hatte eine wichtige Nachricht. Das Gebrüll erstarb abrupt und ich hörte Yannis' schwere Schritte. Nackt und grummelnd stapfte er in die Küche und setzte sich mir gegenüber. Weiterhin grummelnd legte er den Kopf auf die Tischplatte und angelte blind nach meiner Kaffeetasse.

„Früherer Flug", grunzte er mit platt gedrückter Nase in das Holz. „Arschiger Termin. Drecksarschscheißmanagement. Dämliche Fickflöten, allesamt!"

Sein Kopf mit den verstrubbelten blonden Haaren hob sich und er nippte an meinem Kaffee. Seufzend entspannte sich sein verkniffener Gesichtsausdruck. „Mädel, Kaffee kannste." Er seufzte ein weiteres Mal und legte den Kopf wieder auf den Tisch. „Ich muss duschen und los", murmelte er und drehte den Kopf auf die Seite, um mich ansehen zu können. „Schlimm?"

Ich tätschelte seinen wirren Schopf und verneinte mit einem leichten Kopfschütteln.

„Du wärest doch ohnehin heute gefahren", gab ich leise zurück und bemühte mich, das zu empfinden, was ich als seine Freundin fühlen sollte.

Ich empfand Zuneigung, keine Frage. Sanft ließ ich seine weichen Haarsträhnen durch meine Finger gleiten. Es gab eine echte Anziehung zwischen uns, das wusste ich. Es fiel mir nicht schwer, mich über den Tisch zu beugen und einen Kuss auf seine unrasierte Wange zu drücken. Ganz sanft fuhr ich die kantige Linie seines Kinns nach und beobachtete dabei seinen plötzlich sehr friedvollen Gesichtsausdruck.

Besser den Karhu in der Hand als den Wikinger auf dem Dach? Noch immer spielten meine Hände mit Yannis‘ Haaren. Zum Glück würde er gleich gehen und wusste nichts von dem fürchterlichen Gefühlswirrwarr in mir. Wann wir uns wiedersahen, stand ohnehin in den Sternen und vielleicht vermisste ich ihn ja sogar, wenn er ging.

Sein Kopf hob sich sehr abrupt wieder.

„Komm doch einfach mit!“, schlug er vor und strahlte mich an. „Nur ein paar Stunden, komm schon!“ Er tastete nach meiner Hand und drückte meine Finger, weil er offenbar spürte, wie ich mich wand. „Du fliegst um acht Uhr mit mir hin und heute Abend wieder zurück! Dann bist du morgen früh wieder im Büro. Aber wir hatten zumindest noch einen Tag zusammen und ich zeige dir mal ein bisschen was von meiner Welt!“

Mein Widerstand bröckelte, seine blauen Augen waren einfach unglaublich schön. Und wenn er dann auch noch so putzig zerknautscht und verschlafen aussah, konnte ich kaum noch Nein sagen.

Er merkte sofort, dass ich weich wurde und legte noch eine Schippe Niedlichkeit nach.

„Büüüüütte!!!“

Mir entfuhr ein leises Kichern. Gut, eigentlich war es der perfekte Tag für einen kleinen Ausflug. Die Knochen wurden im Krankenhaus untersucht, alle Artefakte lagen im Labor, wo Lasse und die anderen Laboranten heute unter Hochdruck arbeiten und analysieren würden. Selbst wenn ich versuchte, ihnen dabei zu helfen, sie würden mich mit Sicherheit aus dem Labor werfen, weil ich ihnen im Weg stand. Mir blieb nur das Warten auf erste Ergebnisse, das Bücherwälzen und vielleicht ein wenig Computerarbeit.

„Aber ich muss den Laptop mitnehmen!“, beharrte ich, woraufhin er grinsend und schwungvoll meine Kaffeetasse leerte.

„Ich habe nichts anderes erwartet, Frau Professor.“ Er zwinkerte mir zu und stand auf. Nackt streckte er seine langen Arme in Richtung Decke und grunzte dabei so zufrieden wie es nur Männer können.

„Dann lass uns mal duschen gehen, in einer halben Stunde kommt ein Taxi und holt uns ab."

Er nahm seine Hände wieder herunter und bewegte leicht die Schultern. „Besteht eine Chance, dass wir noch eine Nummer vor dem Flug schaffen?" Grinsend zog er mich zu sich heran und ich lachte leise an seiner breiten Brust.

„Wenn du sehr, sehr nett bist und es irgendwie schaffst, mich in der Dusche dabei hochzuheben, können wir es gerne wagen."

„Mmm." Seine Lippen suchten meine. „Du entwickelst dich gerade zur Traumfrau, Mäuschen."

Gott, wenn du wüsstest, dachte ich bei mir und bemühte mich, seinen Kuss zu erwidern.

16

„Das oder das?“

Verwirrt blickte ich von meinem Rechner auf einem kleinen Kaffeetisch in einer Garderobe in irgendeinem Fernsehstudio in Berlin auf.

„Wie bitte?“, fragte ich unsicher und die bildhübsche junge Frau mir gegenüber, blies genervt die Backen auf und hielt mir zwei T-Shirts entgegen.

„Das oda das?“

Ich sprach zwar nicht wirklich Deutsch, aber es klang nach Entscheidungsfindung. Da eines so albern und bunt war wie das andere, und ich neben ihr auf einem Sessel noch ein passendes schwarzes Lederjäckchen liegen sah, in das sie meinen freundlichen Finnen wohl zu quetschen gedachte, deutete ich auf das hellere der beiden.

„Biddegehtdoch!“, murmelte das leicht verärgerte Blondchen. „Was'mit'makeup?“

Make-up what?

„Entschuldige, ich versuche zu arbeiten.“ Ich umriss den kleinen Tisch mit meinen Notizen und dem Laptop und versuchte es einfach auf Englisch. Offenbar verstand sie, denn sie blies erneut die Backen auf.

„Ja und ich nich, oda was?“, grunzte sie, atmete aber erleichtert auf, als Yannis durch die Tür kam.

Er nickte ihr freundlich zu, das Handy am Ohr, den rechten Arm bereits aus dem Pullover, einen Stapel Papier unter der noch bekleideten Achsel und einen Stift im Mund.

Sofort nahm sie ihm alles ab, zog ihm ohne zu zögern den Pullover über den Kopf und schob ihn auf einen Drehstuhl vor einem hell beleuchteten Spiegel.

„Deine Assistentin is mal voll nutzlos!“ Ich sah, wie sie mit dem Daumen auf mich deutete und verstand Assistentin. Aha, von daher wehte der Wind.

Yannis warf mir ein Grinsen zu.

„Hast du ihr erzählt, dass du meine Assistentin bist?“, fragte er auf Finnisch und ich schüttelte empört sofort den Kopf. Ich hatte gar nichts gesagt bisher, zumindest kam es mir so vor. Seit uns ein Taxi am Berliner Flughafen abgeholt und zunächst zu einem Radio-Interview und danach hierher gefahren hatte, wurde ich eigentlich geflissentlich übersehen. Yannis‘ Leben bestand in diesem Moment aus sehr vielen langen Korridoren, Menschen mit Headsets, Clipboards und erstaunlich trendigen Frisuren. Es gab vor allem Neonlicht und grelle Scheinwerfer und eine erschreckend große Anzahl an Kabeln, die überall im Studio lagen, hingen und zusammengerollt wurden. Fasziniert beobachtete ich, wie die junge Frau meinen Finnen anzog, Tücher in seinen Kragen stopfte und anfing, ihn mit einem Pinsel und einem kleinen Schwämmchen zu bearbeiten. Wow. Ich legte den Kopf leicht schräg und kaute auf meinen Stift. Ein sehr seltsames Bild.

Yannis sah mich über den Spiegel an und brachte mich mit einer Grimasse zum Lachen.

„Was denn? Die Kameras machen zwanzig Jahre älter und nach der Nacht brauche ich definitiv ein bisschen Sunshine-Puder!“

Blondie gab ein paar Laute von sich und tupfte Yannis ein weiteres Mal über die Stirn.

„Sollte sie das nicht machen?“, fragte sie plötzlich und nickte wieder in meine Richtung. Aha, man sprach englisch.

Ich rückte meine Brille zurecht und lehnte mich zurück.

„Möchtest du, dass ich dich schminke?", fragte ich Yannis und er lachte leise, als er den verruchten Unterton hörte.

„Bleib du nur hocken, was machen die Gebeine?" Er wandte sich mir zu und ignorierte Blondies erbostes Gemurmel.

„Radicarbon läuft noch, der Pechstein ist gerade bei Lasse dran und die Jungs in der Klinik scannen Knochen um Knochen, um alles zu katalogisieren. Ich bin gerade in ein paar Ahnenbüchern zugange und suche alle, die würdig waren, das alte Chill Mhantáin Wappen zu tragen."

Seufzend lehnte Yannis sich zurück und tastete nach einer Gitarre, die auf dem Sessel neben ihm lag. „Gott, Weib! Egal was du sagst, solange du diese Brille anhast, gehöre ich dir, smart-lips."

Mir entfuhr ein leises Prusten, und ich streckte mich auf der Couch aus, während er anfing, leise ein wenig vor sich hin zu zupfen. Blondchen stylte ihm derweil die Haare und bedachte mich von Zeit zu Zeit mit einem seltsamen Blick.

„What would I do without your smart mouth?", sang Yannis plötzlich leise und ich musste schmunzeln, während ich dem Text von John Ledgends Song "All of me" lauschte. Ich hatte ihm also den Kopf verdreht und ihn auf eine magische Reise entführt? In gewissem Sinne hatte ich das tatsächlich, wenn auch nicht so, wie es der amerikanische Sänger mit Sicherheit gemeint hatte.

Leise zupfte Yannis weiter und ich spürte, wie sich die feinen Härchen an meinem Körper aufzurichten begannen. Ich kannte das Lied auswendig, hatte es oft gehört und manchmal sogar dabei geweint, obwohl ich dafür eigentlich keinen Grund hatte. Jetzt hatte ich ihn, denn Yannis schaute mich direkt an und ich sah ein leichtes Lächeln auf seinem Gesicht.

Warum konnte dieser Mann derart gut singen? Die Tonlage des Originals passte überhaupt nicht zu ihm. Doch er schaffte es irgendwie, den Song so anzupassen, dass er mit nur einer Gitarre und seiner rauen, rauchigen Stimme so klang, als wäre er für ihn, für uns, geschrieben worden. In diesen Moment war ich sein ein und alles, sein Anfang und sein Ende. Und er liebte meine perfekte Unperfektheit.

Ich kämpfte mit den Tränen und konnte ihn nur ansehen. Diesen wunderbaren Mann, den mir die Götter, das Schicksal oder auch der Himmel geschickt hatten, um mich daran zu erinnern, dass ich leben musste. Und doch vermisste ich einen anderen. Eine einzelne Träne glitt kühl über meine Wange und Yannis lächelte mich an, ohne das Lied zu unterbrechen. Gott, auch das noch, ich weinte sogar an der richtigen Stelle, war für ihn zur Muse und zum Verderben geworden, seiner schlimmsten und liebsten Ablenkung.

(© All of me von John Legend. Writers: John Stephens und Toby Gad. Lable: GOOD, Columbia. Producers: Dave Tozer, John Legend)

Yannis ließ die letzten Töne sehr sanft verklingen, ohne den Blick seiner schönen Augen von mir zu wenden und der Anblick dieser beiden Aquamarine traf mich bis in mein Herz. Er lächelte, stellte die Gitarre ab und streckte die Hand nach mir aus.

„Mach die Tür bitte zu, wenn du gehst, Danielle, danke", sagte er, ohne Blondchen anzuschauen, die mit tränenfeuchten Augen und einer Tube Haargel in der Hand neben ihm stand.

Sie fand in die Wirklichkeit zurück und schaute uns für eine Sekunde irritiert an, ehe die Rädchen irgendwo unter der hübschen Föhnfrisur zusammenfanden. Yannis wartete nicht einmal ab, dass sie tatsächlich ging, sondern zog mich einfach auf seinen Schoß. Er roch nach Puder, als er mich küsste und ich vergrub die Finger in den Haaren, die sie ihm gerade so hübsch gerichtet hatte.

Seufzend löste er sich nach einigen Sekunden von mir und sah mich an. Sein Lächeln vertiefte die kleinen Fältchen um seine Augen und er lehnte seine Stirn an meine.

„Jetzt weißt du, wie es mir geht", murmelte er rau und küsste mich ganz leicht ein weiteres Mal. „Du bist meine liebste und schlimmste Ablenkung geworden, mein Verderben und meine Muse."

Verlegen spielte ich an seinem gepiercten Ohrläppchen. „Nach nur einer Woche schon Verderben und Muse?", gab ich zurück und spürte, wie er die Arme fester um mich schlang.

„In dieser einen Nacht, du erinnerst dich vielleicht, dass ich in den frühen Morgenstunden ins Wasser gefallen bin, aber in dieser Nacht ist so viel mehr passiert." Er schob beide Hände in meine Haare und zwang mich, ihm wieder in die Augen zu sehen. „Ich habe in dieser einen Nacht einen kompletten Bildband über Irland zusammengestellt und drei Kampagnen-Entwürfe fertig bekommen. Insgesamt habe ich sechs Begleit-Lieder geschrieben. Sechs Texte, in denen ich die Zeit mit dir und unsere Reise verarbeitet habe. Sechs Lieder und sogar Melodien, die niemals möglich gewesen wären, wenn ich nicht dich und dein Lachen vor Augen gehabt hätte. Den Geruch deiner Haut und das Gefühl deiner Haare, die der Küstenwind in mein Gesicht weht." Seine Lippen legten sich auf meine. „Ich habe Melodien gefunden, die Jungs wussten gar nicht, wie ihnen geschah. Wegen dir. Durch dich. Und das alles in nur einer Nacht."

Die Tür wurde aufgerissen, noch ehe ich meinem Gehirn auch nur den Befehl geben konnte, sich um Himmels Willen eine wunderschöne Antwort auf dieses Liebesgeständnis einfallen zulassen.

„Yannis in drei!", rief jemand und Yannis seufzte leise. Dann lächelte er mich an und küsste sehr sanft meine Stirn.

„Möchtest du mitkommen?", flüsterte er und fuhr mit der Nasenspitze über meine Wange.

Ich nickte sofort, noch immer vollkommen sprachlos. Eigentlich wollte ich nicht. Das da draußen war zu laut, zu hell, zu viel. Doch ich konnte nach seinen Worten auch nicht einfach wieder zur Tagesordnung übergehen und mich durch die Geschichte von Wicklow wühlen.

Empfand er tatsächlich so viel für mich?

Ich legte die Hand an seine Wange und sah ihn genau an. Er lächelte. Da war nicht der leiseste Zweifel in seinem Blick, während ich mich wie so oft fragte, wie er sich eine Beziehung mit mir überhaupt vorstellte. Yannis Karhu schien der Meinung zu sein, dass die Dinge zueinanderfanden, sich fügten und man es nur fest genug wollen musste.

„Na komm!" Er schob mich von seinem Schoß herunter und nestelte geübt an seiner Freche-Jungs-Frisur herum, ehe er in das Lederjäckchen schlüpfte, das ihm zu meinem Erstaunen außergewöhnlich gut stand.

My head's under water but I'm breathing fine … ging es mir durch den Kopf.

Nein, das Atmen fiel mir nicht leicht. Was zur Hölle tat ich hier eigentlich? Vielleicht hätte ich nicht mitkommen, sondern einfach mal ein bisschen nachdenken sollen. Allein, für mich, mit allen Fakten und Möglichkeiten auf dem Tisch.

Von seiner Hand vorwärtsgezogen, folgte ich Yannis durch unzählige weitere Gänge mit nüchternem grauem Linoleumfußboden. Türen, Kurven und Stockwerke höher, wurde ich schließlich auf einen Stuhl vor den Publikumsreihen verfrachtet und beobachtete den unglaublichen Aufriss, den das Team der Sendung und die Gäste hinter mir um meinen Finnen veranstalteten. Yannis' Kindertruppe schlug sich offensichtlich wacker und hatte die meisten Punkte bei den Wettkämpfen gesammelt. Er war der beliebteste Coach und das Publikum rastete schier aus, wenn er sein besonders niedliches Gesicht machte und deutsch sprach.

Fast zwei Stunden dauerten die Aufzeichnungen insgesamt. Interviews, kurze Einspielungen, einige Wechsel am Set. Am Ende posierte Yannis dann noch mit seinen drei letzten Kandidaten und das überwiegend weibliche Publikum klatschte und schrie sich die Seele aus dem Leib.

Gott, es war alles so laut und hell!

Wenn man die Sendungen im Fernsehen verfolgte, sinnvoll zusammengeschnitten, die richtigen Einstellungen im richtigen Moment, ohne Unterbrechungen und vor allem aus dem gewünschten Winkel, dann machte sie sicherlich etwas her. So leider nicht. Nicht so wie ich jetzt saß, irgendwo vor dem Publikum, aber hinter den Kameras. Im Kabelsalat, mit vielen Headset- und pappkartontragenden Leuten vor und neben mir. Ich wagte nicht, mich zu rühren, aus Sorge, ich könnte jemandem im Weg stehen, stolpern, mich zum Obst machen. Yannis dagegen war ganz in seinem Element. Er lachte, scherzte, war unendlich charmant. Zwischendurch wurden alle noch einmal gepudert. Jemand verteilte Kaffee und mir wurde neben einer Tasse ein dünner Schnellhefter in die Hand gedrückt.

„Noch ein paar Details wegen der anstehenden Events der Talents." Die junge Frau mit dem Headset strahlte mich an. „Er hat schon zugestimmt, dass er drei Shows mitmacht, wenn es mit den Plänen der Firma zusammenpasst. Sag ihm nur, er soll direkt auch seinem Management und denen von der Liga wegen dem Spielplan

Bescheid sagen, die steigen sonst wieder der Produktionsfirma aufs Dach und dann krieg ich es dick von oben."

Verwirrt blätterte ich das Heftchen durch und nickte. „Klar, ich geb's weiter."

„Hast du die nächsten Wochen parat?" Ihr geschulter Blick glitt über mich, suchte offenbar nach Handy, Laptop oder zumindest Notizblock.

„Nicht im Detail", versuchte ich auszuweichen und kramte tatsächlich mein Handy aus der Hosentasche. „Juni und Juli sind hauptsächlich für einen Bildband verplant. Es gibt dann bis August eine Kampagne für den Reiseblog und ein paar Auftritte in ganz Europa. Aber für den kompletten Plan müsstest du noch mal über die Agentur nachfragen."

Sie nickte eifrig und strahlte mich an. „Das ist doch schon mal super, das bedeutet, August und September können wir dann vielleicht schedulen. Ich melde mich bei dir …"

„Elida."

„Elida." Erneut strahlte sie. „Ich bin Amelie. Wir hören uns." Sie zwinkerte mir zu und deutete auf Yannis. „Du findest mich fast immer in seiner Nähe."

So in die Richtung hatte ich mir das vorgestellt. Der persönliche Fanclub mit dem Clip-Board. Ich sah dem fröhlichen Mädel hinterher, die nun am Bühnenrand entlang huschte und Yannis mit dem gereckten Daumen Zufriedenheit signalisierte. Er blinzelte gegen das Licht eines Scheinwerfers, beschattete seine Augen mit der Hand und warf dann ein Kusshändchen zurück. Ich schaute mich um. Es waren natürlich nicht alle anwesenden Damen so hübsch wie Amelie, da hielt sich auch die Fernsehwelt hinter der Kamera an die Gauß'sche Normalverteilung ohne zu viele Ausreißer.

Das Handy noch immer in der Hand, blickte ich ihrem kleinen Apfelpopöchen hinterher. Würde ich mit dieser dauernden Konkurrenz und dem Gebalze um meinen Mann wohl irgendwann klarkommen? Wie machten das andere Promi-Frauen? Nahmen die alle Antidepressiva?

Einen Vorteil brachte ich für den Alltag als Promi-Frau aber wohl mit: Ich hatte ein eigenes Leben und würde seines definitiv nicht brauchen. Machte das unsere Beziehung einfacher oder schwieriger? Wir hatten relativ wenig gemeinsam, keine Basis. Irgendwie passierte alles zwischen uns ziemlich Knall auf Fall. Es war gut, keine Frage. Aufregend. Etwas völlig anderes. Aber auch ein bisschen wie ein Film oder eine Daily-Soap. Es fühlte sich nicht wirklich so an, als wäre es noch mein Leben.

Seufzend beobachtete ich, wie die Aufnahmen weitergingen. Es war schon nach fünf und eigentlich wollte ich gerne noch einmal an den Laptop, um zu sehen, ob Lasse mir geschrieben hatte. Vielleicht gab es schon Neuigkeiten in der Team-Dropbox. Ein bisschen tat es mir leid, dass dieser Gedanke mich weit mehr reizte als die Idee, hier sitzenzubleiben und Yannis durch den Kabelsalat hindurch weiter beim Scherzchen machen zuzusehen.

Wie auf einen höheren Befehl hin begann das Mobiltelefon in meiner Hand an zu klingeln. Lasse! Mein Herz tat einen Sprung und ich hüpfte mit der Spontan-Amplitude aus dem Sitz, das Handy sofort am Ohr.

„Lasse?", wisperte ich und bahnte mir hektisch einen Weg durch Kameraleute und Tontechniker, bis ich den grauen Linoleum-Flur erreichte.

„Wo bist du denn?", trompetete mir mein Kollege entgegen.

„Unterwegs", murmelte ich betreten zurück.

„Du MUSST heute noch reinkommen!" Lasses Stimme ließ keinen Widerspruch zu. „Hock dich ins Auto, ich bin sicher noch die halbe Nacht im Labor."

„Was hast du gefunden?", unterbrach ich und warf einen Blick auf die riesige Uhr über der Eingangstür ins Studio.

„Völlig durchmischte Ergebnisse, ich brauche dich als frischen Wind, ich geh sonst kaputt!"

„Konkretisier dich bitte!" Mein Herz klopfte zum Zerspringen.

„Also." Ich hörte ihn tief Luft holen. „Seit etwa einer Stunde liegt mir der Bericht der Knochen vor und ich versteh ihn nicht", begann er dann und ich zog die Augenbrauen zusammen. Lasse verstand einen medizinischen Bericht nicht? Das gab es nicht. Und vor allem: Wenn er ihn nicht verstand, wie sollte ich es dann tun?

„Radiokohlenstoffdatierung." Ich hörte es rascheln. „Wie erwartet, frühes zehntes Jahrhundert. Beide Körper haben die gleiche Datierung und weisen verheilte Brüche auf, nicht ungewöhnlich. Ich habe eine ganze Liste, die beiden waren mit Sicherheit gut dabei und es ist erstaunlich, wie gerade und sauber die Brüche besonders bei der Frau verheilt sind. Es ist eine Frau, nur falls das noch nicht bei dir angekommen ist. Zum Todeszeitpunkt war er etwa fünfundsiebzig, sie wurde offensichtlich später dazugelegt. Erste Schätzungen deuten darauf hin, dass sie etwa zehn Jahre älter wurde, für die Zeit ein echter Hammer. Aber der krassere Hammer ist grade erst passiert. Das Krankenhaus rief eben an und wollte mir den Arsch aufreißen, weil sie dachten, wir hätten sie verarscht."

„Warum verarscht?" Ich hielt mir das Ohr zu, als erneut ohrenbetäubender Applaus erscholl. Mit schnellen Schritten zog ich mich weiter zurück. „Lasse? Bitte rede mit mir!"

„Bei der Untersuchung hat es denen drüben im Klinikum den Magnetresonanztomographen geschrottet."

„Es hat was?" Verwirrt blieb ich stehen. „Warum das denn?"

„Sitzt du?"

„LASSE!"

„Setz dich, Fjordprinzessin!"

Ich blies die Backen auf und setzte mich kurzerhand mit dem Rücken an die Wand auf den Flurboden. „Sitze!", informierte ich meinen geheimnistuerischen Kollegen. „Jetzt hau bitte raus, sonst zieh ich dich durchs Telefon!"

„Metall."

„Metall was?"

„Die sind stinkesauer, weil der Magnet ein Metallstück aus einem der Körper rausgezogen hat. Jetzt ist der Apparat beschädigt und die Radiologen steigen mir aufs Dach, weil wir das nicht schon im Röntgenbild gesehen haben. Aber der unfassbare Ober-Hammer kommt erst noch! Elida, ich …" Leise raschelte es. „Elida, einer der verheilten Brüche war mit Metall zusammengeschraubt. Die ersten Bilder des Tomographen, also bevor sich dieses verfluchte Metallstück gelöst hat, zeigen eindeutig eine Humerus-Fixierung."

„Fuck." Das war alles, was ich von mir geben konnte.

Wie war das möglich? Eine Humerus-Fixierung in einem

Knochen? Von einer tausend Jahre alten Mumie?

Fuck me!

Zu dieser Zeit hatte man Knochen vielleicht äußerlich geschient und dann verbunden, aber es hatte wohl kaum die technischen und medizinischen Möglichkeiten gegeben, einen Bruch sauber zu verschrauben.

„Er oder sie?", krächzte ich.

„Er", antwortete Lasse diesmal ohne unnötige Verzögerung. „Ist noch nicht ganz raus, wo, aber der Magnet hat einen Stück des Armes abgerissen, als er dieses dämliche Metallstück und die Fixierung rausgezogen hat."

Fuck me twice on Sundays.

„Wir haben also eine Mumie, datiert auf zehntes Jahrhundert. In allen Ehren bestatte mit einem Wappen, das es heute nicht mehr gibt, mit Grabbeigaben, die das Alter verifizieren", fasste ich vorsichtig zusammen und spürte plötzlich, wie froh ich war, dass ich tatsächlich saß.

„Genau das. Und einen abgerissenen Arm, der ganz offensichtlich nicht im zehnten Jahrhundert geschient wurde."

„Verstehst du das?"

„Ich verstehe inzwischen gar nichts mehr." Lasse gähnte lautstark. „Martin und Fiona sind auch hier, sie arbeiten an der Inschrift, die wir ja auch nicht verstehen. Diese beiden Mumien sind definitiv echt, ich habe keine Ahnung, woher diese Fixierung gekommen sein könnte. Elida, du kannst dir nicht vorstellen … ich hab das Bild vor mir, aber ich glaube es trotzdem nicht."

„Die Seriennummer", fiel mir plötzlich ein und mein Kopf knallte fast an die Wand, weil ich hochschreckte.

„Seriennummer?"

„Jedes Implantat und jede Schraube hat eine Seriennummer! Zumindest wenn sie echt ist. Also falls wir hier tatsächlich eine medizinische Verschraubung haben, dann ist das Ding registriert. Ruf direkt in der Klinik an, sag auch Martin Bescheid. Ich werde kommen, so schnell ich kann."

Mit diesen Worten legte ich auf und mein Blick huschte gehetzt durch die langen Flure. Ich musste zurück. Jetzt!

17

Ohne Rücksicht auf Verluste stürmte ich zurück ins Studio, rannte dabei mehrere Leute und eine kleine Palme über den Haufen und blieb schnaufend hinter einer Kamera stehen.

„Break!", brüllte gerade jemand durch den Raum und ich verlor keine Sekunde, ins Licht der vielen Scheinwerfer zu flitzen und Yannis am Arm zu packen.

Irritiert blickte er auf und lächelte mich an. „Alles okay? Du bist ja weiß wie ein finnischer Hintern im Winter!"

„Ich muss zurück!", sprudelte es aus mir heraus. „Die haben ein paar Dinge entdeckt, dieser Fund wird immer verrückter, ich muss direkt zu Lasse ins Labor und wir müssen …" Ich brach ab und atmete geräuschvoll durch den Mund ein und aus.

„Okay." Pust.

„Okay, also." Pust.

„Ich muss direkt los, bitte sei mir nicht böse, ich kann die anderen nicht hängenlassen!"

Yannis wirkte noch immer überrascht, aber er lächelte auch weiterhin. „Ich habe nichts anderes erwartet, Kleines." Mit diesen Worten stand er auf. „Eine halbe Stunde!", rief er in den Raum und nahm mich bei der Hand.

„Ich rufe dir ein Taxi und sage Goran Bescheid, dass du auf den nächsten Flug nach Hause gesetzt wirst. Mach dir keine Sorgen, du bist in Nullkommanichts daheim und kannst Knochen beschnuppern."

Aufatmend lehnte ich mich an seinen Oberarm und ließ mich von ihm durch die Gänge führen. „Danke!", flüsterte ich und hielt zu meinem großen Erstaunen mit seinen langen Beinen Schritt.

In meinem Kopf arbeitete es fieberhaft. Hatten die Techniker vielleicht einfach nur eine metallene Grabbeigabe oder ein Schmuckstück übersehen und versehentlich mit in das MRT geschoben? Welche weiteren Möglichkeiten gab es? Zu dieser Zeit war es durchaus denkbar, dass je nach Größe ein Pfeilkopf oder eine abgebrochene Messerspitze an Ort und Stelle gelassen wurde und mit verheilte.

Trotzdem: Was war das für eine Fixierung? Die Implantate und Schrauben der Neuzeit waren bereits seit den Neunzigerjahren MRT-Sicher. Hier hatte es den gesamten Arm abgerissen, wie konnte das passieren? Und warum hatten wir den Fixierungsstab nicht schon auf den Röntgenbildern vor Ort gesehen?

Als habe Lasse meine Gedanken gespürt, klingelte das Telefon erneut.

„Lasse hör, vielleicht war es eine Pfeil …"

„Die Seriennummer ist 1963 verbaut worden!", unterbrach mich mein Kollege aufgebracht und ich verstummte.

„Was?"

„1963! An einen etwa achtjährigen John Doe." Lasses Stimme war definitiv eine Oktave höher als üblich. „Ich habe mit dem Gerätelager gesprochen, diese Seriennummer ist mit absoluter Sicherheit Ziffer für Ziffer bis 1963 im Lager des St. James gewesen!"

Sprachlos starrte ich Yannis an, der mich mit einem seltsamen Gesichtsausdruck musterte und ohne lange zu fackeln auf einen Stuhl verfrachtete.

„Was bedeutet das?", flüsterte ich atemlos und nippte an der zuckerfreien Limo, die Yannis mir reichte. Ich war so durch den Wind, dass ich bei dem widerlichen Geschmack noch nicht einmal das Gesicht verzog.

„Wenn ich das nur wüsste! Wir haben eine Krankenakte, der Junge war wohl ein Ausreißer und kam danach in ein Heim. Dort verliert sich dann aber jede Spur. Vielleicht wurde er adoptiert, wir wissen es nicht. Rob lässt gerade prüfen, ob ein anderes Krankenhaus die Seriennummer kennt, ob es da Überschneidungen gibt oder so. Ich werde mich jetzt wieder an die Berichte setzen und hoffen, dass du bald da bist."

„Frühestens um neun, wenn alles gut geht."

„NEUN UHR?" Nun klang der gute Lasse hysterisch. „Und was machen wir so lange?"

„Vielleicht mal nicht so tun, als wäre ich des Rätsels Lösung?", schoss ich zurück und vergrub das Gesicht in der freien Hand. „Lasse, schnapp dir die anderen, holt euch was zu Essen. Wer will, geht nach Hause, und ich werde um neun Uhr im Labor stehen. Wir durchdenken alles noch mal, wenn du was im Bauch hast und dein Hirn gelüftet wurde, in Ordnung?"

„Okay", kam es nach einigen Sekunden ein wenig leiser zurück. „Ich habe tatsächlich Hunger."

„Dann geht was essen, wir sehen uns später für eine Nachtschicht, falls ihr nicht zu müde seid."

Lasse gab ein Kichern von sich. „Zu müde für das Archäologen-Wunder des Jahrzehnts. Keine Sorge, wir werden uns mit Koffein dopen. Beeil dich einfach, okay?"

„Ich mache so schnell ich kann." Seufzend klickte ich auf den Ausknopf und blickte zu Yannis auf. „Unglaublich", sagte ich leise. „Die haben einen medizinischen Stab zur Bruchversorgung bei der einen Mumie gefunden."

Yannis' Augenbrauen schnellten in die Höhe. „Wie kann denn das sein?"

„Ich habe nicht die leiseste Ahnung!" Schwankend erhob ich mich. „Vielleicht erfahre ich gleich noch mehr, aber so wie es aussieht, wurde die gefundene Fixierung schon vor fünfzig Jahren verbaut. Die Seriennummer ist eingetragen."

„Da stimmt doch irgendwas nicht!"

Ich zuckte mit den Achseln. „Du meinst eine spätere Kontamination?" Unsicher rieb ich mir die Augen und fluchte leise, dass ich geschminkt war. „Die Frage ist nur, wie? Du warst dabei, der Deckel ist gefallen, ich habe Bilder gemacht, danach wurde alles verpackt!

Das muss ja dann ein übler Schnitzer gewesen sein. An welchem Punkt soll da jemand was reingepfuscht haben? Darüber hinaus, so wie es klang, lag das Metallstück ebenfalls tausend Jahre in dem Grab." Nun entfuhr mir ein Auflachen, doch es klang eigentlich nur verwirrt.

„Flieg erstmal, erzähl mir alles am Telefon, okay?" Yannis zog mich an sich und küsste leicht meine Lippen. Ich nickte sofort und lehnte mich an ihn.

„Es tut mir leid, dass ich so abrupt aufbrechen muss!"

„Das muss es nicht, es war schön, dass du da warst!" Sacht strich Yannis mit seinem stoppeligen Kinn über meine Wange und lächelte.

„Es war schön, hier zu sein", flüsterte ich zurück und er zog mich seufzend für einen weiteren Kuss zu sich heran. Schweigend hielten wir uns für einige Augenblicke aneinander fest. Dann seufzte Yannis erneut leise und lächelte mich an.

„Ich weiß, du bist gerade völlig überdreht, aber du glaubst nicht, was du mir für eine Ruhe und einen Frieden gibst, einfach nur, weil ich nichts und niemand anderes als ich selbst sein kann. Es ist wunderbar in deiner kleinen, normalen Welt." Seine Fingerspitzen glitten über meine Wange und meinen Hals nach unten. „Ich war schon so lange nicht mehr ich, ich wusste kaum noch, wie es sich anfühlt." Er legte die Hand in meinen Nacken und küsste mich mit wachsender Leidenschaft. „Du hast keine Ahnung, wie sehr mir ein normales Leben manchmal fehlt. Ich brauche dich. Du hältst mich fest, erdest mich. Du schaffst es, mich aus dem Rampenlicht zu ziehen und mir Ruhe und Sinn zu geben", murmelte er an meinen Lippen.

„Erwarte nicht zu viel von mir!" Unsicher schob ich ihn ein Stück von mir. Ich war in meinen Gedanken bereits so weit weg und wehrte mich innerlich gegen das, was er da sagte. Wie konnte es sein, dass er ausgerechnet jetzt so viele Worte, so viel Nähe von mir verlangte? Irgendwie forderten gerade alle möglichen Leute Dinge von mir, die ich nicht leisten konnte oder wollte!

„Ich werde gerne im Schatten hinter den Scheinwerfern für dich da sein, aber ich kann nicht deine Erdung und deine Normalität sein. Nicht bei der Geschwindigkeit, die dein Leben hat!"

„Wir werden es schon entschleunigen", murmelte er und überwand den Abstand, auf dem ich ihn festhielt. „Du bist meine Normalität, Elida. Und ich bin heilfroh, dass ich dich gefunden habe."

„Yannis …" Mir fehlten für einen Moment die Worte. Ich mochte ihn, keine Frage. Aber ich war nicht seine Therapeutin, sein Halt und seine Erdung. Das stand meiner Meinung nach nicht in der Jobbeschreibung einer Freundin/Partnerin. Gerade bei einer so komplizierten Verbindung wie der unseren. „Ich weiß, dein Leben ist anstrengend, aber du liebst es. Du bist seit so vielen Jahren unterwegs, du weißt doch gar nicht mehr, wie sich Ruhe und Frieden anfühlen und ob du sie überhaupt ertragen kannst."

„Dann wirst du es mir eben beibringen", beharrte er, doch ich zwang ihn, mich anzusehen.

„Ich bin nicht deine Mutter und ich bin nicht deine Therapeutin, Yannis!", sagte ich genauso nachdrücklich. „Du kennst mich gerade einmal zehn Tage! Ich kann das alles nicht für dich sein!"

Er trat abrupt zurück und wich meinem Blick aus. Meine Worte hatten ihn verletzt, das spürte ich deutlich. Aber hatte ich nicht ein Recht darauf, sie zu sagen? Ihm zu sagen, dass wir noch lange nicht so weit waren? Dass ich im Rahmen einer Fernbeziehung nicht seine Stütze und sein Halt in einer zu rasanten Welt sein konnte?

„Entschuldige, das … das war zu schnell", murmelte er mit belegter Stimme und kramte sein Zigarettenpäckchen aus der Jackentasche. „Ich bin es nicht mehr gewohnt, dass … normalerweise habe ich dieses Gefühl bei Frauen nicht, dieses Bedürfnis nach Nähe und Sicherheit." Trotz des Rauchen-Verboten-Schildes zündete er sich eine Kippe an und blies den Rauch in Richtung Decke. „Du bist anders." Seine schönen Augen fixierten mich und mir wurde mulmig. „Und ich weiß auch, dass du in Gedanken schon längst zur Tür raus bist und ich mache dir keinen Vorwurf daraus!"

„Yannis, ich kann trotzdem nicht …"

„Das weiß ich!", unterbrach er gereizt und rauchte verbissen einen weiteren Zug. „Aber ob du es nun willst, kannst oder auch nicht, die Gefühle sind nun mal da." Inzwischen klang er patzig und wandte mir sogar den Rücken zu. „Ich wollte es dir nur auf jeden Fall gesagt haben, bevor du gehst." Leise blies er den Rauch aus und fuhr sich durch die Haare, ehe er sich mir wieder zuwandte. „Ich weiß, ich sehe dich frühestens in sechs Wochen wieder, weil ich vorher zu viele Termine habe und nicht weiß, ob ich mir auch nur ein Wochenende freinehmen kann. Jetzt weißt du, wo ich stehe. Und da ich wohl jetzt auch weiß, wo du stehst, werde ich mich ein wenig zurücknehmen."

„Yannis!" Es tat mir unendlich leid, ihn mit meiner spontanen Ehrlichkeit verletzt zu haben, doch er winkte sehr weltmännisch ab und schenkte mir ein schiefes Grinsen.

„Es passiert nicht oft, dass ich einem Mädel nachlaufen muss", bemerkte er mit ironischem Unterton, doch mir war nicht nach Scherzen.

„Du hast mich überrumpelt", gab ich leise zu.

„Ich weiß", antwortete er ebenso leise. „Aber manchmal ist mein Mund eben schneller als mein Hirn und dann müssen die Dinge raus."

Ich nickte langsam und band mir nervös einen Zopf. „Wirst ...", setzte ich an, doch er winkte ab.

„Keine Sorge, ich habe sowohl eine Mutter als auch einen Therapeuten. Und ein paar nette Kollegen, die mich schon ziemlich lange ertragen und mich wieder aufbauen können." Er wedelte mit der Zigarette über dem Kaffeetisch herum. „Du solltest packen, dein Flug geht bald!"

Mit einem dicken Kloß im Hals tat ich, was er sagte und schlüpfte dann in meine Jacke.

„Es war schön, hier zu sein", flüsterte ich und legte die Hand an seine Wange.

Er lächelte und beugte sich herab, um mich zu küssen. „Sehr!", murmelte er an meinen Lippen. „Rufst du mich an, wenn du gut gelandet bist?"

„Natürlich." Ich schlang die Arme um seinen Hals und hielt ihn fest.

Gott, ich konnte ihm nicht geben, was er brauchte. Unsicher vergrub ich die Nase an seinem Hals. Er roch nach Zigarette, nach Yannis und irgendwie nach zu Hause.

Warum konnte ich ihm nicht geben, was er brauchte? Warum war es zu viel, für ihn da zu sein?

War es nur wegen Yorick? Wegen der Erinnerung an einen Traum?

War mir Yannis' Leben einfach zu fremd und zu viel?

Seufzend rieb ich meine Wange an seine. „Ich melde mich, sobald ich kann“, flüsterte ich und kam ihm ein letztes Mal entgegen, als er mich küsste.

Seine großen Hände umfassten mein Gesicht und er lächelte unsicher. „Gott, du treibst mich in den Wahnsinn, Weib!“

18

In der Tat war es halb zehn und ich völlig erschlagen, als ich die Labortür mit meiner Chipkarte öffnete und mir einen der weißen Kittel vom Haken dahinter nahm. Ich fand Fiona schlafend auf der alten, grau-gelben Couch im Vorraum, eine leere kleine Kiste mit chinesischem Take-Away und eine Gabel auf dem Kittel. Martin hing auf einem Stuhl neben der Pantry-Küche und schlief auf der Anrichte. Es war still im Labor und ich musste schmunzeln, als ich Lasse mit dem Kopf zwischen zwei großen Papierstapeln an seinem Schreibtisch fand, die Brille in den Haaren und die Wange auf dem Deckel des Scanners, der leise vor sich hin surrte.

Nachdenklich blickte ich mich um. Ein paar Minuten Schlaf würde den dreien sicherlich nicht schaden und die ersten Berichte konnte ich ja auch zunächst allein durchgehen. Sehr vorsichtig stibitzte ich mir den medizinischen Report, der ganz oben auf dem Stapel neben Lasses Nasenspitze lag und vertiefte mich auf dem Weg zur nächstgelegenen Arbeitsplatte darin.

Das MRT hatte tatsächlich nicht kleinzuredenden Schaden genommen. Ordentlich wie Lasse war, hatte er die erbosten Auszüge einer E-Mail direkt mit angeheftet und so las ich nun auch, dass die Leute in der Klinik uns für diesen Schabernack verantwortlich machen wollten. Grimmig runzelte ich die Stirn. So weit würde es noch kommen! Die Techniker waren doch selbst vor Ort gewesen und hatten die Mumien gesehen, untersucht und verpackt. Diesen Schuh würde sich keiner von uns anziehen!

Die Ergebnisse waren nichtsdestotrotz absolut faszinierend und ich vergaß bei der Lektüre der Berichte für eine geschlagene halbe Stunde die Wirrungen meines eigenen Lebens. Unglaublich! Kohlenstoff log nicht und ich sah, dass Lasse sogar mit einer Münzdatierung und mit Martins Hilfe auch eine Analyse der Grabbeigaben speziell auf der Suche nach Importen der damaligen Zeit begonnen hatte. Ein Blick auf die große Arbeitsplatte am Fenster, die vielen Notizen und den geöffneten Rechner verriet mir, dass Fiona sich bemühte, das Paradoxon zu lösen, wie im zehnten Jahrhundert unserer Zeitrechnung Verse aus der aktuellen Einheitsübersetzung der Bibel gelandet sein konnten.

Sie waren gut dabei und hatten definitiv an allen richtigen und wichtigen Punkten angesetzt.

Was sollte ich tun, bis der Erste von ihnen wieder aus dem Arbeitskoma erwachte?

Schrift.

Bibelverse.

Weiterer Vergleich mit den Runen.

Seufzend stand ich auf und kramte meinen Laptop hervor. Der Gedanke an den Jungen mit der Humerus-Fixierung ließ mich nicht los. Wie konnte er so plötzlich auftauchen und dann wieder verschwinden? Und wie, verflucht noch mal, kam er mehr als fünfzig Jahre später - und gute tausend Jahre früher - in diesen Sarkophag?

Innerlich und äußerlich zittrig bekaute ich meinen Daumennagel. Damit war eventuell die Theorie, dass ich lediglich einen Traum gehabt hatte, vom Tisch. Denn unser fünfundsiebzigjähriger John Doe war mit Sicherheit in der Zukunft gewesen, um dann in seine eigene Zeit zurückzukehren. Doch warum? Und vor allem: Wie?

~

Ich musste wohl ebenfalls eingeschlafen sein, denn ein sanftes Stupsen weckte mich aus verworrenen Träumen. Ich betastete meinen

Hals. Wie zur Hölle … verschlafen blinzelte ich in Lasses zerknautschtes Gesicht. Ich hatte gerade noch auf meiner eigenen Hochzeit getanzt. In einem bestickten Leinenkleid mit seidenen Ärmeln. Mehrere schwere Silberketten und Schlüssel waren mir um den Hals gelegt worden. Ich tanzte ausgelassen um ein gigantisches Feuer herum, dass der riesige Schlüsselbund nur so klapperte.

Rasch schüttelte ich meinen Kopf und unterdrückte ein Aufstöhnen, als ich mich aus meiner Kauerstellung neben meinem Rechner aufrichtete. Ich hatte auf der Bindung meines Ringblockes geschlafen, wie dämlich! Nun gut, Lasse sah nicht besser aus mit den Abdrücken seiner Uhr auf der Wange.

„Hey, Elida, du bist ja wieder da!“

„Natürlich bin ich da.“ Ich rieb mir das Gesicht. Noch immer dröhnte der Klang der Trommeln in meinen Ohren und ich schüttelte probeweise den Kopf, um zu sehen, ob der Schwindel nachlassen würde. „Wie ist der Stand der Dinge?“

Lasse setzte sich auf meine Arbeitsplatte und massierte sich mit zusammengekniffenen Augen die Schläfen. „Es ist vier Uhr früh“, sagte er dann und gähnte mit offenem Mund.

„Wir könnten nach Hause gehen, duschen, Kaffee besorgen und wiederkommen“, schlug ich vor und rollte meinen Kopf von einer Seite auf die andere, um meinen steifen Nacken zu entspannen. Ich fühlte mich wie durch den Wolf gedreht und starrte auf das Chaos auf meinem Tisch herunter. Ausdrucke, Kopien, Notizen. Alles, was ich hatte finden können, lag genau hier und starrte gnaden- und ergebnislos zurück. Seufzend schubste ich Lasse beiseite und schob einige Blätter zu einem Haufen zusammen.

„Ich habe nichts Neues entdecken können“, sagte ich dann leise und umriss meinen Arbeitsbereich mit der freien Hand. „Ich habe mich an die Runen gesetzt und alles noch einmal mit den Originalen und den Übersetzungen von Fiona verglichen. Ich habe mir den Kopf über eine weitere Maßnahme zur Verifizierung der Fundstücke zerbrochen. Aber auch da habt ihr schon ganze Arbeit geleistet. Und ich habe den Bericht aus der Klinik gelesen. Was gibt es noch?“

„Ich habe beim besten Willen nicht die leiseste Ahnung.“ Lasse rückte seine Brille zurecht. „Als ich gestern Abend noch einmal bei der Frau in der Verwaltung angerufen haben, sagte sie, dass sie mir einen Metallstift in den Hintern implantieren wird, wenn wir nicht aufhören, ihr auf die Nerven zu gehen."

„Ist das Ding schon gesichert und wird untersucht?"

„Nee." Erneut gähnte er herzhaft. „Problem ist, die sind alle sehr schlecht auf uns zu sprechen grade. Ich glaube, wenn wir noch mal anrufen …" Er brach ab und hob unsicher die Hände.

„Was machen wir dann?"

„Vielleicht sollten wir tatsächlich schlafen gehen."

„Ich kann nicht!" Nervös rutschte ich auf meinem Stuhl hin und her und bewegte meine eingeschlafenen Füße. „Es muss doch etwas geben, das wir tun, untersuchen oder vorbereiten können!"

„Rob wollte, dass einer von uns in die Klinik fährt und den Schaden begutachtet. Aber ich finde es nicht sehr sinnig. Außerdem können wir auch das um vier Uhr morgens knicken. Hast du noch was rausgefunden zu den möglichen Namen?"

„Wenig." Ich rief mein Dateienverzeichnis auf und schob ihm den Bildschirm mit einigen Listen zu. „Haben Rita und Ben noch was rausgefunden?"

„Keine Ahnung, ist alles in der Dropbox." Lasse stand auf und streckte sich. „Ich mache jetzt erst mal Kaffee und wir reißen die Fenster auf. Wenn nichts Neues in der Box oder dem E-Mail-Eingang ist, dann gehen wir den medizinischen Bericht zusammen durch, bis er vielleicht Sinn macht, in Ordnung?"

Schicksalsergeben seufzte ich und legte die Stirn auf die Unterarme. Arbeiten mit zu wenigen Informationen war fast noch schlimmer als mit zu vielen, stellte ich fest und scrollte die letzten Dropbox-Einträge auf und ab. Es gab nichts Neues. Und daran würde sich in den nächsten drei Stunden auch mit hoher Wahrscheinlichkeit nichts ändern.

~

„ALSO NOCH MAL:" Grison ging unruhig zwischen unseren Labortischen auf und ab. „Es war keinem von euch bewusst, dass da Metall irgendwo war?"

„Natürlich nicht, Rob!“ Martin hatte sich ebenfalls erhoben. „Glaubst du, irgendeiner von uns schrottet mit Absicht das Zehntausende Euro teure Equipment des Klinikums? Wie hätten wir das wissen sollen?“

„Die Bilder!“, rutschte mir auf einmal heraus und ich hatte das Gefühl, sehr lange auf dem Schlauch gestanden zu haben. „Wir haben die Röntgen-Scans und die hatte das Team der Klinik doch auch! Wenn wir als medizinische Laien es übersehen haben, ist das zu verzeihen, aber die Leute aus der Medizintechnik und der Radiologie hätten es doch direkt feststellen müssen! Dieses Metallstück und auch die Verschraubung, das hätte eigentlich klar erkennbar sein müssen.“

„Martin, die Bilder!“ Robert rieb sich die Oberarme. „Wir müssen alles noch einmal durchgehen. Welcher Arm war es?“

Lasse blätterte durch den Bericht der Radiologen. „Der linke.“

„Leute, ich sage euch, da war nichts!“ Martin öffnete die Bilder an seinem Laptop. „Elida und ich saßen stundenlang davor, es gab unendlich viele Störphänomene, aber kein Anzeichen für eine wie auch immer geartete Humerus-Fixierung irgendwo!“

Ich nickte bestätigend. „Wir haben jedes Detail untersucht, es vergrößert, katalogisiert. Die Aufnahmen waren aufgrund der vielen Grabbeigaben schwer zu deuten, aber denkt ihr nicht, uns wäre eine Schraube im Oberarm aufgefallen? Auf der anderen Seite, wir haben nicht damit gerechnet, vielleicht haben wir sie übersehen oder als Grabbeigabe klassifiziert.“

„Ich denke, sie wäre auf jeden Fall einem Radiologen aufgefallen oder einem technischen Assistenten. Egal wie viele Grabbeigaben darum herumlagen“, beharrte Grison. „Das ist auf keinen Fall eure Schuld! Lasst denen drüben ein bisschen Zeit und wir kümmern uns erst einmal um die Inschrift und die weiteren Übersetzungen. Miss Turner ist am Pechstein, Fiona, wenn Sie so nett wären und mit Elida weiter an den Vergleichen zu arbeiten, ich muss einen Bericht für die Group of Archeologie verfassen, damit wir dann …“

„Rob!“, unterbrach Martin ihn auf einmal tonlos und rieb sich die Augen. „Das gibt es doch nicht!“

„Was meinst du?“ Sofort hingen wir alle vor seinem Bildschirm und ich schnappte nach Luft.

Das war doch unmöglich! Die Sicht war stark durch Artefakte überlagert und ich hätte wohl niemals meine Hand dafür ins Feuer gelegt, doch es erschien mir in dieser Sekunde so, als leuchte mir der dünne Stab förmlich entgegen!

„Wie kann das sein?“ Grison raufte sich die Haare. „Gott, es springt einen ja regelrecht an, das hätten wir nie übersehen und die Radiologen auch nicht!“ Noch immer grub er heftig in seinen spärlichen grauen Haaren herum. „Es ist nicht nur der zerstörte Kernspintomograph. Was bedeutet das für uns, für unsere Glaubwürdigkeit, die Verifizierung der Zahlen und Datierungen?“

„Rob, die Steine, auch der Obsidian, sind mit 99%iger Sicherheit über tausend Jahre alt. Lasse, was ist mit den Grabbeigaben?“ Lynns Finger glitten über eine Tabelle und sie schaute sich suchend um.

„Schmuck, die Reste der Kleidung und die Waffen, alles konnte eindeutig zugeordnet werden“, sprang Martin sofort ein und Lasse nickte.

„Die Knochenstücke von beiden Mumien, die ich hier vor Ort untersucht habe, sind auf frühes zehntes Jahrhundert datiert, daran gibt es keinen Zweifel!“ Er rannte an seinen Drucker und präsentierte uns ein Schaubild. „Ich habe die Tests dreimal laufen lassen, das Ergebnis bleibt gleich! Wir haben hier keinen Reservoir- und keinen Hartwasser-Effekt. Ich würde auch behaupten, dass statistische und systematische Fehler zu vernachlässigen sind. Es gab keine Verfälschungen bei Reinigung und Probenaufbereitung. Diese Knochen sind ohne jeden Zweifel vor über tausend Jahren in diesen Sarg gelegt worden!“ Hilflos gestikulierte Lasse mit der freien Hand. „Wie zum Teufel noch mal da eine Verschraubung reinkommen soll, ist mir ein Rätsel!“

Grison nickte langsam und ohne den Blick von dem Röntgenbild auf Martins Computer abzuwenden.

„Wir haben alle zu tun“, sagte er dann plötzlich leise und nickte in die Runde. „Findet heraus, was hier vor sich geht, wir besprechen uns heute Nachmittag, sechzehn Uhr. Ich kümmere mich um die Leute von der Klinik.“

19

Rob ließ uns in verwirrtem Schweigen zurück. Fiona und Martin starrten noch immer auf das Röntgenbild, während ich mich auf meinem eigenen Laptop noch einmal durch die letzten Bilder nach der Öffnung des Sarges klickte. Die männliche Mumie lag auf dem Rücken. Vorsichtig zoomte ich ein wenig näher. Er hatte einen Dolch auf der Brust liegen, die weibliche Mumie lag zu seiner rechten und verbarg damit den rechten Oberarm. Das allein genügte aber nicht, um für derartige Artefakte, also Störungen, auf dem Röntgenbild zu sorgen! Wir hätten es sehen müssen.

Die Aufnahmen waren in sagittaler Ansicht gemacht worden, da wir bei einem so schweren Sarg natürlich nur von einer Seite auf die andere hatten durchleuchten können. Auf den Bildern zeichneten sich beide Körper klar ab. Ich zoomte noch ein wenig näher und spürte plötzlich Lasses Atem in meinem Nacken.

„Da!", rief er aufgeregt und deutete zwischen die beiden. „Siehst du das? Und hier auch!"

Ich folgte seinem ausgestreckten Finger und nickte langsam. Da waren unsere Störfaktoren. Ein breiter Dolch, der zwischen den beiden Körpern lag. Und eine Streitaxt, die neben seinen Körper gerutscht war. Das Blatt stand hochkant und war so lang wie der Humerus selbst.

Ich rollte mit meinem Stuhl ein Stück nach links und verglich das Bild mit der Röntgenaufnahme auf Martins Computer. Es stimmte überein. Damit war zumindest das Rätsel gelöst, warum wir die Fixierung nicht gesehen hatten. Das Metall der Waffen hatte die Aufnahme an dieser Stelle so stark aufgehellt, dass uns der dünne Stab, der innerhalb dieses hellen Feldes leuchtete wie eine Werkstatt-Lampe, tatsächlich nicht aufgefallen war. Ganz zu schweigen von einem Metallfragment, das irgendwo in seiner Nähe gesteckt haben könnte.

Grimmig markierte ich den Bereich und speicherte das Bild unter einem anderen Namen ab. „Und das schicken wir jetzt dem Chef, damit er was in der Hand hat bei den Radiologen. Es kann nicht sein, dass sie das übersehen haben und dann nicht Bescheid sagen, beziehungsweise zumindest genauer hinsehen, bevor sie den Körper in die Röhre schieben!"

Martin nickte zufrieden und griff nach seiner Kaffeetasse.

„Jetzt wissen wir, woher die Artefakte kamen, woher aber kommt dieser Stab? Und wie kommt er in den Arm dieses Wicklower Bürgermeisters aus dem zehnten Jahrhundert?"

„Was redet ihr denn die ganze Zeit von Artefakten? Seit wann stören die Artefakte in einem Sarkophag die Aufnahmen?", mischte Fiona sich ein und schenkte uns allen Kaffee nach.

„In Bezug auf bildgebende Verfahren sind sie etwas anderes als unsere archäologischen Artefakte. In der Medizin sind Artefakte Störungen, Verschattungen oder zu helle Flecken in den Bildern. So wie hier." Ich umriss das Feld, in dem wir gerade den Humerus-Stab gefunden hatten. „Siehst du, wie hell das ist, im Vergleich zum Rest? Das ist die Dichte des Metalls, da kommen die Strahlen schwer durch und dann hat man am Ende eben störende Artefakte auf dem Bild. Interferenzphänomene. Oder auch medizinische Fehler. Hier war es wohl diese riesige Streitaxt, die wirklich genau neben dem Oberarm liegt und darum die exaktere Bewertung innerhalb dieses hellen Fleckes unmöglich gemacht hat." Seufzend nippte ich an meinem heißen Kaffee. „Wollen wir weiter an den Bibelversen arbeiten?", fragte ich dann und warf einen kurzen Blick auf mein Handy. Es war gerade sieben Uhr früh, aber ich war zu aufgeregt, um Schlaf wirklich in Betracht zu ziehen.

Fiona nickte sofort und reichte mir einen grünen Schnellhefter. „Schau dir bei Gelegenheit die ersten Ergebnisse aus den Archiven an. Ich habe Rita mit Chris und Ben gestern noch mal nach Wicklow geschickt. Die Tauf- und Sterberegister der Zeit sind gerade für uns im Rathaus hinterlegt worden. Heute wollen die drei schon früh morgens hinfahren. Irgendeiner der Archivare hat wohl Besitzurkunden für die Ländereien ausgegraben, die uns ab nächste Woche zur Verfügung gestellt werden."

Ich wurde hellhörig. „Landbesitz im zehnten Jahrhundert rund um das Gebiet, in dem wir den Sarg gefunden haben?"

Fiona nickte mit einem Grinsen. „Nicht nur rund um das Gebiet, sondern genau das Gebiet", korrigierte sie fröhlich. „Also, wenn da nicht ein paar potenzielle Namen für unsere beiden Kuschel-Mumien bei rumkommen, dann weiß ich aber auch nicht!"

Das klang doch wirklich gut. Ich erwiderte Fionas Lächeln und stand auf. „Lass mich nur kurz telefonieren, dann setzen wir uns wieder zusammen."

Sie nickte und ließ sich mit gerecktem Daumen an ihrem chaotischen Schreibtisch nieder.

Telefonieren … Hm … um sieben Uhr früh. Wohl eher nicht mit Yannis. Schmunzelnd drehte ich das Handy zwischen den Fingern und öffnete schließlich eine Textnachricht.

<<War die ganze Nacht im Labor, wirklich viele News gibt es nicht. Ich denke an dich.>>

Ich hatte das Telefon kaum wieder in der Kitteltasche verstaut, als es plötzlich klingelte.

Yannis.

Yannis?

Das Klingeln erstarb und ich betrachtete den Anruf in Abwesenheit verwirrt. Vielleicht war er ja wach. Fröhlich drückte ich den grünen Knopf.

„Hey du! Was für eine Überraschung, ich dachte …"

Laute Musik unterbrach mich und ich hörte einige Leute lachen und singen. Offensichtlich war Yannis nicht SCHON wach, sondern immer noch.

„Hey!", lallte es mir fröhlich entgegen. „Wer ist denn da?"

Eine Frauenstimme. Verwirrt zog ich die Nase kraus und hörte eine weitere Frau irgendwo im Hintergrund quietschen.

„Ich …“ Unsicher räusperte ich mich. „Alles gut, hier ist Elida. Ich wollte nur Yannis zurückrufen.“

„Der is auf dem Klo. Oder in der Dusche … oder …“ der Tumult wurde lauter und ich hörte Yannis lachen. „Nee, is wieder da, hüpft auf dem Bett“, wurde ich informiert und lauschte ziemlich sprachlos dem Tohuwabohu.

Eine Frau beantwortete meinen Anruf.

Es war sieben Uhr früh und offensichtlich wurde ziemlich lautstark gefeiert.

Yannis hüpfte augenscheinlich voll bis zum obersten Hemdknopf auf einem Bett und lachte und tobte mit einer weiteren Frau herum.

„Husch, husch!“, machte die Samtstimme, die noch immer durch den Hörer drang. „Bin gleich wieder da. Husch! So, da bin ich.“ Es rumpelte und die Frau fluchte leise. „Sorry, bin über meine Schuhe gefallen“, entschuldigte sie sich schwerfällig.

Ich war leicht überfordert mit der Situation und meiner Müdigkeit, darum rutschte mir nur das Wort: „Schuhe?“ heraus und sie lachte quietschig und betrunken.

„Wir waren aus.“

„Aha.“

„Und jetzt sind die Schuhe aus.“

„Kriegt ihr da nicht nasse Füße? Das Wetter gestern war ziemlich durchwachsen“, merkte ich an und bemühte mich, sie trotz des heftigen Geräuschpegels um sie herum zu verstehen.

„Sind im Hotel.“ Nun hörte ich sie trinken, Prost rufen und weitertrinken. Weiblicher Jubel folgte. Hui.

Plötzlich klirrte es.

„Zerlegt ihr gerade die Hotelbar?“

Sie kicherte und rülpste leise in den Hörer.

„Nee, Yannis‘ Hotelzimmer. Oh man, Amelie, verdammt, komm raus aus den Scherben, der Tisch ist nicht zum Tanzen!“, blökte sie auf einmal und ich hörte Yannis‘ Stimme.

„Manmanman! Danielle, Schätzchen, leg das Handy weg und hilf ihr!“, tönte er über Musik und kreischendes Lachen hinweg.

„Sorry, Elida, ich muss da mal mit anpacken, sonst verletzt sich noch einer. Arbeite schön." Es raschelte leise. Dann rumpelte es und ich hörte die beiden Frauen im Hintergrund johlen vor Lachen.

„Lacht nur, wenn ich euch in die Finger krieg, ihr zwei!", brüllte Yannis und ich wurde einfach weggedrückt.

Hui.

War mein Freund gerade besoffen mit zwei Frauen in seinem Hotelzimmer zugange?

Und rief eine von ihnen tatsächlich an, um mich daran teilhaben zu lassen?

Danielle und Amelie, na zauberhaft.

Meine Laune sank auf den Nullpunkt.

War Yannis wirklich abgebrüht genug, die beiden nach einer Party abzuschleppen? Er hatte fürchterlich betrunken geklungen, der deutsch-englisch-finnische Kauderwelsch war schwer zu verstehen gewesen. Wow.

Nachdenklich betrachtete ich das Telefon in meiner Hand.

Amelie Schätzchen.

Es schüttelte mich leicht und ich wurde in diesem Moment sowohl auf ihn als auch auf mich wütend.

Zum einen: Was bildete er sich ein?

Zum anderen: Hatte ich ihn mit meiner Abfuhr vielleicht derart vor den Kopf gestoßen, dass er sich jetzt Ablenkung suchte?

Das Kopfkino setzte ein und ich umklammerte die Tischkante. Bei dem Gedanken an Amelies kleines Apfelpopöchen wurde mir übel. Schnell weiterarbeiten, nicht denken. Ich starrte auf das Bild der beiden Mumien, die sich sogar im Tode noch umarmten.

Keine Hilfe.

Ich schloss die Augen.

Auch der Text, den ich zu bearbeiten hatte, half mir nicht, mich abzulenken.

Dränge mich nicht, dich zu verlassen und umzukehren. Wohin du gehst, dahin gehe auch ich, und wo du bleibst, da bleibe auch ich. Dein Volk ist mein Volk und dein Gott ist mein Gott.

Langsam ließ ich den Kopf auf meine übereinandergelegten Arme sinken und atmete gegen den Schmerz in meiner Seele an.

Wo du stirbst, da sterbe auch ich, da will ich begraben sein. Der Herr soll mir dies und das antun - nur der Tod wird mich von dir scheiden.

Wohl eher nicht.

Aber eigentlich hatte das ja auch von Anfang an auf der Hand gelegen. Er war kein bodenständiger Mensch. Er war ein Promi, Sportler und Aufmerksamkeitssüchtiger durch und durch. Ein unruhiger Reisender, dessen Körper und Geist bei mir Station gemacht hatten, vielleicht von der Idee fasziniert, einen Fixpunkt zu haben, einen Halt. Doch ich hatte ihm gesagt, dass ich dafür nicht geeignet war. Dass ich nicht leisten, nicht geben konnte, was er suchte. Auf der anderen Seite war er auch nicht das gewesen, was ich so bitter brauchte. Mein Herz und meine Seele gehörten mir nicht mehr, seit Yorick mich zum ersten Mal geküsst hatte.

Meine Fingerspitzen legten sich ganz automatisch auf meine Lippen und ich schloss die Augen in der Hoffnung, dass meine Tränen nicht überlaufen würden.

Yorick, Gott, er fehlte mir, so verrückt es auch war. Doch ich hatte mich auf ein Abenteuer mit einem der begehrtesten Weiberhelden des hohen Nordens eingelassen. Was für ein Kontrastprogramm. Was für eine gefühlsmäßige Berg- und Talfahrt! Und was für ein böses Erwachen.

Ich traute mich noch nicht, meine Augen zu öffnen, und blieb einfach mit dem Kopf auf dem Tisch liegen. Ich konnte nicht weiter arbeiten. Ich wollte aber auch nicht nach Hause und allein sein. Es war die Wahl zwischen Pest und Cholera. Beides potenziell tödlich, zumindest für mein Seelenheil.

20

Zu meinem Glück – und ihrem Pech – kam in diesem Moment Lynn ins Labor gestolpert. Ihre blonden Haare hingen ihr wirr ins Gesicht und ich sprang sofort auf, als ich sah, wie sie ihre linke Hand und ein durchgeblutetes Papiertuch umklammerte.

„Heilige Scheiße, Linni!" Sofort war auch Lasse an ihrer Seite und führte sie zu einem freien Stuhl.

„Was ist passiert?" Sehr vorsichtig hob ich das Tuch, drückte es aber direkt wieder an Ort und Stelle. Das sah böse aus.

„Steine", flüsterte Lynn tonlos und starrte mit glasigen Augen zu mir hoch. „Müdigkeit und eine brüchige Grabplatte passen nicht gut zusammen."

„Shit!", flüsterte Martin, der hinter uns getreten war. „Los, wir müssen sie rüber in die Notaufnahme bringen!" Aufgeregt schlüpfte er in seine Jacke, zog sie aber gleich wieder aus. „Elida, du hast doch dein Auto hier, oder?"

„Nein, ich war doch mit Yannis …"

„Ich hab mein Auto hier." Lasse half Lynn auf die Füße zurück. Ich wusste, dass er schon lange heimlich in sie verliebt war, darum betätigte ich mich lediglich als Türöffner und hielt Lynns gesunde Hand, die sich um meinen Arm klammerte. Gemeinsam schafften wir es,

Lynn auf den Rücksitz von Lasses Auto zu verfrachten und die wenigen Minuten zum Klinikgelände hinüber zu fahren, ohne dass Lasse in seiner Aufregung jemanden über den Haufen fuhr.

Da es sich um einen Arbeitsunfall handelte, mussten wir Meldung machen, auch Rob anrufen, und ich bekam den gesamten Papierkram aufgedrückt, während Lasse bei Lynn blieb. Was für eine juristische Korinthenkackerei! Fluchend blätterte ich die vielen Formulare noch einmal durch, füllte aus, was ich wusste, und war trotzdem gezwungen, Grison noch zweimal auf dem Handy anzurufen. Er machte es nicht besser, indem er mich selbst fünfmal anrief, um sich im Zehn-Minuten-Takt nach Lynn und dem Fortgang der Untersuchungen zu erkundigen.

Wieder klingelte es. Ein leiser Fluch entschlüpfte mir und ich war kurz davor, den Kugelschreiber in eine Ecke zu pfeffern.

„Rob, zum letzten Mal, ich habe keine Ahnung!“, schnauzte ich in den Hörer.

Am anderen Ende der Leitung war es kurz still, dann räusperte sich jemand. „Miss Alvarsdottjer?“, ertönte eine Männerstimme und ich setzte mich mit einem Ruck aufrecht hin.

„Ja?“, antwortete ich unsicher und hatte bereits eine Entschuldigung auf den Lippen. Mist, warum hatte ich direkt losgeschimpft und nicht einfach einen Blick auf das Display geworfen?

„Miss Alvarsdottjer, hey.“ Der Mann klang unsicher. „Hier ist Greg Metzler, Detective Metzler, ich meine, Greg, der Papa von Willy von den Drachenzähnen.“

Damit war der Groschen gefallen und ich hatte direkt das Bild des stämmigen, rothaarigen Polizisten vor mir.

„Natürlich!“ Ich steckte den Kugelschreiber für einen Moment in meinen wirren Dutt. „Es tut mir wirklich leid, dass ich die Drachenzähne absagen musste, ich hoffe, Willy war nicht zu enttäuscht! Wir werden die Stunde nachholen, versprochen!“

„Da wird er sich freuen, Miss.“ Leise räusperte Metzler sich ein weiteres Mal. „Ich rufe aber eher beruflich an, vielleicht können Sie mir weiterhelfen.“

„Sicher, was kann ich für Sie tun?“ Einigermaßen erstaunt warf ich einen Blick auf die Uhr über der Tür. Welcher archäologische Fund rechtfertige einen polizeilichen Anruf noch vor acht Uhr?

„Wir haben hier auf der Wache einen Mann festgesetzt", begann Metzler ein wenig umständlich und ich hörte ihn in etwas blättern, ehe er auf einer Computertastatur herumtippte. „Eigentlich haben wir ihn schon vor zwei Tagen festgesetzt, er ist uns allerdings wieder abgehauen und dann gab es einen Unfall und heute früh hat das St. James Hospital ihn wieder an uns überstellt. Er war möglicherweise nicht ausreichend fixiert und hat trotz seiner nicht unerheblichen Verletzungen eine komplette Stationsbelegschaft überwältigt. Dann ist er wohl getürmt, aber er kam nicht weit, weil wir die Kollegen ja vor Ort hatten."

Verwirrt hob ich die Augenbrauen. Das klang ein bisschen nach einem Actionfilm und ich wusste nicht recht, was ich mit der Information anfangen sollte.

„Greg, ich bin gerade selbst mit einer Freundin im Krankenhaus und muss mich um den Papierkram kümmern, hier ist einiges los, könnten Sie …"

„Glauben Sie mir, Miss, hier ist auch einiges los." Plötzlich hörte ich gebrüllte Befehle im Hintergrund. „Miss, wir mussten den Mann in Einzelhaft überführen, er randaliert sich in völligem Wahn durch unsere Zelle für die Untersuchungshaft. Gerade erst mussten wir ihn komplett isolieren und alle anderen Insassen in andere Räume verlegen, weil er alles kurz und klein schlägt, was ihm in die Quere kommt!"

„Das tut mir wirklich leid, Detective." Ich stand auf, als ich Lasse sah, der Lynn in einem Rollstuhl in Richtung Wartezimmer schob. „Ich kann ihnen leider …"

„Miss, er will mit Ihnen sprechen", unterbrach mich Metzler und ich erstarrte für einen Moment.

Ein Verbrecher auf dem Polizeirevier Dublin wollte mit mir sprechen? Ich schluckte schwer.

„Was meinten Sie gerade?", fragte ich unsicher und ballte meine freie Hand zur Faust. Mir war plötzlich sehr kalt.

„Alles, was wir verstehen konnten, war Ihr Name. Wir wissen

nicht sicher, welche Sprache er spricht, aber er sagte immer wieder Elida Alvarsdottjer."

Wie versteinert starrte ich zu Boden. Das Handy entglitt meinen Fingern und nur den Bruchteil einer Sekunde später wurde es dunkel um mich.

21

Ich erwachte in einem Bett mit gestärkten Laken auf dem Flur, volles Krankenhausprogramm. Jemand hatte mir einen Zugang gelegt. Kochsalz und Elektrolyte. Stöhnend griff ich mir an die Stirn. Was war passiert? Ich lag hier und … warum waren die letzten Stunden nur so verschwommen? Die Uhr am Ende des Ganges zeigte 10:37 Uhr. Plötzlich legte sich eine Hand auf meine und Lasses besorgtes Gesicht schob sich in mein Blickfeld.

„Elida?", flüsterte er unsicher. „Ist alles in Ordnung?"

Ich wollte antworten, aber irgendwie funktionierte mein Gehirn nicht richtig und so zuckte ich nach einigen Fehlversuchen einfach mit den Achseln.

„Sie haben gesagt, wenn du bis 10:45 nicht wach wirst, muss ich es melden und sie nehmen dich stationär auf." Er klang erleichtert und irgendwie amüsiert darüber, dass wir der Zeit ein Schnippchen geschlagen hatten. „Lynn wurde in den OP gebracht, da ist was an den Knochen der Mittelhand gebrochen." Erklärte er dann ein wenig ernster. „Ich habe denen gesagt, dass wir die ganze Nacht gearbeitet haben und du deswegen wahrscheinlich umgefallen bist. Die sagten, du seiest dehydriert und übermüdet, daher auch …" er deutete auf den Beutel, der in einem Gestänge an meinem Bett hing.

„Dein Handy hat ein paar Mal geklingelt." Er reichte mir mein

Smartphone. „Ich hoffe, du nimmst es mir nicht übel, ich bin drangegangen. Rob ist am Durchdrehen wegen dir und Lynn und ein Detective Metzler will, dass du ihn schnellstmöglich noch einmal anrufst."

Metzler, durchfuhr es mich wie ein Blitzschlag und ich setzte mich aufrecht hin. Er hatte mich gerade angerufen und ...

Yannis und sein flotter Dreier mit dem hübschen Apfelpopo und dem Schminkblondchen schoben sich zwischen meine klaren Gedanken und ich sank mit einem Stöhnen in die Kissen zurück. Gott, ich fühlte mich wie ausgekotzt.

Mit der Hand angelte ich nach dem Schlauch, der meine Vene mit der Flüssigkeit in dem Beutel verband. Ich drehte das kleine Rädchen und beschleunigte damit den Zufluss. Die Sauerstoffbrille kitzelte meine Nasenlöcher, doch ich wusste, ich brauchte meine fünf Sinne schnellstmöglich wieder beieinander, darum ließ ich sie an Ort und Stelle und bemühte mich, langsam und tief ein uns aus zu atmen. Was war in der Zwischenzeit passiert? Lynn hatte einen Unfall gehabt und sich die Hand eingequetscht. Lasse und ich hatten sie ins Krankenhaus gefahren, richtig. Metzler, er hatte mich angerufen und ...

Plötzlich war der Gedanke wieder da und ich brauchte keine Sekunde, mich aufrecht hinzusetzen.

„Wohow, Elida!" Lasse sprang auf und streckte die Hände nach mir aus, doch ich glitt trotzdem aus dem Bett.

„Alles gut, Lasse, ich bin in Ordnung!" Mit geübtem Griff schloss ich das Ventil des Beutels und zog die Nasenbrille über den Kopf. „Lasse, es ist alles gut!" Ohne zu Zögern packte ich die Vigo in meiner Hand und zog sie mitsamt dem Pflaster einfach heraus.

„Hör zu." Ich schloss auch das zweite Ventil und klebte mir in Ermangelung besserer Optionen ein Stück des abgerissenen Tapes über die blutende Hand. „Ich muss was erledigen, es ist wirklich wichtig. Du wartest hier auf Lynn und bleibst mit Rob in Kontakt. Ich melde mich bei euch, in Ordnung?"

„Elida, du bist leichenblass!" Noch immer stellte Lasse sich mir in den Weg und bemühte sich verzweifelt, mich zur Vernunft zu bringen.

„Es geht mir gut, Lasse. Bleib du bei Lynn, ich bin einfach nur übermüdet!", spielte ich meinen Kreislaufkollaps herunter, obwohl sich noch immer der Flur leicht um mich drehte. „Ich fahr mit dem Bus nach Hause und leg mich hin, sobald ich fertig bin, in Ordnung? Sag Rob, dass ich vielleicht einen Tag freinehmen muss."

„Ich werde es ausrichten." Unsicher trat Lasse beiseite. „Bist du sicher, dass … soll ich dich nicht lieber nach Hause fahren?"

„Lasse, warte auf Lynn!", befahl ich sanft und wagte einige wackelige Schritte. Oh je! Mein Gesichtsfeld begann bereits wieder, sich einzuschränken, aber es gab eine offene Frage und der musste ich sofort nachgehen. Ein verletzter Verbrecher wollte mich sprechen.

Mehr schlecht als recht stolperte ich wenig später die langen Flure entlang. Es brauchte nur einen Gedanken, der mich aufrecht erhielt, und den hatte ich so fest in meinem Kopf, dass seine Entfernung mich eventuell den Verstand kosten würde … Was wäre, wenn … was wäre, wenn dieser Mann Yorick war? Wenn er es geschafft hatte, die Raum-Zeit-Schranke zu überwinden?

Was waren Metzlers Worte gewesen, sie hatten ihn bereits vor zwei Tagen aufgegriffen? Er war also seit zwei Tagen hier, in meiner Welt? Irrte durch die Neuzeit, wahrscheinlich vollkommen panisch und in dem Glauben, er sei in Asgard gelandet.

Ich schloss die Augen und bemühte mich, ruhig zu atmen.

Was, wenn er es NICHT war?

Wenn es einfach nur irgendein Verrückter war, der meinen Namen irgendwo aufgeschnappt hatte? Yoricks Äußeres war enorm einprägsam. Seine Größe, seine Kleidung, vor allem das auffällige Tattoo im Gesicht.

Ich versuchte, die seltsame Freude in mir zu unterdrücken. Niemand würde am Telefon lediglich von einem „Mann" sprechen, wenn er dabei Yorick vor Augen hatte. Und Metzler hatte das Tattoo mit keiner Silbe erwähnt. Vielleicht war er es nicht. Die Chancen, dass mir mein Traumhirngespinst in die Zukunft gefolgt war und sich nun auch noch auf einer Polizeistation manifestierte, standen wirklich schlechter als die Quote für den Lotto-Jackpot.

Schwer atmend schleppte ich mich durch die Eingangshalle des Krankenhauses und steuerte die elektronischen Türen an. Ein Polizeiauto stand in der Auffahrt und ich hielt darauf zu, freundlich um ein Lächeln bemüht.

„Hey! Mein Name ist Elida Alvarsdottjer." Ich beugte mich zu dem Polizisten auf dem Fahrersitz herunter. „Wären Sie vielleicht so nett, Detective Metzler zu bitten, mich abholen zu lassen? Er erwartet mich."

Misstrauisch musterte der Uniformierte mich und winkte nach jemandem. Sein Kollege, ein wenig älter und mit einem Sternchen mehr auf dem Revers, kam gemächlich mit seiner Zigarette in der Hand herübergeschlendert.

„Sie sind blass, Miss!", stellte er besorgt fest und ich verbarg geistesgegenwärtig mein provisorisches und ziemlich blutiges Pflaster vor ihm.

„Hallo!" Freundlich nickte ich ihm zu. Ende vierzig, gut im Futter, Papa-Typ mit Autorität. „Ich müsste dringend mit Detective Metzler sprechen, könnten Sie ihn eventuell auf dem Revier anfunken und ihm sagen, dass er mich hier abholen kann? Ich habe eine Freundin begleitet, die einen Arbeitsunfall hatte", ergänzte ich und der ältere Polizist lächelte mich an.

„Ruf auf dem Revier an." Er nickte dem anderen zu und warf seine Kippe sorgfältig in einen Gully. „Oder weißt du was, Fergus, wir nehmen die junge Dame einfach mit." Er winkte mich um das Auto herum und öffnete die Beifahrertür, ehe er selbst hinten einstieg. „Damit Sie sich nicht fühlen wie ein Sträfling", scherzte er von der vergitterten Rückbank und ich zwang mich zu einem Schmunzeln.

„Das ist wirklich sehr nett von Ihnen!", brachte ich hervor und schnallte mich an.

„Fergus, ein Pflaster bitte!", kam es von hinten und ich zuckte zusammen. Mist, jetzt hatte er das schlechte Provisorium doch gesehen.

Fergus gehorchte auch diesmal sofort und fummelte ein Pflasterpäckchen aus dem Handschuhfach vor mir. „Bitte sehr, Miss." Unsicher reichte er mir einen Streifen. „Können wohl kein Blut sehen, was?"

Verwirrt nahm ich das Pflaster an und tat geschäftig. Was meinte er mit „kein Blut sehen"?

Sein Vorgesetzter auf der Rückbank lachte. „Deswegen hab ich dich dabei und nicht Geordy! Der kippt mir im Krankenhaus regelmäßig um und braucht eine Infusion. Geht es denn Ihrer Bekannten gut?“

Jetzt machte es klick und ich schaffte es, zu lächeln. „Sie hat sich die Hand gequetscht und muss operiert werden, vielleicht erfahre ich später mehr. Ein anderer Freund ist bei ihr geblieben, damit ich zu Greg aufs Revier kann.“

„Dann wollen wir ihn mal nicht warten lassen.“ Schmunzelnd nickte der Polizist seinem jüngeren Kollegen zu. „Fahr los, Fergus, ich will mir den Bericht noch ansehen, ehe der Chief in die Mittagspause geht.“

22

Kaum zwanzig Minuten später saß ich zwischen einer streng riechenden jungen Frau mit riesigen Ohrringen und einem kleinen alten Mann mit Glatze und einem Hakenkreuz auf der Wange in einem von drei Besucherstühlen auf dem Flur vor Metzlers Büro. Ich wäre gerne aufgestanden und hätte mich von den beiden seltsamen Gestalten entfernt. Aber ich traute meinem Kreislauf nicht, und so blieb ich und atmete sehr flach, während ich den Blickkontakt zu dem verrunzelten Nazi mit aller Kraft vermied.

Die Tür auf der anderen Flurseite wurde aufgerissen und Metzlers rundes Gesicht erschien. „Miss Alvarsdottjer!“ Er lächelte mich an und winkte mich zu sich. „Tut mir leid, dass Sie warten mussten! Bitte, nehmen Sie Platz! Ich soll Sie von Willy grüßen, er freut sich auf die nächste Stunde.“

Mein Lächeln war verkrampft und ich ließ den Blick durch das schlichte Büro gleiten. Regale, ein paar Aktenschränke, ein großer, massiver Schreibtisch mit einem sesselartigen Stuhl dahinter. Dennoch wesentlich besser als die Möblierung des Großraumbüros, durch das der junge Fergus mich eben geführt hatte.

„Miss Alvarsdottjer.“ Metzler legte die speckigen Finger aneinander und sah mich über den Schreibtisch hinweg an. „Ich hatte ja bereits erwähnt, dass wir derzeit einen Mann festgesetzt haben, der uns einige Rätsel aufgibt. Bisher sind wir nicht dazu gekommen, einen Dolmetscher zu engagieren, aber da Sie ja nun hier sind …" Freundlich lächelnd ließ er den Satz in der Schwebe. „Wir mussten den jungen Herrn aufgrund seiner Verletzungen auf die Krankenstation überführen und fixieren. Mit seinem aggressiven Verhalten war er eine Gefahr für sich und andere. Doch er hat vehement darauf bestanden, mit Ihnen zu sprechen, daher …" Er beendete auch diesen Satz nicht und sein Lächeln wurde immer nervöser. Ich wusste nicht, was ich dazu sagen sollte, wusste nicht, wie ich jemals wieder einen Ton hervorbringen sollte. Sag mir endlich, dass der Mann ein riesiges Tattoo im Gesicht hat, schrie ich innerlich. Doch mein Mund war in einem unverbindlichen Lächeln erstarrt und blieb stumm.

„Nun gut, wenn Sie mir bitte folgen wollen?" Offenbar hatte Metzler sich ein paar Antworten erhofft. Da war er nicht der Einzige. Ich stand mit zitternden Knien auf und folgte ihm die grauen Linoleumflure entlang. Seine schicken Schuhe quietschten auf dem Boden.

Nach mehreren Sicherheitstüren und einigen Abzweigungen deutete er auf einen Durchgang. „Bitte, gehen Sie nur vor, ich melde uns den Diensthabenden, dann kann ich den Schlüssel für den Überwachungsraum holen."

Ich gehorchte wie auf Autopilot. Das war alles so unwirklich! Der scharfe Geruch nach Desinfektionsmittel stieg mir in die Nase. Unsicher stand ich für einen Moment vor einer leeren Großraumzelle und wusste nicht, wohin mit mir. Dann wandte ich mich der Tür mit der Aufschrift „Krankenstation" zu und drückte sie vorsichtig nach innen auf.

„Mann, lass es!", zischte plötzlich eine Stimme und ich hörte ein leises Rumpeln. Dann spuckte jemand aus.

„Der Drecksack hat mich angegriffen!"

„Du bist auf den Arsch gefallen und jetzt lass die Finger von ihm oder der Chief suspendiert dich!"

„Die Kameras sind aus, ich könnte ihm jetzt einfach die Fresse polieren!"

„Mann, der Typ ist fertig, lass es, Carl! Wenn der nach der Dosis, die du ihm da grad reingehauen hast, überhaupt wieder aufwacht, ist es ein Wunder!“

„Warum drücken wir nicht noch ein bisschen mehr rein, wäre nicht schade drum!“

Entsetzt packte ich den Türknauf und spähte durch das vergitterte Fenster in den Behandlungsraum, wo ich tatsächlich zwei Polizisten sah, die sich über eine Gestalt auf einer weißen Pritsche beugten.

„Hey!“, rief ich und hoffte, dass meine Stimme nicht vor Panik und Wut zitterte. Hey, ihr verfluchten Bullenschweine, was bildet ihr euch eigentlich ein! Meine Hände klammerten sich an das kalte Metall.

„Greg, Sie sollte sich das hier schnellstens einmal ansehen!“, schrie ich über die Schulter hinweg und war erleichtert, die schweren Schritte von Willys Vater zu hören.

„Was ist denn hier los?“, rief er schon von Weitem. „Die Kameras sind aus! Rubens, Trent, was geht hier vor sich?“

Er öffnete die Tür des Krankenzimmers mit einem Schlüssel und stapfte den beiden Männern entgegen.

„Greg, das ist doch wohl nicht Ihr Ernst!“, sagte ich mit meiner strengsten Stimme und stemmte die Hände an die Hüften, damit niemand sah, wie sehr sie zitterten.

Er lag auf der Seite, doch ich war mir ganz sicher, ich kannte dieses graue Leinenhemd und ich kannte weiß Gott den Rücken, der sich darunter verbarg und den langen Zopf, der über die Bettkante baumelte.

„Weit und breit kein Pflegepersonal, ein fixierter Gefangener, zwei ziemlich gewaltbereite Polizisten und keine Kamera an?“ Mir klopfte das Herz bis in die Ohren und ich wusste nicht, ob ich im nächsten Moment heulend zusammenbrechen oder jemandem ins Gesicht springen wollte. Ich hatte sie genau gehört, ich hatte auch das Rumpeln gehört, offensichtlich hatte der gute Carl einem liegenden, wehrlosen Mann eine reingehauen. MEINEM Mann! Schäumend vor Wut baute ich mich in der Mitte des Raumes auf.

„Alle raus, das wird ein Nachspiel haben! Die Disziplinarstrafe ist euch sicher, ich habe alles gesehen und dokumentiert!“ Ich hielt mein Handy in die Höhe und hoffte, dass mir niemand anmerkte, wie dreist ich gerade log. „Prüfen Sie sofort, wie es dem Mann geht, ich will einen Arzt hier haben, und zwar flott! Und danach können Sie beide ihre Schreibtische räumen!"

Ich war vielleicht nicht groß, aber offensichtlich zornig genug, dass meine Worte für bare Münze genommen wurden. Metzler stand mit verschränkten Armen in der Tür, die beiden anderen gehorchten wie vom Blitz getroffen und drehten den Mann auf dem Bett langsam auf den Rücken.

Mein Herz rutschte mir in die Hose und mir entfuhr ein Keuchen.

Mein Gott! Ohne wirklich darüber nachzudenken, packte ich den größeren der beiden Polizisten und stieß ihn beiseite. Der andere war schnell genug, mir aus dem Weg zu gehen, und ich funkelte ihn böse an, ehe ich mich über Yorick beugte.

Er atmete flach und ruhig, doch aus einer Wunde an seiner Augenbraue sickerte frisches Blut und ich blickte wutentbrannt zu Greg auf.

„Er ist verletzt, fixiert und liegt im Bett und ein POLIZIST schlägt ihm ins Gesicht?", schrie ich den blassen Detective an. „Ich will einen Arzt, ein MRT und ein Disziplinarverfahren! Und ich will, dass hier Köpfe rollen, haben Sie mich verstanden? JETZT!"

23

Wenige Minuten später waren tatsächlich Krankenpfleger vor Ort. Einer von ihnen versorgte die Wunde an Yoricks Auge und besprach mit Greg die bisherige Anamnese des Patienten. Der zweite hielt sich im Hintergrund und ich konnte seinem unbeweglichen Gesichtsausdruck und den Blicken, die er Trent und Rubens zuwarf, ziemlich eindeutig entnehmen, dass er genau wusste, was hier passiert war. Während sein Kollege noch mit Greg sprach, winkte er die beiden Polizisten plötzlich zu sich an den geöffneten Medikamentenschrank.

„Was war in dieser Spritze?", fragte der Pfleger durch die zusammengepressten Zähne und nahm Carl die Einwegspritze aus der Hand, die der verfluchte Dreckskerl noch immer wie erstarrt festhielt. „Wie seid ihr hier hereingekommen und wie habt ihr den Medikamentenschrank aufbekommen?" Grimmig schüttelte er dann den Kopf und hob abwehrend die Hand. „Wisst ihr was, das erklärt ihr euren Vorgesetzten. Ich will nur erfahren, was in dieser Spritze war, um zu wissen, was ich eventuell zu antagonisieren habe. Also!" Er deutete mit der Nadel auf den Patienten.

„Das da, Steven." Kleinlaut förderte Carl ein Fläschchen zutage und reichte es dem Pfleger, der scharf Luft einzog.

„Das Ganze?"

Der Polizist nickte stumm und mir blieb fast das Herz stehen, als der Pfleger auf einmal um das Bett herumrannte, den Sauerstoff aufdrehte und Yorick eine Maske über Nase und Mund zog.

„Kyle, Naloxon aufziehen und direkt den Notarzt! Fentanyl, i.v. Bolusgabe über 0,8 mg. Wie viel wiegt der Patient?"

Sein Kollege kam sofort angelaufen und blätterte in der Akte, die er in der Hand hatte.

„Weiß niemand, er hat sich nicht wiegen lassen. Was schätzt du? 190, 195 Pfund?" Mit wenigen Handgriffen hatte er eine neue Nadel ausgepackt, eine klare Flüssigkeit aufgezogen und reichte sie an Steven weiter. „Antagonisieren und beobachten wir. Detective, wenn Sie so nett wären, den Notarzt dazu zu rufen und einen Krankentransport zu bestellen? Die Herren Kollegen haben ganze Arbeit geleistet und es kann sehr gut sein, dass wir in den nächsten Minuten hier eine Atemdepression haben."

Warum zur Hölle hatte diese Station einen Hammer wie Fentanyl überhaupt im Medizinschränkchen stehen – gesichert oder auch nicht? Mein Kopf begann sich zu drehen und ich ließ mich neben dem Bett in die Hocke herab, ohne Yoricks Hand ganz loszulassen.

„Miss, wir müssen Sie bitten …", setzte Kyle an, als wenig später weitere Sanitäter mit einer Trage hereingestürmt kamen.

„Mrs. bitte", unterbrach ich, ohne auch nur einen Moment zu zögern. „Das ist mein Mann."

Die beiden Sanis wechselten einen kurzen Blick mit dem Pflegepersonal des Gefängnisses, dann hob der eine die Achseln und nickte mir zu. „Dann eben Mrs. …" Er beugte sich vor und zückte seinen Kugelschreiber.

„Havarson", antwortete ich mit rauer Stimme.

„Gut, Mrs. Havarson. Wir brauchen Ihre Unterschrift, dass Sie die Einlieferung veranlasst haben und am besten auch Ihre, Detective Metzler." Er nickte Greg zu, der nervös seine Krawatte knetete.

Vor Schreck zuckte Metzler zusammen und sein Blick huschte zwischen seinen Kollegen, mir und den Sanitätern hin und her.

„Miss … Mrs. …" Aufgeregt tat er einen Schritt auf mich zu. „Ich werde Sie ebenfalls begleiten", sagte er dann und nickte, wie um sich selbst in seiner Entscheidung zu bestätigen. „Carl, Phil, ihr wartet in meinem Büro, bis ich zurück bin."

„Greg, Detective ... Sir ..."

„Vergiss es, Phil!", unterbrach Greg den anderen Polizisten abrupt und schüttelte resolut den Kopf. „Wenn ihr keine Lust auf Youtube-Videos und ein paar Polizei-Enthüllungen mit euren Gesichtern auf dem Cover haben wollt, dann backt heute mal ganz kleine Brötchen und wartet in meinem Büro!", sagte er sehr bestimmt. „Am besten betet ihr schon mal, denn wenn dieser Mann irgendeine Verletzung hat, die nicht mit seiner bisherigen Krankenakte übereinstimmt, dann seid ihr dran."

Am liebsten wollte ich Greg umarmen. Das Bedürfnis stritt sich für einen Moment mit der unbändigen Lust, zumindest diesem Carl saftig in die Eier zu treten. Doch die Sanitäter schoben die Trage aus dem Raum und ich war trotz der Enge des Flures sofort wieder an Yoricks Seite. Wahrscheinlich wäre ich auch noch in den Innenraum des Rettungswagens geklettert, doch einer der Sanis hielt mich zurück.

„Bitte folgen Sie dem Fahrzeug." Er schaute mich eindringlich an und ich sah, wie sein Kollege um Yorick herum huschte und ihn an einen Überwachungsmonitor anschloss. „Wir müssen uns jetzt um Ihren Mann kümmern, die Dosierung des Medikamentes, das ihm verabreicht wurde, war sehr hoch", erklärte er ganz langsam und ich war kurz davor, nun ihm die Faust ins Gesicht zu zimmern, obwohl er ja eigentlich nichts für den ganzen Schlamassel konnte. Ein Alarmton schrillte auf und der Sanitäter schob mich mit Gewalt aus dem Krankenwagen.

„Mrs. Havarson, ihr Mann schwebt in Lebensgefahr, wenn der verabreichte Antagonist nicht schnellstens anschlägt ..."

Eine Hand legte sich auf meine Schulter. „Kommen Sie, ich fahre Sie in die Klinik." Detective Metzler nickte den Sanitätern zu und nahm mich am Oberarm, um mich sanft zu einem dunkelgrauen Ford Mondeo in der Auffahrt zu ziehen.

Alles in mir drehte sich, mal rechtsrum, mal linksrum. Ich ließ mich in den Sitz sinken und schloss die Augen. Es war Viertel vor zwölf. Ich hatte nicht geschlafen, nichts gegessen und wenn Yorick in den nächsten Minuten irgendetwas passierte, dann war ich mir ganz sicher, dass ich mich vor den erstbesten Bus fallen lassen würde. Ich würde mich fallen lassen, mich nicht einmal werfen, denn dazu hatte ich nicht die Kraft.

Eigentlich hatte ich vorgehabt, die Augen die gesamte Fahrt über geschlossen zu halten, doch der Anblick von Yorick auf dem Bett, dem Blut auf seinem Gesicht und dem Polizisten mit der Spritze in der Hand ließen mich nicht los. Nervös rieb ich die Hände in meinem Schoß und starrte stattdessen aus dem Fenster.

Was war, wenn ich ihn noch einmal verlor? Diesmal endgültig?

Mir würde übel und ich musste krampfhaft immer wieder schlucken, damit mein leerer Magen nicht eine große Ladung Galle nach oben befördern konnte.

„Miss ... Mrs. Havarson?“ Metzler beugte sich vor und sah mich an. „Elida, wir sind da.“

Als ich nicht reagiert, löste er meinen Anschnallgurt und stieg aus, um mir aus dem Auto zu helfen.

„Metzler, Dublin Metropolitan.“ Er hielt mich mit einer Hand aufrecht und präsentierte mit der anderen seinen Ausweis am Informationsschalter. „Wo kommen die Krankentransporte an?“

„Schockräume, Treppe runter, links neben der Notaufnahme. Melden Sie sich bei der Info dort, dann lassen die Sie durch.“ Die junge Frau am Schalter schien wenig beeindruckt, wahrscheinlich unterbrachen sie mehrmals die Woche Polizeibeamte bei der Lektüre ihrer bunten Zeitschriften.

Greg warf mir einen Seitenblick zu. „Kommen Sie, Elida, wir sehen nach ... Ihrem Mann.“

Ich hatte das kurze Stocken gehört und merkte auch, dass sein Blick, der in meinem Gesicht forschte, irgendwo zwischen verwirrt und nachdenklich war.

Noch immer hielt er mich fest und half mir die Treppen hinunter. Einige weitere Minuten später saßen wir zusammen auf einem kurzen Flur und warteten auf den diensthabenden Arzt. Greg drehte nervös seinen Ausweis zwischen den Fingern und starrte Löcher in die Luft. Seine Unruhe machte mich fast verrückt und so stand ich nach kurzer Zeit auf und begann, zwischen der Wand und der

Milchglastür am Ende unseres kleinen Korridors auf und ab zu gehen.

„Mrs. Havarson?“ Ein dunkelhaariger Endzwanziger riss auf einmal die Tür auf und ich fuhr zusammen. „Hey!“ Er hielt mir die Hand hin und drückte meine fast schmerzhaft fest. „Das Medikament hat gut angeschlagen. Ihr Mann benötigt allerdings noch Sauerstoff, daher würde ich empfehlen, ihn für vierundzwanzig Stunden stationär aufzunehmen. Wir haben gesehen, dass er bereits hier war.“ Er winkte mich hinter sich her in ein kleines Stationszimmer. „Ein Autounfall, aber die OP verlief ohne Komplikationen. Wenn Sie so nett wären, ihn anzumelden, er hatte nichts bei sich und wir mussten ihn in Polizeigewahrsam überführen, da er eine Prügelei mit mehreren Ärzten auf der Unfallchirurgie angezettelt hat.“ Der Blick des Arztes huschte neugierig über Metzler, der sich sofort neben mich stellte.

„Eine Lappalie und keiner der Kollegen erstattet Anzeige!“, betonte Greg und zeigte auch dem Mediziner seinen Ausweis. „Mr. Havarson hat sich nichts zu Schulden kommen lassen und ist nach seinem Aufenthalt hier frei zu gehen, wohin es ihn beliebt.“ Gregs blaue Augen fixierten für einen Moment meine. „Ich werde der jungen Dame mit dem Papierkram behilflich sein, sie steht unter Schock.“

„Natürlich.“ Sofort wurde das Lächeln des jungen Arztes einige Grade wärmer und er reichte mir einen Stapel Papiere und kleine Klebezettel. „Füllen Sie das doch bitte aus und geben sie es an der Anmeldung ab. Ich nehme an, Ihr Mann hat eine Überempfindlichkeit gegen das verabreichte Anästhetikum gezeigt, es führt in manchen Fällen zu heftigen Halluzinationen und Verwirrung.“ Er reichte mir einen Kugelschreiber und drückte erneut meine Hand. „Wissen Sie, in meiner Freizeit bin ich auch Rollenspieler“, erklärte er vertraulich und strahlte mich an. „Das Kostüm Ihres Mannes ist grandios! Ich muss mich leider von Ihnen verabschieden, aber der Mitarbeiter an der Anmeldung kann Ihnen sicher sagen, auf welche Station Ihr Mann verlegt werden wird.“

Rollenspieler. Ich seufzte leise und kämpfte um ein Lächeln. Das war wohl die einfachste Erklärung.

„Danke schön“, flüsterte ich und drückte den kleinen Papierstapel an die Brust. „Ich danke Ihnen.“

Greg musste wohl gesehen haben, dass ich schwankte, denn er packte sofort zu und führte mich wieder in die Notaufnahme zurück, wo er mich kurzerhand an einen kleinen Tisch setzte.

„Sie werden jetzt anfangen, diese Papiere auszufüllen und ich hole Ihnen etwas zu essen und einen ordentlichen Kaffee, in Ordnung?“

Ohne meine Antwort abzuwarten, erklomm er die Stufen in den höher gelegenen Eingangsbereich.

Ich legte den Kopf auf die Anmeldeformulare. Herzlichen Glückwunsch, wie sollte ich das ausfüllen? Ich war inzwischen so übermüdet und erschöpft, dass mir ein leises Kichern entfuhr. Mein Tumor-Traum-induziertes Hirngespinst hatte sich tatsächlich in meiner Welt inkarniert und lag jetzt auf irgendeiner Station in einem Krankenbett. In echt.

Wenn mich jetzt nicht gleich jemand in die Seite kniff und ich auf meinem Schreibtisch im Labor aufwachte, dann war das alles real. Ich tat einen tiefen Atemzug und kramte mein Handy hervor. Lasse hatte geschrieben, offenbar schlief Lynn gerade und er war bei ihr geblieben. Wie praktisch, sie waren ja auch hier. Ich rieb mir die brennenden Augen und starrte auf die weißen, gelben und rosafarbenen Zettel herunter. Dann griff ich nach dem Kugelschreiber.

Name. Yorick Havarson. Das wusste ich.

Nationalität. Norweger.

Geburtsdatum. Hm. Pflaumenpfingsten 964?

Ich stützte den Kopf in die freie Hand.

Anamnesebogen in blassrosa.

Herz-Kreislauf-Erkrankungen?

Infektionserkrankungen?

Bisherige Operationen?

Allergien/ Unverträglichkeiten?

Medikamente?

Dann wurde es richtig haarig: Anschrift. Krankenkasse und Versichertennummer.

„Essen Sie etwas“, bat Detective Metzler sanft und reichte mir ein belegtes Käsebrötchen und einen großen Pappbecher Milchkaffee.

Dann setzte er sich mir gegenüber und warf einen Blick auf die vielen und noch immer erschreckend lückenhaften Papiere vor mir.

„Sie müssen nichts dazu sagen, Elida, aber ich denke, das Department ist Ihnen etwas schuldig."

Spontan kochte die Wut in mir auf. Etwas schuldig, oh ja! Immerhin hatten sie meinen Mann fast nach Walhalla befördert!

Grimmig biss ich die Zähne zusammen, doch er erwartete offenbar tatsächlich keine Antwort von mir, sondern deutete auf die Formulare.

„Ihr Mann hatte keine Papiere bei sich, Elida." Er betonte das Wort Mann seltsam und ich spießte ihn dafür ein weiteres Mal schier auf mit meinem Blick.

„Elida, wenn Sie wollen …" Er drehte die Blätter zu sich um und nickte mir sehr ernsthaft zu. „Wenn Sie wollen, dann füllen wir das jetzt zusammen aus und ich mache Ihnen ein Schreiben fertig, mit dem Sie auf das Bürgerbüro gehen und ihrem Mann einen neuen Ausweis holen können. Ich nehme an, er hat seinen Pass … verloren?"

Ich nickte stumm und meine Augen füllten sich mit Tränen.

Mir war klar, was das bedeutete. Yorick war eine Art Flüchtling ohne Papiere.

Ich hatte durch das, was ich gesehen hatte und von dem er befürchtete, ich könnte es auch dokumentiert haben, das Polizeipräsidium Dublin Metropolitan an den Eiern. Und nun bot er mir einen Deal an. Vergiss, was passiert ist, was du gesehen hast und ich helfe dir dabei, dass niemand Fragen stellt, auf die du keine Antwort weißt.

Mein Kiefer schmerzte und ich starrte auf meine zitternden Hände herunter.

Ein Ausweis für Yorick.

Eine Identität, die alles so viel leichter machen würde.

Auf der anderen Seite kamen zwei Dreckschweine ungeschoren davon und dagegen wehrte sich alles in mir.

Ich blickte auf und schluckte hart. „Ich kann nicht zulassen, dass …", setzte ich an und Greg legte beruhigend die Hand auf meinen Arm.

„Das werden sie nicht!", versicherte er mir flüsternd. „Ich werde die beiden suspendieren, sie bekommen eine Verwarnung und für vierundzwanzig Monate einen Vermerk in ihrer Akte. Aber das Ganze bleibt zwischen Ihnen, mir und dem Chief, in Ordnung? Keine Presse und um Himmels Willen kein Youtube, Facebook oder Ähnliches, in Ordnung?“

Ich schwieg, denn meine Gedanken rasten und ich hatte Mühe, mich zu sammeln. Greg missverstand offenbar mein Schweigen und räusperte sich leise.

„Elida!“, flüsterte er nachdrücklich. „Ich kann Sie sehr gut leiden und der Vorfall tut mir unendlich leid. Aber Sie bekommen von mir eine gültige Meldebescheinigung, ich organisiere eine Auslandskrankenversicherung und einen gültigen Personalausweis, kommen Sie mir ein bisschen entgegen. Ich bitte Sie, bürgern wir Ihren Mann ein und lassen es dann gut sein.“ Er nickte mir zu und drehte den Stift zwischen den Fingern. „Sie essen, ich schreibe.“

Stumm blickte ich zu ihm auf.

Er sah freundlich aus. Hilfsbereit. Und ein klein wenig verzweifelt.

Ich seufzte leise und vergrub das Gesicht in den Händen.

Wenn man jemanden nur genug liebt, dann denkt man nicht mehr über die Konsequenzen des eigenen Tuns nach. Ich hatte Yorick genug bedeutet, dass er mich zurückgeschickt hatte und damit in Sicherheit war. Und er hatte mir genug bedeutet, dass ich diese Entscheidung angezweifelt und bereut hatte. Ich nickte kaum merklich.

„Yorick Havarson stammt aus Bergen in Norwegen. Er ist siebenundzwanzig Jahre alt“, hörte ich mich leise sagen und Greg blickte auf.

„Geburtsdatum?“

„Vierter Mai 19… 1989.“ Meine Stimme zitterte. Ich hatte keine Ahnung, wann er tatsächlich Geburtstag hatte, doch der vierte Mai, das war der Tag gewesen, an dem er mich geküsst hatte. Zum ersten und letzten Mal. Es war der Tag, an dem er mich zurückgeschickt hatte.

Ich umklammerte den warmen Kaffeebecher und schloss die Augen.

Der Tag, an dem ich für einen anderen Menschen alles aufgegeben hätte.

24

„Mrs. Havarson?“ Ich zuckte zusammen, als eine dunkelhaarige Krankenschwester wie aus dem Nichts neben mir auftauchte und mich mütterlich anlächelte. „Ich bin Kate. Ihr Mann liegt auf der 3.2, ich werde Sie zu ihm bringen, wenn Sie möchten.“

Ich sah sie an und musste mich bemühen, die Augen offen zu halten.

Detective Metzler erhob sich neben mir und schüttelte der Schwester die Hand. „Elida ist noch ein wenig durch den Wind, Kate“, erklärte er mit seiner sanftesten Stimme und schob die vielen Formulare zu einem Haufen zusammen, den er ihr reichte.

„Ich denke, wir haben hier soweit alles erledigt.“ Er nickte mir zu und kam um den Tisch herum, um mir aufhelfen zu können. „Ich werde mich bei Ihnen melden, Elida. Die restlichen Habseligkeiten Ihres Mannes werde ich Ihnen hierher bringen lassen. Rufen Sie jederzeit an, wenn es etwas gibt, das ich für Sie tun kann, in Ordnung?“

Ich nickte schwach und stützte mich auf den Arm der glücklicherweise recht kräftigen Krankenschwester.

„Na, dann wollen wir mal, was, Mädchen?“ Lächelnd hielt sie mich fest und führte mich zu einem Aufzug. Auf dem Weg gab sie die

Anmeldung an der Information ab und wechselte einige Worte mit dem Mann, der dahinter saß. Es war alles so friedlich und pastellfarben auf diesem Flur. Ich fühlte mich wie unter Wasser, leicht betäubt, schwer und doch schwebend. Wie in Trance ließ ich mich von Kate durch die vielen Flure begleiten.

Ich hatte diesen Moment herbeigesehnt, ihn mir gewünscht, so sehr wie kaum etwas auf der Welt.

Er war hier, Yorick war hier. Er war gekommen und erwartete mich in diesem Moment hinter einer der vielen Türen, an denen wir vorbeikamen. Der Gedanke daran verängstigte mich auf so vielen Ebenen, dass ich Sorge hatte, zu hyperventilieren.

Er war hier, er war kein Hirngespinst.

Ich war also nicht verrückt und ich hatte auch nicht geträumt.

Er war hier.

Wie hatte er es geschafft und warum hatte er es überhaupt gewagt?

War er wegen mir hierher gekommen?

Oder war es vielleicht ein Versehen? Hatte der Zeitstrudel ihn mitgerissen, als ich gegangen war?

Nein. Heute war der neunte Mai. Er hatte mich vor fast fünf Tagen zurückgeschickt, die Polizei hatte ihn aber erst vor zwei Tagen aufgegriffen. Nun gut, vielleicht hatte er sich einige Tage in den Wäldern versteckt und einen Weg entweder zu mir oder zurück in seine eigene Welt gesucht. Es lag im Bereich des Möglichen, dass er nur durch Zufall ebenfalls hier gelandet war …

Nein. Ich hatte ihm in ein dunkles Leinenhemd geholfen, nachdem ich seinen Verband nach Oddgeirs Tod zum letzten Mal erneuert hatte. Er war dunkel gekleidet gewesen, nicht in hellgrau.

Mein Herz machte einen Sprung. Das musste bedeuten, dass er nicht aus Versehen durch die Zeit gereist war. Das musste bedeuten …

„Hier wären wir." Die Schwester hielt an und ich rannte fast in sie hinein.

Hier waren wir.

„Wahrscheinlich schläft er noch ein paar Stunden, aber Sie können gerne hierbleiben und warten." Voller Elan drückt sie die Klinke herunter und nickte mir zu. „Ich seh dann später nach Ihnen!"

Mit weichen Knien ging ich auf das Bett zu. Eine ältere Dame blickte von ihren Stricknadeln auf und nickte mir zu, ehe sie mit einem fürsorglichen Lächeln den Vorhang am Bett ihres ebenfalls schlafenden Mannes zuzog.

Da lag er. Unter einer hellgelb gestreiften Bettdecke in einem blütenweißen Krankenhaus-Hemdchen. Ich schaffte es kaum zu atmen. Kein Traum. Er war hier und ich war nicht verrückt geworden. Atemlos streckte ich die Hand aus und berührte den schwarzen Raben auf seiner Stirn. Er war hier, er war echt. Vielleicht sollte ich die nette Oma hinter der Trennwand bitten, mich einmal mit ihrer Stricknadel zu piken, damit ich es endlich glaubte. Für einige Augenblicke stand ich einfach nur da und sah ihn an. Er sah so friedlich aus, vollkommen entspannt. Seine große, vom langen Axtkampf schwielige rechte Hand lag neben ihm auf der Decke. Ich griff danach und schob meine Finger zwischen seine. Inzwischen klopfte mein Herz so sehr, dass es mir körperlich wehtat. Ganz sacht ließ ich die Fingerspitzen meiner freien Hand über seine Haare gleiten. Jemand von der Pflege musste den Zopf gelöst haben, denn sie fielen ihm auf einer Seite ins Gesicht.

Er war hier. Yorick war hier.

Sein Name lag mir auf der Zunge, doch ich getraute mich nicht, ihn auszusprechen aus Angst, die kleine Seifenblase, in der ich gerade saß, könnte bersten. So leise wie möglich zog ich mir einen Stuhl heran und kuschelte mich an seinen gesunden Arm. Den linken trug er in einer Schlinge und ich musste mir ins Gedächtnis rufen, was der Arzt in der Notaufnahme gesagt hatte. Ein Autounfall. Durchaus vorstellbar, wenn man überlegte, dass dieser Mann in seinem Leben noch kein Auto, keinen Zug, kein Handy und kein elektrisches Licht zu Gesicht bekommen hatte. Ganz vorsichtig schmiegte ich mich an ihn und legte den Arm schützend über seine Brust. Sein gleichmäßiger Atem beruhigte auch mich nach einer Weile. In der Sicherheit und dem Gefühl, vielleicht nicht am richtigen Ort, aber zumindest bei der richtigen Person zu sein, schlummerte ich ein.

Als ich nach einiger Zeit erwachte, tasteten sich meine Finger automatisch über Yoricks Brust und ich atmete erleichtert auf. Er war noch immer da. Das Gefühl dünnen Leinenstoffes unter meinen Fingern war unverkennbar dasselbe. Mit geschlossenen Augen kuschelte ich mich an seine Seite und spürte in verschlafenem Erstaunen, dass seine Hand auf meinem Rücken lag. Sacht strich er zwischen meinen Schulterblättern entlang und hinauf zu meinem Nacken. Ich hob ganz leicht den Kopf und kämpfte darum, meine schweren Lider endlich zu öffnen. Das Licht von draußen blendete mich und ich zog meinen Arm zurück, um die Hand schützend über meine schmerzenden Augen zu legen.

Ich glaubte zu sehen, dass er lächelte, als ich ihn durch meine Fingerzwischenräume hindurch anblinzelte.

„Deine Metallplatte leuchtet", sagte er leise und deutete neben mich auf das Bett. Seine Stimme klang rau, doch ihr Klang ließ mein Herz einen spontanen Purzelbaum schlagen.

Ich folgte seinem ausgestreckten Finger und tastete nach meinem Handy. Vierzehn Anrufe in Abwesenheit. Drei von Rob, zwei von Lasse, einer von Fiona und immerhin acht von Yannis. Seufzend legte ich das Mobiltelefon mit dem Gesicht nach unten auf den Nachttisch. Meine Metallplatte. Natürlich, wie sollte er es auch sonst nennen?

Ich wagte im ersten Moment kaum, Yorick wieder anzusehen, wusste nicht, was ich sagen sollte. Er war hier, war mir gefolgt. Hatte unendliche Mühen und schwere Unwegsamkeit auf sich genommen und überwunden, um bei mir zu sein. Unsicher streckte ich die Hand nach ihm aus. Er griff sofort danach und legte sie an seine Wange.

„Ich habe dich gefunden", flüsterte er, und es klang sowohl erleichtert als auch vollkommen erschöpft. Mit meiner Hand unter seiner und auf sein aufgeregt schlagendes Herz gelegt, ließ er den Kopf wieder in sein Kissen sinken. „Wer hätte gedacht, dass Asgard so voll und laut ist! Himmel, hier geht es ja Tag und Nacht schlimmer zu als in einem Hühnerstall mit einem Fuchs darin!"

Mir entfuhr ein zittriges Auflachen. „Ich habe dir immer gesagt, dass es viel bunter, lauter und hektischer ist in meiner Welt." Ich stand auf und berührte sanft das Pflaster über seinem rechten Auge. „Wie geht es dir?“, flüsterte ich und setzte mich nach einem kurzen Zögern neben ihn auf die Matratze.

Er lächelte mit geschlossenen Augen und zog mich zu sich herunter, bis ich neben ihm in dem schmalen Krankenbett lag.

„Mir tut alles weh und diese Heiler hier geben mir ständig ein seltsames Wasser in einem winzigen, spitzen Rohr, von dem ich schrecklich müde werde und Albträume bekomme.“ Er schmiegte das Gesicht in mein Haar und umschlang mich fester mit dem Arm. „Ich habe bereits befürchtet, ich könnte hier für immer gestrandet sein, ohne dich wiederzufinden. Mein schrecklichster und doch immer wiederkehrender Albtraum in diesen Tagen.“ Seufzend küsste er meine Stirn. „Inzwischen glaube ich zu verstehen, wie schwer es dir gefallen sein muss, dich so plötzlich in meiner Welt zurechtzufinden. Himmel, wie sehr musst du dich gefürchtet haben!“

„Du glaubst gar nicht, wie sehr“, murmelte ich zurück und spielte mit einigen seiner Haarsträhnen, völlig fasziniert und überrumpelt davon, wie normal und gut es sich anfühlte, dass er hier war.

Ich wollte nicht denken, nicht an später, nicht an die Welt da draußen, an irgendeines der möglichen Zukunftsszenarien, die auf uns zukommen würden. Ich wollte nur hier liegen, seinem Herzschlag lauschen und das Gesicht in seiner Halsbeuge vergraben.

Er schob mich auf einmal ein kleines Stück von sich und betrachtete seine gesunde Hand. Mit einiger Mühe hob er den Kopf und betastete seine Brust.

„Was … was trage ich?“, fragte er unsicher. „Hast du mir andere Kleidung angezogen?“

Ich schüttelte den Kopf und nahm seine Hand wieder in meine. „Ich denke, jemand hat dich wohl umgezogen und gewaschen.“

„Gewaschen?“ Er löste sich von mir und seine Hand glitt unter die Bettdecke. Mit großen Augen schaute er mich an. „Ich bin … ich trage nur dieses Hemd!“, stellte er entgeistert fest.

„Das ist vollkommen normal!“, beruhigte ich ihn und zwang ihn, sich wieder hinzulegen. „Das Pflegepersonal macht das für Patienten, die sich nicht selbst versorgen können.“

„Pflege … Pflegepersonal.“ Sein Adamsapfel hüpfte, als er heftig schluckte und er legte die Hand auf das Gesicht. „Ein anderer Mann hat mich ausgezogen und mich gewaschen?"

Er klang so bestürzt, dass ich fast lachen musste.

„Würde es dich beruhigen, wenn es eine Frau gewesen wäre?"

„Was?" Wie vom Blitz getroffen starrte er mich an und ich umarmte ihn leicht.

„Das ist ihr Beruf, sie helfen den Verletzten und Kranken, da gehört Hilfe beim Essen und auch beim Waschen dazu."

Langsam nickte Yorick und rieb sich die Augen. „Ich werde dir wohl glauben müssen", murmelte er und sah mich unsicher an. „Was … was ist dein Beruf?" Er schmiegte die Nase an meine Wange und ich umarmte ihn fester.

„Ich bin Archäologin an der Uni", antwortete ich, sah seinem Gesichtsausdruck aber direkt an, dass ich auch hätte sagen können „ich bin Tüterütütü am Taputu".

„Ich suche Dinge aus der Vergangenheit. Oft bringe ich Steine, Mauern, Häuser oder auch Gräber ans Tageslicht und untersuche sie. Wir erfahren so, wie die Menschen vor vielen Jahrhunderten gelebt haben."

Er nickte langsam und berührte mit seinen Lippen meine Stirn.

„Ich bin tatsächlich hier", sagte er dann auf einmal ganz leise. „Nachdem du weg warst … Ich hätte nie gedacht, dass ich …" Er brach ab und legte die Hand an meine Wange, um mir in die Augen sehen zu können. „Elida, ich …"

„Ach, wie schön, Sie sind beide wieder wach!" Fröhlich stand auf einmal Kate neben dem Bett und klatschte in die Hände. „Ich habe Ihnen etwas zu Essen aufgehoben, Detective Metzler bestand darauf, dass Sie beide etwas bekommen." Mit wenigen Handgriffen zog sie einen Klapptisch aus dem Beistellregal hervor und stellte ein Tablett darauf ab. Yorick neben mir zuckte vor Schreck zusammen und starrte auf die Fernbedienung in Kates Hand, die nun auf Knopfdruck langsam das Kopfteil seines Bettes anhob.

„Kommen Sie." Die Schwester packte mich beherzt am Arm und schob mich zu einem weiteren Tablett auf dem kleinen Tisch am Fenster. „Etwas Warmes im Bauch wird Ihnen guttun!"

Sie hob den Deckel und drückte Yorick einen Löffel in die Hand.

„Wenn Sie Hilfe brauchen, dann klingeln Sie einfach. Ach ja, Magnus Bloomsen hat heute den Spätdienst und kommt gleich mal bei Ihnen vorbei. Er spricht recht gut Norwegisch, vielleicht ist das eine Hilfe für Sie beide." Lächelnd nickte sie Yorick zu und rauschte davon.

Er blickte verwirrt zwischen der Fernbedienung, seinem Teller und dem Alarmknopf hin und her. „Was hat sie gesagt?", fragte er leise und ich schob mein Tischchen näher, um ihn ansehen zu können.

„Gib mir mal die Fernbedienung. Das Ding mit den vielen Knöpfen."

Unsicher tastete er sich an dem gedrehten Kabel entlang und wog die Fernbedienung für einen Moment in der Hand, ehe er sie an mich weiterreichte.

„Nicht erschrecken, ich mach das Bett ein Stück herunter, dann sitzt du nicht so weit weg."

Er zuckte zusammen, als das Bett ruckelnd einige Stationen nach unten fuhr und ich stand auf, um auch den Tisch ein Stück zu senken. Vorsichtig trat ich hinter Yorick und rückte das Kissen in seinem Rücken zurecht, damit er bequem sitzen konnte.

„Geht es so?", fragte ich unsicher und er zog mich kurzerhand fest an sich.

„Du bist hier, jetzt geht alles." Schmunzelnd küsste er meine Stirn. „Ich werde mich wohl nie den Asen anpassen können, doch mit dir an meiner Seite werden sie zumindest aufhören, mich an irgendwelche seltsamen Orte zu sperren und in einer Sprache zu verhören, die ich nicht verstehe."

Ich spürte ein leichtes Aufkochen meiner Wut und legte beide Hände an Yoricks Wangen. „Da mach dir mal keine Gedanken", sagte ich bestimmt und sah ihm in die schönen grauen Augen.

~

WIR HATTEN KAUM ein paar Bissen gegessen, als ein rundlicher junger Mann hereinkam und sich strahlend die Hände desinfizierte.

„Hey, wie gehts uns denn?", begrüßte er uns fröhlich auf Norwegisch und Yorick blickte verwirrt von seinem Eintopf auf.

„Sie sind aus Bergen, hab ich in der Anmeldung gelesen, Ihre Frau auch?“

„Bergen … Frau …“ Mit großen Augen starrte Yorick nun mich an, doch es dauerte nur ein paar Sekunden, bis der Groschen gefallen war. „Das stimmt.“ Er griff nach der ausgestreckten Hand, die ihm noch immer entgegengehalten wurde. „Meine … meine Frau auch. Wir … wir sind mit … mit dem Schiff hierher gekommen.“ Er warf mir einen unsicheren Blick zu und ich nickte kaum merklich.

„Die Fähre hier runter! Mmmm!“ Offensichtlich war Magnus Bloomsen nicht nur norwegischer Abstammung und extrem freundlich, sondern auch schwul. „Wunderbare Reise, ich liiiebe die Fähren! Wenn es irgendwie geht, dann leiste ich mir das auch für den Heimweg. Stimmt einen so richtig auf die Fjorde ein. Es dauert aber leider ein bisschen lang, nicht wahr?“

„Und das Rudern ist anstrengend.“ Yorick nahm seinen Löffel wieder in die Hand, aß aber nicht, da Magnus in schallendes Gelächter ausbrach.

„Da hast du wohl recht, mein Freund.“ Noch immer kichernd rückte er das Kissen in Yoricks Rücken noch einmal zurecht. „Esst nur in Ruhe, ich habe gesehen, dass du noch über Nacht bleiben wirst. Vielleicht möchte die Frau Gemahlin kurz nach Hause, ein paar Sachen holen?“

Magnus sah mich erwartungsvoll an, doch ich fing Yoricks erschrockenen Blick auf und zuckte die Achseln. „Ich sollte vielleicht tatsächlich …“ Unsicher erhob ich mich und nahm mein Handy vom Nachttisch. Drei weitere Anrufe in Abwesenheit und mehrere Textnachrichten. Ich sah Yorick an, der mir zunickte. Offensichtlich hatte er sich nach dem spontanen Schreck wieder im Griff.

„Du kannst gehen und ein paar Sachen holen“, wiederholte er die Worte von Magnus. Wahrscheinlich war es in diesem Moment nur für mich selbst offensichtlich, dass er keine Ahnung hatte, was damit gemeint war.

Ich griff nach seiner Hand und drückte kurz seine Finger.

„Ich werde kurz nach Lynn sehen, sie ist auch hier in der Klinik. Dann werde ich …“ Nachdenklich berührte ich seine Schulter. „Ich sollte dir etwas zum Anziehen besorgen, damit du morgen nicht im Nachthemd mit mir nach Hause kommen musst."

Yorick nickte erneut. „Ich habe nicht … ich habe nicht viel dabei, ich glaube …"

„Das Kostüm haben wir verpackt, das kann deine Frau direkt mitnehmen, mein Gott, was sind diese Kleider cool und authentisch!" Magnus klatschte in die Hände. „Ich hole die Sachen sofort. Wir sehen uns dann später!" Fröhlich lief er um den Vorhang herum und begrüßte nun auch die alte Dame mit dem Strickzeug.

Yorick rührte in seinem Eintopf und sah mich scheu von der Seite an.

„Wirst du hier nähen?", fragte er leise, schüttelte aber sofort den Kopf. „Verzeih, ich bin nur … es ist … geh nur, ich werde auf dich warten. Ich dachte nur, das Licht wäre gut hier und ich wollte gerne mit dir sprechen. Es dauert sicher seine Zeit, bis du den Stoff besorgt hast und …" Er brach ab, als ich leise lachte und ihm einen Kuss auf die Wange drückte.

„Ich werde dir eine Hose kaufen. Und ein Hemd oder einen Pullover. Im Nähen bin ich nicht sonderlich gut und hier gibt es die Dinge bereits in fertig."

„Natürlich." Er war rot geworden und rührte noch immer zwischen Kartoffelstückchen und Lauch herum.

„Yorick." Ich lehnte mich an ihn und kuschelte mein Gesicht an seines. „Glaube mir, ich weiß, wie du dich fühlst. Ich werde schnellstmöglich wieder hier sein." Versprach ich. „Mit einer Zahnbürste, Kleidern und … allem, was du sonst noch brauchen könntest, in Ordnung?"

Er nickte stumm und sah mich an. „Ich glaube nicht, dass du dir vorstellen kannst, wie ich mich fühle", rutschte ihm heraus und er wandte sich ab. „Es ist alles so verwirrend hier!"

„Glaube mir, ich war auch verwirrt, als ich auf einmal in dieser Hütte aufgewacht bin. Du hast mich gefesselt, überall draußen lagen Leichen herum, mehr als einer deiner Wikinger-Kumpane hätte mich fast vergewaltigt. Ich habe so viel Leid gesehen, so viel Gewalt wie noch nie in meinem Leben. Und ich hatte eine Höllenangst in jeder

Sekunde, die du nicht bei mir warst! Am Anfang habe ich mich sogar vor dir gefürchtet."

Nachdenklich nickte er und streichelte meine Schulter. „Wenn man es so betrachtet …", sagte er leise und zog mich fest an seine Brust. „Das klingt in der Tat nach einem ziemlichen Schrecken."

„Schrecken ist noch untertrieben! Es war ein kompletter Kulturschock! Überall Waffen, raue Sitten, Dreck und Gewalt. Ich war nie wirklich sicher, war darauf angewiesen, dass jemand auf mich aufpasst. Trotzdem hat Valgaror es fast geschafft mich …" Ein leichtes Zittern durchfuhr meinen Körper bei der Erinnerung an diesen dunklen Moment, in dem mich einer der jüngeren Krieger tatsächlich beinahe auf einer Küchenanrichte vergewaltigt hätte. „Wäre Yannis nicht gekommen und dazwischen gegangen …"

Yorick erstarrte in meiner Umarmung und schob mich von sich.

„Dein heiliger Mann!", stieß er hervor und seine Augenbrauen zogen sich zusammen. „Ist er … ist er hier? Hat er es auch zurückgeschafft?"

„Yorick, es … es ist wesentlich komplizierter als das, aber ich kann es dir im Augenblick noch nicht wirklich erklären, da ich es selbst nicht verstehe." Unsicher machte ich mich von ihm los und warf einen Blick auf mein Handy. Yannis. Schon wieder. Wie passend! Ich seufzte leise, wandte mich aber Yorick wieder zu. „Ich muss jetzt los, aber ich komme wieder und wir reden, in Ordnung?"

Er packte mich am Arm, als ich einen Schritt zurück machte. „Du … er ist aber nicht hier bei dir, oder?"

Ich schüttelte den Kopf und versuchte zu begreifen, was in den letzten Tagen vor sich gegangen war. Ich war mit Yannis zusammen gewesen. Aber mit einem Yannis, der niemals einen Fuß in die Vergangenheit gesetzt hatte. Was mit dem Yannis passiert war, der mit mir im Mittelalter gewesen war, wusste ich nicht. Vielleicht irrte er noch immer irgendwo durch die Wälder und suchte seine Freunde. Der Gedanke tat mir auf seltsame Weise weh, er verwirrte mich aber auch. Wo war er und was war mit ihm geschehen, wenn doch der eigentliche Yannis gerade irgendwo in einem Berliner Hotelzimmer auf Absolution von mir wartete?

„Ich verstehe es selbst noch nicht, Yorick", sagte ich leise und ließ es zu, dass er mich noch einmal an sich zog. Mein Herzschlag beschleunigte sich, als er sanft mit seiner Nasenspitze unter meinem Kinn entlang fuhr. Gott, wie sehr ich ihn vermisst hatte! Nun hielt ich ihn endlich wieder im Arm, vergrub die Nase in seinen Haaren, die seltsam ungewohnt und ganz leicht nach Seife rochen, statt nach Feuer und Leder.

„Du hast ihnen gesagt, du seiest meine Frau“, murmelte er plötzlich in meiner Halsbeuge und ich spürte, dass er schmunzelte. Sanft kraulte ich seinen Nacken und schob ihn ein kleines Stück von mir.

„Natürlich bin ich deine Frau“, sagte ich leise und strich ihm die Haare aus der Stirn. „Ich glaube mich zu erinnern, dass ich dich gebeten habe, mit mir zusammen abzuhauen. Du wolltest mich wegschicken, hast mich weggeschickt. Ich wäre bei dir geblieben. In deiner Welt, deiner Zeit.“

Seine Hand legte sich an meine Wange und ich spürte, wie sein Daumen über meine Lippen glitt. „Zu deiner Sicherheit musste ich dich fortschicken“, flüsterte er und sah mir fest in die Augen. „Du weißt, dass ich es niemals getan hätte, wenn auch nur die geringste Chance für ein gemeinsames Leben bestanden hätte.“

Sein Mund war mir in diesem Moment so nah, dass ich seine Wärme spüren konnte. Ich wollte ihn an mich ziehen, seine Lippen auf meinen spüren, endlich nach so vielen Tagen, so viel Unsicherheit und Sehnsucht. Doch seine kräftigen Finger und der Blick seiner intensiven Augen hielten mich fest.

„Yorick!“, flüsterte ich mit zitternder Stimme. Mein Herz drohte jeden Moment zu explodieren, doch er hielt mich gnadenlos fest.

„Seit ich zum ersten Mal in deiner Nähe war, wollte ich dich für mich haben, Elida.“ Seine Hand war wie ein sanfter Schraubstock und er zwang mich, ihm in die Augen zu sehen. „Ich dachte, ich hätte die Pläne der Götter verstanden, doch ich konnte nicht begreifen, was sie meinem Herzen antaten. Sie haben dich und Ask geschickt. Zusammen. Für einander. Und ihr habt euch sofort gefunden, ich war kaum ein paar Tage fort von dir, da wart ihr bereits eine vollkommene Einheit. Ich habe damit gehadert, mir gewünscht, es wäre anders, doch ich sah es deutlich, auch als du dich so hingebungsvoll um mich gekümmert hast. Du warst nicht für mich bestimmt. Damit versuchte ich mich abzufinden. Doch mein Herz wäre fast daran verzweifelt, dich mit ihm zu sehen."

Sein warmer Atem strich über mein Gesicht, als er sich noch einige wenige Millimeter näherte, ohne den Blick von meinen Augen zu wenden.

„Dann war er es plötzlich, der versucht hat, dir Gewalt anzutun und in dieser Sekunde war es für mich vorbei." Seine hellen Augen verdunkelten sich und ich zuckte zusammen, als sich unsere Nasenspitzen berührten. „In diesem Moment wusste ich, dass kein göttliches Band euch verbinden kann. Ich war am Leben, durch dich und deine heilenden Hände. Und ich wollte verdammt sein, wenn ich dich nicht von diesem Moment an mit allem, was ich hatte und war, beschützte." Ernst sah er mich an. „Dich fortzuschicken ist das Schwerste gewesen, das mein Leben jemals von mir verlangt hat. Mein Bruder war ein guter Mann, doch er hätte dich niemals wirklich und von Herzen lieben können, dich niemals so behandelt, wie du es verdienst. Er hat sein Leben lang nur Idun geliebt. Wie hätte ich da zusehen können, dass du seine Frau wirst? Dafür ... dafür sind meine Gefühle zu stark."

Noch immer hielt er mich fest und ich ließ die Fingerspitzen an seinen rasierten Hinterkopf gleiten, um ihn endlich an mich ziehen zu können. Die Berührung war sanft und fast unschuldig, doch sie durchfuhr mich nichtsdestotrotz wie ein Stromschlag. Leise seufzte ich an seinen Lippen und hielt ihn einfach fest. Er hatte die Augen nicht geschlossen, rührte sich kaum, doch ich spürte, wie sich sein Mund zu einem Lächeln formte.

„Und genau deswegen konnte ich nicht zulassen, dass Aevarr dich heiratet", flüsterte er und hob mein Kinn. „Ich hätte wohl vieles erdulden können deinetwegen, doch das wäre zu viel gewesen für meine Seele." Lächelnd strich er mir die Haare zurück. „Glaub mir, ich wäre fast umgekommen, als du auf einmal tatsächlich fort warst. Doch immerhin konnte ich mir so sicher sein, dass es dir gut gehen würde."

Ich legte meine Stirn an seine und schloss die Augen, als er mich erneut ganz leicht küsste.

„Nun geh schon", flüsterte er an meinen Lippen und lächelte. „Ich werde hier sein und vorsichtshalber das hier in der Hand behalten, falls jemand auf die Idee kommt, mir noch einmal zu nahe zu kommen." Er hob das Messer von seinem Tablett und ich musste leise lachen.

„Ich bin wieder da, so schnell ich kann", flüsterte ich zurück und genoss es, mich ein letztes Mal zu ihm herunterzubeugen und ihn zu küssen.

Dann trat ich zurück und schlüpfte in meine Jacke.

Gott im Himmel, er war hier. Mein Herz machte einen Sprung und ich konnte mir ein Lächeln nicht verkneifen. „Du musst mir bitte später erzählen, was dich hierher getrieben hat", bat ich und drückte leicht seine Finger.

Er lachte leise. „Was glaubst du wohl?" Sanft zog er mich zu sich heran. Ein leichter Schauer rieselte meinen Rücken hinab, als er die Fingerspitzen über meinen Hals nach unten gleiten ließ. Dann zog er auf einmal die Hand zurück.

„Geh nur", sagte er leise. „Wir reden weiter, wenn du zurück bist."

25

Ich nickte und zwang mich, mich einen Schritt von ihm zu entfernen, so sehr es mich auch schmerzte. Um mich abzulenken, entsperrte ich mein Handy. Was zuerst? Am liebsten Lasse. Ich ging meine Anrufliste durch und stellte mich für einen Moment an das breite Fenster neben Yoricks Bett.

„Hey", murmelte ich und fuhr mir über das Gesicht. „Wie geht es Lynn?"

„Was sagtest du?" Verwirrt richtete Yorick sich auf und mir fiel in dieser Sekunde ein, dass er ja keine Ahnung hatte, was ich da gerade tat.

„Alles gut, ich … ich muss nur kurz hier reden." Ich deutete auf das Telefon und er schaute mich verwundert an.

„Mit dem Metallstück kannst du reden?", hakte er sofort nach. „Was kann es dir sagen?"

Ich schüttelte den Kopf und drückte mir den Finger der freien Hand ins Ohr. „Lasse, tut mir leid, ich … wie geht's Lynn, was macht die Hand?"

„Es sieht gut aus, ich fahre Lynn später nach Hause. Was ist denn da los bei dir, wo bist du?"

„Ich bin …" Unsicher rieb ich mir die Nase. „Unterwegs. Wollte nur kurz nach euch hören, ich ruf jetzt Grison an und gehe dann erst mal nach Hause."

„Gehts dir denn besser?"

Mein Blick huschte über Yorick auf dem Bett und ich konnte nicht anders, als breit zu lächeln. „Du glaubst gar nicht, wie viel besser."

„Das klingt doch gut." Lasse gähnte leise. „Ich habe mit Rob gesprochen, er ist mit Martin und Fiona im Labor, ihr beide sollt euch erst mal frei nehmen. Mich hat er für morgen wieder einbestellt, aber du und Lynn solltet noch etwas Zuhause bleiben."

„Passt mir gut." Ich gähnte ebenfalls. „Meldest du dich bei mir?"

„Natürlich, gute Besserung!"

„Gute Nacht." Mit einem Schmunzeln legte ich auf. Perfekt, damit hatte er mir das Gespräch mit meinem aufgeregten Chef schon abgenommen. Fehlte nur noch eine kurze Konfrontation mit einem nicht ganz so heiligen Mann. Mir wurde eng in meiner eigenen Haut. Ohne darüber nachzudenken, ging ich die vielen Kurzmitteilungen durch, die er mir geschrieben hatte.

Ach du Heiliger! Ich musste mich setzen, weil mir übel wurde. Warum wurde mir übel, ich hatte es doch längst gewusst? Schwer atmend starrte ich auf das Display und Yannis' Worte herunter, die sich in schlechtem Gewissen und verzweifelten Entschuldigungen ergingen und förmlich überschlugen.

Er wusste nicht, was ihn geritten hatte …

Hm … ein gewisser kleiner Apfelpopo?

Es war ihm klar, dass Alkohol keine Ausrede sein durfte …

Ach … Echt?

Er würde sich niemals verzeihen, was er getan hatte, und ich solle bittebittebittebittebitte endlich an mein Handy gehen, damit er mir alles erklären konnte und wir sinnvoll darüber reden könnten. An dieser Stelle entfuhr mir ein freudloses Auflachen.

Wer um Himmels Willen war auf die Idee gekommen, dass man über Dinge reden konnte oder gar musste? Über Dinge, die zu schwerwiegend waren. Die zu viel und zu verletzend waren. Er hatte vor ein paar Stunden einen flotten Dreier gehabt. Was gab es da jetzt zu reden? Mein Leben war keine amerikanische Jugendserie, es gab nichts mehr zu reden. Zum einen ließ ich mich ungern betrügen, zum anderen … Mein Blick huschte über Yorick, der mich mit einer Mischung aus Verwirrung und völliger Überforderung ansah. Natürlich, ich redete mit einem leuchtenden Metallstück und nun drückte ich daran herum und lachte plötzlich verächtlich. Wie musste das für ihn aussehen? Ich holte tief Luft und öffnete eine neue Nachricht.

<< Can't deal with you right now, please keep your distance for the time being. <<, schrieb ich zurück und drückte auf ‚Senden', ehe ich das Handy in meine Jackentasche schob.

Nichtsdestotrotz tat es weh und ich musste ein paarmal tief Luft holen, bis ich es schaffte, meine zitternden Beine davon zu überzeugen, dass es Zeit wurde, zu gehen.

„Versuch, ein bisschen zu schlafen, ich bin so schnell wie möglich wieder da", bat ich Yorick. Ich sah, dass er etwas sagen wollte, die Worte aber im letzten Moment herunterschluckte und stumm nickte.

Es würde viel auf uns zukommen, ging es mir plötzlich durch den Kopf. Yorick war verwundet, aber er war vor allem mental vollkommen überfordert mit der Neuzeit. Ich musste ihn schnellstmöglich zu mir nach Hause bringen, ihn an das Leben hier gewöhnen und ihm irgendwie die Möglichkeit geben, sich einzuleben.

Es sei denn …

Mein Blick verfing sich in Yoricks grauen Augen. Es sei denn, wir würden zurückkehren. Aber nein, das war nicht möglich, an den Umständen hatte sich nichts geändert, wahrscheinlich waren wir hier in meiner Welt besser dran. Sofern Yorick damit zurechtkam. Nachdenklich trat ich noch einmal auf ihn zu und tastete nach seiner Hand.

„Wir schaffen das", sagte ich leise, doch er sah mich skeptisch an.

„Ja?", sagte er nur und es klang mir stark nach einer Frage, nicht nach einer sicheren Aussage.

Sanft legte ich die Hände an sein Gesicht und küsste ihn mit allen positiven Gefühlen, die ich irgendwie in mir finden konnte. Betrug, Sorgen und Zukunftsängste durfte es nicht geben. Selbst Yannis war im Moment nur noch ein kleines Nebengeräusch, das meinen Seelenfrieden störte und von dem ich mich nicht ablenken lassen durfte.

„Ja!", sagte ich bestimmt und sah ihn an. „Wir sind zusammen, das ist ein Wunder und ich werde nicht zulassen, dass uns das wieder abhandenkommt, hörst du?"

Er nickte stumm und löste sich von mir, um sich wieder an sein Kissen zu lehnen.

„Geh schon!“, scheuchte er mich sanft von sich und schloss die Augen.

~

Es war etwa eine halbe Stunde Fußweg vom St. James Hospital zu George's Street Arcades, einer netten Mall mit viktorianischen Arkaden. Vielleicht würde mir der Spaziergang guttun. Frische Luft, allein sein, Gedanken sortieren. Ich seufzte leise und trat durch den riesigen Glasvorbau des Krankenhauses nach draußen.

„Elida!“, hörte ich auf einmal meinen Namen und dreht mich verwundert um. Lasse. Da ging sie dahin, meine Option, ein wenig allein zu sein.

„Hey“, murmelte ich und hob lahm die Hand. „Wolltest du nicht Lynn nach Hause fahren?“

Er drehte seinen Schlüsselbund in der Hand wie ein Cowboy den Colt. „Ihre Mom kam und hat sie abgeholt“, erklärte er und tat so, als wäre ihm das egal, indem er ein weiteres Mal fröhlich den Schlüssel schwingen ließ. Diesmal flog er ihm allerdings aus der Hand und landete klirrend auf dem Kopfsteinpflaster.

„Soll ich dich vielleicht heimfahren?“, bot er an und bückte sich nach den Schlüsseln.

Ich schüttelte den Kopf und vergrub die Hände in den Jackentaschen. „Ich wollte ein bisschen laufen, muss noch ein paar Sachen besorgen und so.“

„Ich fahr dich!“, bot er erneut an und ich sah deutlich, dass er keine Lust auf Grison und seine Hektik hatte. Schicksalsergeben seufzte ich.

„Du kannst mir helfen, ich muss ein paar Klamotten kaufen.“

In seinen hellblauen Augen leuchtete ein Alarm auf. „Shopping?“, fragte er eine Tonlage höher und ich winkte ab.

„Für … für einen … Freund. Er braucht ein paar ... neue Klamotten“, brachte ich hervor und verdrängte das plötzliche Schwindelgefühl, das mich erfasste.

Lasse grinste wissend. „Aha!“, machte er. „Sind deinem heißen Finnen die Schlüpfer ausgegangen?“

Neben dem Schwindelgefühl stieg nun auch noch eine Welle der Übelkeit in mir auf und ich musste mich an meinem Kollegen festhalten.

„Yannis ist … er hat …“ Schwer atmend brach ich ab. „Yannis hat Mist gebaut, den werdet ihr so schnell nicht mehr zu Gesicht bekommen und ich hoffentlich auch nicht“, schaffte ich es zu sagen, ohne Luft zu holen. Jetzt war es raus. Realität. Autsch.

Lasse nahm mich wortlos in den Arm. „Das tut mir leid!“, murmelte er und tätschelte unbeholfen meinen Rücken. „Könnt ihr nicht darüber reden?“

„Über manche Dinge muss man nicht mehr reden!“, schnauzte ich nun den armen Lasse an und wollte mich von ihm losmachen.

„Ist schon okay“, murmelte er und umarmte mich fester. „Wenn's dir hilft, dann schrei mich an, okay? Was hat er gemacht, der Dreckskerl?“

„Sich besoffen und einen Dreier veranstaltet, der ihm jetzt wahnsinnig leidtut, weil ich die einzige Frau unter der Sonne für ihn bin“, brach es aus mir heraus und ich spürte erste Tränen auf meinen Wangen. Gott, ich hasste es zu heulen! Manche Frauen sahen niedlich aus dabei. Die Augen glänzten, perlenartige Tränchen glitten über zarte Wangen … Ich dagegen sah einfach nur aus wie ein verrotzter Pavianarsch und war für mindestens eine halbe Stunde völlig unbrauchbar, wenn der Damm meiner Selbstbeherrschung einmal riss.

Leider tat er das in genau diesem Moment. Vor Lasse. Mitten im Krankenhauseingang.

„Ist gut, ist gut“, murmelte Lasse und klopfte mir weiter auf dem Rücken herum. Wahrscheinlich hatte er einen derartigen Ausbruch nicht erwartet, doch er blieb tapfer stehen und hielt mich fest.

„Geh … geh nur“, schluchzte ich hervor. „Ich mach nen Spaziergang zu Green's oder den Arkaden, das krieg ich schon hin.“ Inzwischen lief mir der Rotz tatsächlich aus der Nase und ich versuchte schniefend, dem Geheule Herr zu werden.

„Gar nichts mach‘ ich“, brummelte Lasse und wiegte mich leicht, obwohl er mit Sicherheit merken musste, dass ich ihm damit die laufende Nase an den Pullover schmierte.

„Na komm, wir gehen zu meinem Auto. Ich fahr dich zu Green's und wir besorgen deinem Freund die Klamotten." Sanft drehte er mich zur Seite, damit wir dem Weg Richtung Parkplatz folgen konnten. Leider hatte ich noch immer ordentlich Wasser hinter dem Damm und merkte, wie nun auch meine Erschöpfung und die Verwirrung und Freude über das plötzliche Auftauchen von Yorick über mich hereinbrachen. Gott, der arme Lasse! Ich wünschte mir von Herzen, er möge mich stehen lassen. Einfach hier mitten auf dem Weg, damit ich mich in meinem Elend suhlen und stumm vor mich hin leiden konnte. Doch er dachte nicht daran. Mit dem Arm fest um meine Schultern gelegt, führte er mich zu seinem Auto, setzte mich auf den Beifahrersitz und reichte mir sogar ein kaum benutztes Taschentuch, das er auf dem Rücksitz gefunden hatte.

„Ein Schritt nach dem anderen." Er klopfte mir leicht auf den Oberschenkel. „Hake den Finnen ab, sieh nach vorne. So lange wart ihr doch gar nicht zusammen, oder?"

Mir entfuhr ein leises Schnauben. „Nicht wirklich", murmelte ich in mein Taschentuch. „Trotzdem ist es ein Schock. Noch gestern, kurz bevor ich ins Büro kam, hat er mir die schönsten Dinge gesagt. Er hat für mich gesungen, mich regelrecht eingeengt mit seinen Gefühlen! Und nur ein paar Stunden später schnappt er sich einfach zwei Weiber, lässt sich volllaufen und vögelt sie! Wie geht denn so was?"

„Er ist Karhu, der Bär, oder?" Lasses unsicherer Blick huschte über mich. „Dieser Eishockey-Spieler, der Kids doing Sports als Trainer begleitet, richtig?"

Ich trompete in mein Tempo und nickte stumm. „Irgendwie habe ich trotzdem nicht erwartet, dass es so schnell so enden wird!"

„Irgendwo da draußen ist der perfekte Mann für dich." Lasse startete den Wagen und nickte mir mit Nachdruck zu. „Ich bin der festen Überzeugung, dass es einen Menschen gibt, der für dich durch Wände gehen würde. Man muss ihn nur finden." Aufmunternd lächelte er. „Und jetzt los, kaufen wir was Nettes für deinen Freund. Was braucht er denn?"

Ich zuckte mit den Achseln und war auf einmal irgendwie erleichtert, dass Lasse da war. „Alles?"

„Oh! Okay." Lasse fädelte sich in den Verkehr ein. „Und in welcher Größe?"

„Ich habe keine Ahnung." Verlegen rieb ich mir die roten Augen.

„Kannst du ihn nicht fragen?"

„Ich fürchte, das weiß er selbst nicht so genau." Leise räusperte ich mich. „Oh man. Lasse, es tut mir leid!", murmelte ich dann und starrte aus dem Fenster. „Ich wollte nicht … ich fürchte, ich hätte nicht …"

„Alles gut." Er stieß mich leicht mit dem Ellenbogen an. „Ich habe gerade genügend Glückshormone, dass ich dir welche davon abgeben könnte."

Überrascht blickte ich auf. „Lynn?"

„Oh ja." Er nickte und lachte leise. „Wir werden demnächst ausgehen. Und eigentlich verdanke ich das dir, denn du hast mich immer ermuntert, dass ich ihr mal ein bisschen den Hof mache. Und wer hätte es gedacht, sie wacht nach der OP auf, nimmt meine Hand und lässt sie einfach nicht mehr los. Noch nicht einmal, als ihre Mutter ins Zimmer kam."

„Nicht schlecht!" Ich knuffte ihn leicht. „Siehst du, ich habe dir gesagt, dass sie dich mag."

„Und ich habe nie die Hoffnung aufgegeben." Zufrieden lächelte Lasse mich an und setzte den Blinker. „Wir sind gleich da, erstell doch schon mal eine deiner mentalen Listen und lass mich teilhaben."

Schmunzelnd zerknüllte ich das feuchte Taschentuch zwischen den Fingern. Er kannte mich nach nur drei Jahren in der gleichen Abteilung schon so gut, dass es mir regelrecht Angst machte.

„Eine Zahnbürste. Vielleicht ein Deo, ein Duschgel und Shampoo. Ein oder zwei Hosen, ein paar T-Shirts, einen Pullover, nein, am besten auch gleich zwei." Unsicher sah ich Lasse an. „Was braucht man denn als Mann so, um über die Runden zu kommen? Unterhosen, Socken … Oh Gott, Schuhe! Ich muss ihm Schuhe kaufen." Mit einem Mal fühlte ich mich leicht überfordert. Lasse half mit seinem überraschten Gesichtsausdruck nicht wirklich weiter.

„Ist dem der Koffer auf der Reise abhandengekommen?", fragte er verwirrt und ich nickte sofort.

„So was in der Art. Mist, ich habe keine Ahnung, was er für eine Schuhgröße hat!“

„Ruf ihn an, das sollte er doch wohl wissen!“ Schwungvoll fuhr Lasse in das Parkhaus ein und fand bereits auf der zweiten Etage einen Parkplatz. „Weißt du was, du telefonierst und ich geh kurz in den Handyladen ganz oben, in Ordnung? Wenn du fertig bist, treffen wir uns und grasen die Mall von oben nach unten ab.“

Entgeistert schüttelte ich den Kopf. „Du hast tatsächlich Spaß gerade, kann das sein?“

Er drückte meinen Oberarm und stieg mit einem breiten Grinsen aus dem Auto. „Ich bin glücklich, vielleicht färbt es ja ein bisschen ab.“

WIR TRENNTEN uns bei einigen Bänkchen im Erdgeschoss und ich rief nach kurzem Überlegen auf der Station an. Zum Glück erwischte ich Kate, die mich direkt an Magnus weitergab.

„Das ist eine faszinierende Lebensgeschichte!“, hauchte der Pfleger ins Telefon, nachdem ich ihm sehr knapp die kleine Lüge aufgetischt hatte, dass Yorick sein bisheriges Leben in einer Art urtypischer Familien-Kommune auf dem Land verbracht hatte. „Dann ist das tatsächlich gar kein Kostüm, alter Verwalter, das ist ja phantastisch!“

Wie man’s nimmt, dachte ich bei mir, bemühte mich aber um einen ebenso fröhlichen Ton.

„Siehst du irgendeine Möglichkeit, wie ich herausfinde, was er für eine Kleidergröße und wenn möglich auch welche Schuhgröße er hat?“

„Habt ihr da beide gelebt?“, hakte Magnus nach, ohne auf meine Frage einzugehen, bremste sich aber im gleichen Moment selber aus. „Verzeih, natürlich habt ihr das, er ist dein Mann. Wow, ich bin ja völlig geplättet! Und weißt du was, ich habe eine Idee. Ich geh zu ihm rüber und seh ihn mir mal genauer an. Ich glaube, ich hab da einen Blick für. Und ich ruf jemanden von der Orthopädie, der sich mit medizinischen Einlegesohlen und Gesundheitsschuhen auskennt, der soll die Füße vermessen oder schätzen.“

Ich hörte, wie er an eine Tür klopfte und atmete auf. „Danke, Magnus, das ist super!“

„Yorick?“, fragte er leise. „Ach schön, du bist wach, ich hab deine Frau dran. Am Telefon.“

Ganz offensichtlich machte Yorick ein verwirrtes Gesicht und ich biss mir fast in den Hintern.

„Gib ihm einfach das Telefon, ich rede mit ihm“, bat ich und hörte nun leises Gewurschtel. Dann atmete auf einmal jemand am anderen Ende der Leitung.

„Yorick?“, fragte ich vorsichtig. „Nicht erschrecken, keine Sorge, ich bin’s.“

„Hallo“, kam es leise zurück. „Ich frag jetzt nicht, wie das geht, aber ich höre dich.“

„Das ist gut.“ Ich spürte ein leichtes Lächeln. „Yorick, Magnus wird dir kurz aus dem Bett helfen und mir ungefähr sagen, was du für eine Kleidergröße hast, okay?“

„Kleider … Kleidergröße, in Ordnung.“

„Und es wird eventuell noch jemand kommen, der deine Füße vermisst.“

„Füße“, wiederholte Yorick ein wenig zu laut.

„Leg das Telefon kurz ab und lass dir aufhelfen, ich bleibe einen Moment dran. Leg es einfach neben dich auf das Bett, Magnus wird dir helfen.“

Er antwortete nicht, doch ich hörte es rascheln. Wenig später drang gedämpft Magnus‘ leichter Singsang zu mir herüber. Es dauerte kaum zwei Minuten, da hatte ich den Pfleger wieder in der Leitung.

„Aaaalso“, setzte er an. „Ich war jetzt einfach so dreist und habe ihn mal gemessen und gewogen, er ist gut 6.2 groß und wiegt derzeit 191 Pfund, schmale Hüfte, aber die Schultern sind breit. Verhältnis Ober- und Unterkörper sehr ausgewogen, dass er ein hübscher Kerl ist, weißt du ja selbst, du hast ihn geheiratet“, plapperte Magnus fröhlich, wurde aber gleich darauf wieder ernst. „Ich würde dir empfehlen, bei Pullovern eher auf eine 44 zu gehen, ich weiß, XL klingt immer nach viel, aber ich mag diese neue, enge Mode nicht. Hemden tippe ich auf eine 17 oder 18, tailliert, aber auf keinen Fall ein Slim-Fit oder gar eine Relax-Größe, er ist ein Modern-Fit-slim-waist-Typ. Für Unterhosen reicht eine 40 mit Sicherheit, er ist schmal, für etwas mehr Komfort kannst du natürlich hier auch eher auf 42 gehen. Schuhe tippe ich auf 11 oder 12, 11 1/2 wäre wahrscheinlich richtig."

Ich hatte das Handy bereits vom Ohr genommen und tippte mir eine Notiz mit allem, was Magnus sagte. „Was ist mit Hosen?", fragte ich, bemüht auch ja kein Wort zu verpassen oder etwas zu überhören.

„Jeans vielleicht ... hm ..." Es raschelte kurz, dann war Magnus wieder in der Leitung. „32/36. Kauf 38, umnähen kann man sie immer."

Ich seufzte erleichtert und schloss für einen Moment die Augen.

„Danke dir!" Vorsichtig stand ich auf und hielt mich an der Rückenlehne der schmalen Holzbank fest. „Kümmere dich gut um ihn, ich bin wieder da, sobald ich kann!"

26

Knapp eineinhalb Stunden, sechs Geschäfte, neun Tüten und einen Milch-Shake später waren wir wieder auf dem Weg zum Parkhaus. Lasse half mir schleppen, verstaute die Einkäufe in seinem Kofferraum und strahlte mich noch immer an. Was musste Liebe schön sein! Also zumindest dieses erste, akute und vollkommen blinde Verknalltsein. Irgendwie hatte ich das weder bei Yannis noch bei Yorick wirklich gehabt. Durch die Mischung der beiden Zeitlinien, Erlebnisse in der einen oder der anderen Welt und das verwirrende Durcheinander meiner Gefühle, hatte ich die Phase der rosafarbenen Brille wohl in beiden Fällen schlichtweg verpasst.

Seufzend lehnte ich mich in meinem Sitz zurück.

„Nach Hause?“ Lasse fuhr an und warf mir einen Seitenblick zu.

Ich nickte stumm und starrte aus dem Fenster, noch immer gefangen in meinen wirren Gedanken. Yannis hatte weiterhin versucht, mich zu erreichen, doch ich war stark geblieben und hatte ihn ignoriert. Gerade klingelte das Telefon wieder und ich betrachtete ein wenig skeptisch den Namen, der mir entgegen leuchtete. Tuure Karhuni-PR. Nein. Heute nicht. Ich drückte auch ihn entschlossen weg und versuchte, an etwas anderes zu denken.

„Sag mal, du bist doch eigentlich Physiker, oder?“, wandte ich mich

Lasse zu und er nickte, ohne den Blick von der Ampel abzuwenden, vor der wir gerade standen.

„Ich habe aber nach ein paar Jahren gemerkt, dass es für mich extrem unbefriedigend ist, mich nur mit Theorien zu beschäftigen. Ich brauche was in der Hand, etwas zum Auswerten. Materie. Nicht nur Zahlen und Gleichungen und Ideen, die so sehr ins Detail gehen, dass einem der Kopf schwirrt und die doch nie eine wirkliche Lösung haben. Darum die Geo-Physik und die Arbeit bei euch. Warum fragst du?" Nun huschte sein Blick doch zu mir.

„Hast du dich je mit Zeitreisen beschäftigt?", fragte ich vorsichtig und der Blick meines Kollegen wurde nachdenklich. Hinter uns hupte es und Lasse trat auf das Gaspedal.

„Zeitreisen", wiederholte er, nachdem er einige Momente gegrübelt hatte. „Nun ja, ich bin Trekki und Diplomphysiker, in der Konstellation kommt man an Zeitreisen nicht vorbei", sagte er dann und schmunzelte. „Warum fragst du?"

„Sind sie möglich?"

„Darauf kann ich dir keine wirkliche Antwort geben, Elida. In der Theorie ist einiges möglich, aber das bezieht sich eher auf Gleichungen mit Photonen."

„Mir ist schon klar, dass die empirische Evidenz fehlt. Aber ich weiß auch, dass es theoretisch, zumindest wenn die Relativitätstheorie recht hat, eine Möglichkeit geben müsste, in die Zukunft zu reisen."

Er nickte geistesabwesend.

„Zeitdilatation bei hypothetischen Raumschiffen, die schneller als Lichtgeschwindigkeit sind. Oder auch die extreme Gravitation in der Nähe schwarzer Löcher, aber die müssten dann derart groß sein und superschnell rotieren, so was gibt es nicht ..." Unsicher zuckte er die Achseln.

„Was ist mit der Vergangenheit? Ist es vielleicht möglich, in die Vergangenheit zu reisen und dann auch wieder zurück?"

„Eigentlich nicht. Aber das ist recht umstritten." Lasse verzog das Gesicht, als habe er auf einmal Zahnschmerzen. „Es gibt nicht wirklich eine Gleichung für den Weg in die Vergangenheit und ich glaube, die physikalischen und metaphysischen ..."

„Was ist mit Gödel?"

„Du bist gut informiert!" Überrascht schüttelte Lasse den Kopf und warf einen Blick auf seine Armbanduhr. „Wenn du willst … Hm … Ich könnte dich nach Hause fahren und wir trinken noch einen Kaffee zusammen und ich guck mal noch das eine oder andere auf dem Handy nach, dann kann ich dir das vielleicht besser erklären, was denkst du?"

Ich überlegte kurz, nickte aber dann. „Klingt gut. Ich wollte ohnehin die ganzen Etiketten aus den Sachen schneiden und dann mein Auto holen." Lächelnd nickte ich erneut. „Gut. Aber bitte trotzdem zurück zu Gödel, was hältst du davon?"

„Ich bin mehr ein Wurmloch-Freund."

„Aber sind die nicht auch nur eine Theorie und selbst in der Theorie fürchterlich instabil?"

„Hey, die Voyager hat durchgepasst!"

„Und sie eiert noch immer durch den Delta-Quadranten und kämpft gegen das Dominion, das meine ich nicht. Ich meine eine Möglichkeit, in der Zeit zurückzureisen, nicht in einen anderen Quadranten des Sonnensystems."

„War das nicht bei Deep Space Nine?" Lasse kratzte sich am Kopf und überlegte kurz. „Das Universum rotiert nicht", sagte er dann plötzlich und ich blickte auf.

„Es tut was nicht?"

„Es rotiert nicht. An dieser Stelle hinkt Gödels Theorie, denn er geht davon aus, dass es so etwas wie ein Hopp on, Hopp off in dieser Rotation geben könnte. Die Einstein'schen Feldgleichungen …" er brach ab und kratzte sich am Kopf. „Aber das meinst du auch nicht, oder? Zeitschleifen, beziehungsweise geschlossene zeitartige Kurven?"

„Ich glaube nicht, aber das Hopp on, Hopp off gefällt mir. Was wäre denn mit Wurmlöchern? Die sind doch nicht verlässlich, ich meine, wie entstehen sie und wie werden sie offen gehalten?"

„Erst Kaffee und ein bisschen Wikipedia, okay?", bat Lasse, nachdem er einen Augenblick nachgedacht hatte. „Das Problem bei den Wurmlöchern ist, dass sie nur durch exotische Materie zu stabilisieren sind. Und die gibt es erstens nur in der Theorie und zweitens selbst da nicht in der erforderlichen Menge."

„Was ist exotische Materie?"

„Eine Materie mit negativer Energiedichte."

„NEGATIVE Dichte, wie soll das … negative Dichte?" Ich blies die Backen auf und versank für einen Moment in meinen eigenen Gedanken. Es war der Nebel gewesen, doch warum? Gab es in den Bergen dort oben ein Wurmloch und war dieser Nebel so etwas wie die Kitt-Masse, die Materie – exotisch oder nicht –, die die Zeitlücke offen hielt? Der Weg war frei passierbar gewesen. Unangenehm, leicht schmerzhaft und mit viel Druck auf Körper und Seele, doch ich war definitiv hindurchgegangen. Und Yorick auch. Genau wie zumindest einer der Yannise und seine Freunde. Es sei denn … Meine Augen weiteten sich, als sich auf einmal eine völlig andere Idee in meinem Kopf ausbreitete.

„Lasse, was … was wäre mit Parallelwelten?"

„Everett." Lasse neigte leicht den Kopf. „Du denkst an Sliders?"

Ich rieb mir unbehaglich die Hände. „Eine praktisch parallel verlaufende Vergangenheit, aus der der Reisende aber nicht wieder in seine ursprüngliche Welt zurückreisen könnte." Mir wurde das Atmen schwer, doch Lasse nickte nur.

„Dafür aber in eine, die der seinen sehr ähnlich oder sogar fast identisch mit ihr ist."

„Und in jedem Universum gäbe es jede Person dann gleichermaßen?"

„So ist die Vielweltentheorie. Sie ist gut, denn sie vermeidet die bekannten Paradoxa und auch das Eingreifen in die eigene Zukunft. Der Reisende verändert hier jeweils nur die Zukunft der Vergangenheit, in die er transportiert wurde, aber nicht seine eigene."

„Wie hanebüchen ist das denn?" Frustriert schüttelte ich den Kopf. „Ich reise in der Zeit zurück und bringe Hitler um. Dann ist er in dieser Welt tot und alles wird sich ändern. In der Welt, also der Zukunft, in die ich dann zurückkehre, hat sich aber nichts geändert und der Holocaust hat stattgefunden? Das ist doch fies! Aber überleg mal noch Folgendes: Ist es denn nicht allein anhand der Wahrscheinlichkeit möglich, in die gleiche Zeit zurückzukehren?"

„Jedes isolierte System entwickelt sich nach Schrödingers Gleichung. Es gibt relative Zustände … ich glaube, das Problem liegt im Zustandsvektor … Schrödinger hat …“

„Schrödinger mit der Katze?“

„Der mit der Katze“, bestätigte Lasse. „Aber das hat nichts mit den Parallelwelten von Everett zu tun. Ich glaube, Hawking hat die Theorie noch weiterentwickelt und spricht von schwarzen Löchern, die Portale in eben solche Parallelwelten sein könnten.“

„Und wenn man es schafft, durch dasselbe Portal wieder zurückzukehren, dann käme man auch in derselben Gegenwart wieder an, oder?“

„Theoretisch.“ Lasse zuckte die Schultern und gähnte plötzlich. „Okay, vergiss den Kaffee, ich glaube, ich brauche einen Schnaps, ehe du mich hier weitergrillen kannst!“

Mir entfuhr ein leises Lachen. „Kriegen wir hin.“ Ich schloss die Augen und lehnte mich zurück. „Ich glaube, für heute weiß ich ohnehin genug. Ich werde auf dich zukommen, falls mir noch etwas einfällt, okay?“

Lasse atmete hörbar auf. „Natürlich, gerne jederzeit!“

27

Die parallelen Welten beschäftigten mich noch, als ich wenig später allein in meinem kleinen Wohn-Schlafzimmer saß und die vielen Etiketten aus den neuen Klamotten schnitt. Eigentlich hätte ich sie gerne zuerst gewaschen, aber da ich keinen Trockner besaß, würde Yorick wohl die erste Garnitur direkt so anziehen müssen. Gedankenverloren legte ich eine Hose und einen schönen hellen Pullover zu Unterwäsche und Socken in meine kleine Reisetasche.

Zahnbürste, Einwegrasierer, Deo, Duschgel. Ich betrachtete die minimalistische Sammlung. Mir fiel beim besten Willen nicht mehr ein. Resolut packte ich meinen eigenen Kosmetikbeutel und ein paar frische Kleider und zog den Reißverschluss zu.

Dann schaute ich mich in meinem Zimmer um. War das hier noch dieselbe Gegenwart?

Ich stellte mich für einen Moment an das große Fenster und schaute hinaus in den nebeligen irischen Frühling. Eigentlich war alles wie immer.

Nur dass Yannis nichts mehr von unserem Abenteuer wusste. Er war definitiv nicht mit mir dort gewesen. Der Mann, der die letzten Tage mit mir verbracht hatte, war nicht identisch mit dem, der in der

Vergangenheit mein Partner gewesen war. Trotzdem gab es ihn auch hier.

Ich umschlang mich fest mit meinen eigenen Armen, um das Zittern einzudämmen.

Irgendwo hatte ich einmal gelesen, dass es eine Fantasy-Theorie gab, nach der die wiedergekehrten Zeitreisenden den Körper ihres Alter-Ego in der neuen Gegenwart einfach übernahmen. Ihren Körper und ihren Geist. Aber mit der Erinnerung an das, was in der Vergangenheit geschehen war. Wenn da auch nur ein Fünkchen Möglichkeit dahintersteckte, dann hatte ich den Körper meines Selbst in dieser Welt übernommen und war mit dem Yannis aus dieser Realität zusammengekommen. Nur, wo war dann der andere? Und was war mit Yorick? Es gab keinen Körper, den er hier hätte übernehmen können. Außerdem war es bei der Fülle möglicher Parallelwelten praktisch unmöglich, zweimal in dieselbe Welt zu stolpern. Damit war diese Theorie meiner Meinung nach zu verwerfen. Blieben die Wurmlöcher zwischen den Einzelwelten. Im Rahmen dieser Hypothese musste ich allerdings davon ausgehen, dass die gesamte Vorstandsriege der finnischen Agentur Karhuni-PR noch irgendwo durch das Irland des neunten Jahrhunderts stolperte und das tat mir nicht nur leid, es sprengte auch meine Vorstellungskraft.

Müde rieb ich mir das Gesicht und zog meinen Wollcardigan fester um mich.

Vielleicht würde die ganze Situation in den nächsten Tagen noch ein wenig klarer werden. Zumindest hoffte ich das. Was blieb mir so lange zu tun?

Ich musste zu Yorick zurück.

Ich musste es irgendwie hinbekommen, dass Yorick sich in dieser Welt zurechtfand, doch ich bezweifelte, dass wir das schaffen würden.

Nachdenklich begann ich, im Zimmer auf und ab zu gehen. Auf dem Boden fand ich eine einzelne schwarze Männersocke. Ich entsorgte sie in den Restmüll, ohne auch nur einen kurzen Moment zu zögern. Dann zog ich kurzerhand das Bett ab und stopfte die Wäsche in die Waschmaschine. Einmal sechzig Grad, ich wollte Yannis aus meiner Wohnung haben. Mit wenigen schnellen Handgriffen bezog ich die beiden Decken und die Kissen neu und kämpfte einen Moment lang mit dem störrischen Spannbetttuch und dem Gefühlschaos in mir.

Was war mit mir passiert? Mein Blick blieb an dem schmalen Spiegel hängen, den ich zwischen dem Schlaf- und dem Wohnbereich der Wohnung aufgehängt hatte. Gott, ich sah wirr aus! Vielleicht sollte ich noch schnell duschen. Ich schob mir die Haare aus dem Gesicht und band mir den Zopf neu. Es fühlte sich so an, als trüge ich die Klamotten bereits seit mehreren Tagen.

Auf meinem Sofa sank ich in mich zusammen. Nein, ich wollte nicht duschen. Nicht jetzt. Nicht hier. Das Letzte, das diese Dusche gesehen hatte, war eine erstaunlich ausdauernde Nummer gewesen zwischen mir und einem Mann, der mir tatsächlich wichtig gewesen war. Wie konnte ich je wieder dort duschen, ohne an Yannis zu denken? An seine Hände, seine Lippen, seine weiche Haut! Leider hatte ich auf die harte Tour lernen müssen, dass der Yannis in dieser Realität nicht derselbe war wie der, den ich in der Vergangenheit kennengelernt hatte.

Doch wenn ich ehrlich zu mir war, dann musste ich zugeben, dass keiner der beiden tatsächlich der Mann fürs Leben für mich gewesen war. Der Yannis in der Gegenwart war ein überheblicher Weiberheld mit Bindungsschwierigkeiten, der mich am liebsten in ein kleines Konservenglas gestopft hätte, um mich immer um sich zu haben als seinen Halt und seine Normalität in einer Welt, die zu viel war für meinen Verstand. Der andere Yannis war vor lauter Unsicherheit und Angst verzweifelt. In seiner Eifersucht hatte er mich körperlich und seelisch verletzt und sich gegen mich gewandt. Nicht die besten Voraussetzungen für ein Happy Ever After.

Beide Fälle.

Ich stand auf und stopfte kurzentschlossen noch mein eigenes Duschgel und Shampoo in die Reisetasche. Dann würde ich eben in der Klinik schnell duschen. Ich griff nach dem Orangenduft-Badreiniger und sprühte eine großzügige Menge in die Dusche und die Toilette. Wenn wir morgen nach Hause kämen, würde ich es abwaschen.

Eine halbe Stunde später betrat ich den Glasvorbau ein weiteres Mal. Das dritte Mal an diesem Tag.

Es herrschte Ruhe auf der Station und ich winkte einer der Schwestern leicht zu, die im Dienstzimmer an einem Computer saß. Die alte Dame mit dem Strickzeug war verschwunden, dafür lag ein jüngerer Mann in dem Bett neben Yorick. Ich nickte ihm kurz zu und schloss dann den Vorhang zwischen den Betten.

„Hey." Unsicher hob ich die Hand.

„Hey." Yorick tat es mir gleich. „Ich glaube, der alte Mann neben mir hatte Angst vor mir", sagte er leise und setzte sich aufrecht hin. „Sie haben ihn vor knapp zwei Stunden geholt und Magnus sagte, er würde verlegt werden. Aber ich habe ihm angesehen, dass etwas nicht stimmt."

Sanft strich ich ihm die Haare aus der Stirn. „In dieser Welt … ich glaube, die Leute haben ein bisschen Angst vor deiner Tätowierung. Gesichts-Tattoos sind selten und die Leute, die sie haben, sind … nun ja, man möchte ihnen nicht im Dunkeln begegnen."

Betroffen sah er mich an und seine Hand folgte meiner. „Oh", sagte er leise, nickte aber. „Ich habe es eben zum ersten Mal in der silbernen Wand dort drüben gesehen." Er schlug die Decke zurück und winkte mich leicht zu sich. „Ich muss dich etwas fragen", setzte er an, und ich sah ihm seine Verlegenheit an.

„Natürlich." Ich legte die kleine Tasche auf dem Bett ab und förderte ein paar Hausschlappen zutage. „Tada." Unsicher hielt ich sie ihm entgegen. „Dann musst du nicht barfuß herumlaufen."

„Danke!" Er ließ die Hand über den dunklen Stoff gleiten und beugte sich zu mir herüber und über die Tasche. „Du … du hast tatsächlich Kleidung für mich gefunden?"

„Ich weiß nicht sicher, ob sie dir passen wird, aber ich …" Ich reichte ihm die Jeans und den Pullover. „Wenn du möchtest, könntest du die Socken und die Unterhose direkt anziehen, dann würdest du dich vielleicht wohler fühlen."

Yorick drehte die schwarzen Boxershorts zwischen den Händen. „Sie … sie ist weich." Vorsichtig ließ er die Hand über den Pullover gleiten und hob überrascht die Augenbrauen. „Woher bekommt man eine solche Wolle?“

„Es sind andere Schafe und die Herstellung ist anders. Die Wolle ist aber nicht so wasserabweisend, wie du sie kennst. Deswegen …“ Ich hob die dunkelblaue Softshell-Jacke von dem Stuhl neben mir. „Ich hoffe, sie passt dir, sie ist eigentlich genau das Richtige bei diesem Wetter. Wenn es zu sehr regnet, dringt das Wasser aber irgendwann durch. Na komm.“ Ich winkte ihn zu mir und nahm unsere Badeutensilien aus der Tasche. „Du sagtest, du hättest eine Frage?“

Er ließ die Schlappen zu Boden fallen und schlüpfte hinein. Mit vorsichtigen Schritten ging er hinüber zum Badezimmer. Für einen kurzen Moment stand er vor der Tür und seine Hand schwebte über dem Lichtschalter.

„Magnus hat damit das Feuer angemacht“, sagte er leise und ich nickte ihm aufmunternd zu.

„Drück darauf, wir brauchen Licht. Ich wollte vielleicht schnell duschen.“ Ich klang sehr fröhlich, doch seine Worte gaben mir einen Stich. Das Feuer. Gott, er war so weit entfernt von dieser Welt, dieser Realität. Es würde ein schrecklich langer Weg werden, bis er es schaffte, hier nicht mehr aufzufallen.

„Das Feuer ist eine Glühbirne, komm rein und mach die Tür zu.“ Ich schaffte es, zu lächeln. „Sieh her, ich habe dir Seife mitgebracht. Diese Flasche ist für die Haare, diese für den Körper. In der Tube ist Zahnpasta. Damit und mit dieser Bürste putzt man die Zähne.“

Ich legte seine Zahnbürste neben meine und reichte ihm den Rasierer. „Falls du dich rasieren möchtest, ich helfe dir auch gerne dabei.“

Er nickte langsam und ließ den Blick durch den weißgekachelten Raum schweifen.

„Was ist das?“, fragte er dann leise und deutete auf die Dusche.

„Dusche, Waschbecken, Toilette.“ Ich klappte den Toilettensitz hoch. „Wenn man muss, setzt man sich hier drauf, das ist das Papier zum Abwischen, danach drückst du auf diesen Knopf.“ Ich ließ für einen Moment das Wasser laufen und wandte mich dann dem Waschbecken zu. „Diesen Hebel nach oben, dann kommt Wasser. Rechts kalt, links warm beziehungsweise heiß. Den gleichen Hebel gibt es auch in der Dusche. Wenn du mir dein Handtuch ausleihst, zeige ich dir, wie sie funktioniert und dusche kurz."

Er ließ sich auf dem geschlossenen Deckel der Toilette nieder, nachdem er ihn einen Moment lang hin und her bewegt hatte. „Verflucht, ich kann noch nicht mal scheißen gehen ohne dich!"

In die Überforderung in seiner Stimme mischte sich jetzt erster Frust, aber ich war nach kurzem Schrecken über seinen Tonfall sogar erleichtert darüber.

„Hey!" Ich tippte ihn leicht mit dem Fuß an. „Wenn ich lernen kann, mich bei vierzehn Grad in einem Fluss zu waschen und in den Wald zu scheißen, dann schaffst du das hier wohl auch! Es ist bequem, man kann die Tür abschließen und eine warme Dusche ist durch nichts zu ersetzen!"

Er legte die Ellenbogen auf die Knie und grinste schief zu mir nach oben. Dann seufzte er ergeben und stand auf, um sich neben mir direkt vor die Duschkabine zu stellen.

„Erklär es mir", bat er leise und mich durchfuhr ein wohliger Schauer, als ich seinen warmen Atem in meinem Nacken und kurz darauf seine Lippen spürte. „Wenn du tatsächlich vorhast, dir dafür deine Kleider auszuziehen, könnte es interessant werden."

Ich stieß ihn leicht in die Seite. „Ist ja nicht so, als hättest du mich noch nicht nackt gesehen!", gab ich flapsig zurück und bemühte mich, mir einzureden, dass es mir genau deswegen vor ihm nicht peinlich zu sein brauchte, mich auszuziehen.

Er lachte leise und sehr nah an meinem Ohr und ich spürte, wie sich sein gesunder Arm von hinten um mich schlang. „Allerhöchstens zweimal. Eigentlich sogar nur einmal." Seine Nasenspitze glitt hinter mein Ohr und ich bekam eine Gänsehaut am ganzen Körper. „Aber das zählt nicht." Er vergrub das Gesicht in meinen Haaren.

„Gesehen ist gesehen", protestierte ich schwach und er lachte erneut ganz leise, ehe er mich zu sich umdrehte und die Hand an mein Gesicht legte.

Sanft küsste er mich.

„Weißt du, eigentlich ist es das nicht." Er strich mir die Haare aus der Stirn und schmunzelte zu mir herunter. „Du warst in Gefahr und du warst nicht mein." Seine Fingerspitzen glitten an die Knöpfe meines Cardigans und er schaffte es tatsächlich, alle drei zu öffnen, ehe ich auch nur Luft geholt hatte. „Das hat sich inzwischen geändert.“ Sanft fuhr er den Rundausschnitt meines T-Shirts nach und jagte damit eine weitere Welle der Gänsehaut bis zu meinen Zehenspitzen. Ich war unfähig, etwas zu erwidern, stand einfach nur da und sah ihn an. Eine Antwort war nicht möglich, ich fand sie nicht und zitterte ohnehin zu sehr. Gott, wann war ich je so aufgeregt gewesen, mit einem Mann zusammen zu sein? Noch nie, nicht einmal bei meinem ersten Mal mit Konrad Olsen, der mir eigentlich nur hatte helfen wollen, mein Zelt aufzubauen. Warum sah ich in dieser Sekunde Konrad vor mir? Wie um alles in der Welt kamen die Synapsen in meinem überforderten Hirn auf die Idee, mich genau jetzt daran zu erinnern? Vielleicht, weil es nett gewesen war? Unser gemeinsames erstes Mal, ohne Druck und Stress, zwei Freunde, gerade sechzehn, die es einfach taten. Und unsere Freundschaft blieb noch viele Jahre bestehen, es war danach noch immer alles gut zwischen uns.

Aber das hier war doch etwas völlig anderes! Das war so viel mehr, es hing so viel davon ab! Es war vollkommen neu und im selben Moment unglaublich alt und bedeutungsvoll.

Ich nahm einen tiefen Atemzug und umfasste Yoricks Gesicht mit meinen Händen, um ihn zärtlich zu küssen. Er erwiderte den Kuss sofort und zog mich enger an sich.

Ein Pochen an der Badezimmertür ließ mich zusammenfahren und ich trat von Yorick zurück, die Hand an meinen Lippen.

„Ja?“, rief ich mit brüchiger Stimme und räusperte mich.

„‘tschuldige, ich müsste mal“, drang es durch das dünne Holz und ich fuhr mir verlegen über das Gesicht.

„Er muss mal“, wisperte ich Yorick zu.

Er grinste leicht und nickte mir zu. „Wir könnten die Dusche auf einen späteren Zeitpunkt verschieben.“ Sacht glitt seine Hand in meinen Nacken und hielt mich fest. Er sah mich an, eindringlich und plötzlich ernst. „Elida, ich …“, setzte er an und tastete nach meiner Hand. „Ich weiß nicht, was es für eine Auswirkung hat, dass du mich bereits den Heilern als deinen Mann vorgestellt hast, ohne dass … ohne dass wir tatsächlich …“ Er verstummte erneut und sah mich an.

„Du wirst mich morgen mit zu deinem Zuhause nehmen. Das bedeutet, ich werde bei deiner Familie vorsprechen können, mich deinem Vater vorstellen und zumindest deine Hand verlangen, ob er nun zustimmt oder nicht." Nachdenklich rieb er sich den Nasenrücken. „Ich kann nur hoffen, dass ihnen mein Stand auch in dieser Welt genügen wird."

Ich brauchte einen Moment, um seine Worte zu begreifen, doch ehe ich etwas erwidern konnte, klopfte es erneut, ein wenig vehementer diesmal.

„Sorry, ich mein's ernst!", blökte es hinter der Tür und ich drehte den Schlüssel herum.

„Alles gut, das Bad ist frei", versuchte ich so ruhig wie möglich zu sagen, und führte Yorick zu seinem Bett zurück. Ihm gegenüber ließ ich mich auf einem Stuhl nieder und sah ihn an. Es schmeichelte mir, wie altmodisch er war. Er wollte tatsächlich vor meine Sippe treten und ganz nordisch meine Brüder unter den Tisch trinken, eventuell jemanden im Zweikampf besiegen und mindestens einem meiner Onkel beim Armdrücken den Arm brechen.

„Du sagst nichts", stellte er fest und seine Augenbrauen zogen sich zusammen. „Denkst du, mein Stand ist nicht ausreichend, damit dein Vater der Verbindung zustimmt?"

Ich wollte ihm nicht sagen, was mein Vater mich mal konnte, denn ich wusste, in seinem Weltbild wurde der Vater in Ehren gehalten, egal, was er für ein Drecksack war. Langsam schüttelte ich daher den Kopf und legte die Hände auf Yoricks Oberschenkel. „Ich glaube nicht, dass du irgendwen überzeugen müsstest." Unsicher lächelte ich ihn an. „Es gibt nur mich und mich hast du schon überzeugt, da waren wir noch nicht einmal in dieser Welt."

„Aber deine Familie!" Yorick drückte meine Finger. „Wie soll ich dich zur Frau nehmen, wenn nicht dein Vater …" er brach ab und seine grauen Augen forschten in meinem Gesicht. „Es gibt nur dich?", fragte er dann leise und ich nickte mit einem Kloß im Hals.

„Meine Mutter ist schon lange tot, mein Bruder ebenfalls. Und mein Vater hat ihre Tode nicht verkraftet und ist gegangen. Ich weiß nicht, wo er ist, wir haben keinen Kontakt."

Yorick pfiff leise durch die Zähne und umfasste meine Hand

fester. „Das wusste ich nicht, verzeih meine Unachtsamkeit! Ich bin nur davon ausgegangen ... Nun, ich hatte geplant, es richtig zu machen. Ich habe unser Familienschwert dabei, ich habe sogar den Schlüssel meiner Mutter ..." Erneut verstummte er und sah mich an. „Du bist ganz allein?"

„Nicht ganz, ich ... ich habe Freunde, Kollegen, ich habe Arbeit und ... nun ja, es ist nicht viel, aber für mich genügt es." Ich zuckte die Schultern und spürte auf einmal, wie mir die Tränen kamen. Verdammt, wie oft wollte ich heute noch heulen?

Er zog mich sofort zu sich heran und umarmte mich ganz fest. Sanft bettet er mich neben sich auf der schmalen Matratze. „Komm zu mir", murmelte er und küsste meine Stirn. „Lass uns die Dusche verschieben, ich möchte einfach hier mit dir liegen, bis ich einschlafe." Seine gesunde Hand glitt meinen Nacken hinauf und löste das kleine Gummibändchen, das meinen Zopf zusammenhielt. „Ist es dir so bequem?"

Nach kurzem Überlegen richtete ich mich auf und schlüpfte aus meiner Jeans und meinen Socken. Achtlos warf ich sie auf den Stuhl am Fenster und zog nach einigem Hin und Her auch den Cardigan aus. Seine nackten Beine fühlten sich kalt an, als ich meine dazwischen schob und er seufzte behaglich. Mit dem kleinen Schalter an der Klingel löschte ich das Licht in unserem Teil des Zimmers. Dann breitete ich die Decke aus und kuschelte mich fest in Yoricks Arme.

„Ich möchte es trotzdem gerne so richtig wie möglich machen", flüsterte er in mein Haar und rieb die Nase an meinen Scheitel.

„Und was wäre so richtig wie möglich?", flüsterte ich zurück und schaute im Halbdunkel des Krankenzimmers zu ihm auf.

Er legte sich auf die Seite und lächelte mich an. „Ich werde zumindest dich offiziell fragen."

Ein verlegenes Schmunzeln huschte über mein Gesicht und ich genoss es, die Wärme seiner Lippen auf meinen zu spüren.

„Und dann bekomme ich eine Hochzeit in Weiß und ein Märchenschloss?"

„Die Halle meiner Sippe muss dir wohl zunächst genügen", gab er scherzhaft zurück. „Aber du bekommst einen Ring und einen Schwur von mir." Er zog mich an sich und küsste mich erneut ganz zart. „Lass uns schlafen, der Tag war schrecklich lang“, murmelte er an meiner Wange und ich schmiegte mich in seine Umarmung.

Die Halle seiner Sippe. Ein leichtes Lächeln huschte über mein Gesicht. Ich hoffte sehr, dass er damit zurechtkommen würde, dass meine eigene Halle nur knappe fünfzig Quadratmeter maß und alles andere als pompös war.

28

„Bist du dir sicher?“ Yorick verrenkte sich fast vor dem Spiegel und ich verdrehte leicht die Augen.

„Ja, ich bin mir sicher!“ Ich stand auf und steckte ihm das Unterhemd in die Unterhose, als wäre er dreieinhalb. „Du hast doch selbst gesagt, der Stoff ist weich, du wirst dich daran gewöhnen!“

„Aber es ist so eng!“

Schmunzelnd ließ ich den Gummibund einmal schnappen und hielt ihm die neu erworbene Jeans entgegen. „Nein, mein Bester, sie ist nicht eng, diese Unterhose dürfte fast noch eine Nummer kleiner sein, aber ich wollte es nicht übertreiben. Wenn du erst das hier anhast, dann weißt du, was eng ist!“

„Hallo, hallo, hallo!“, klatschte Magnus in die Hände und umrundete Yorick mit einem anerkennenden Blick. „Sagte ich doch, du hättest auch die 40 kaufen können!“

„Er beschwert sich über die 42, fang nicht an!“

Ich konnte mir ein weiteres Schmunzeln nicht verkneifen, als Magnus seine dritte Runde beendete und mir beifällig zunickte. Yorick war aber auch eine außergewöhnliche und äußerst attraktive Erscheinung, das musste wohl jeder Mann neidlos zugeben. Er war muskulös, aber nicht aufgepumpt. Seine Schultern waren breit und seine Hüfte schmal, doch er war nicht schlaksig. Ich wusste, dass er ein Krieger war und ich fand, genauso sah er aus. Nicht wie ein Schwimmer, ein Turner oder jemand, der oft im Fitnessstudio trainierte. Vielleicht lag es daran, dass ich ihn anders gekleidet kannte. Mit dem dunklen Brustharnisch, dem Fell um die Schultern und den Lederstiefeln. Gott, wir Frauen waren doch recht einfach gestrickt. Gib den Jungs ein Schwert und einen Kürass und wir verfallen spontan in Begattungsstarre. Nun, Magnus schien es ähnlich zu gehen, denn er zupfte noch immer hier und da an Yorick und seinem Verband herum, den er ihm vor kaum einer Stunde neu gewickelt hatte.

Die Naht an Yoricks Arm sah bedrohlich aus. Fast der gesamte Oberarm war blau und geschwollen. Als ich ihm gerade beim Anziehen geholfen hatte, waren mir auch die vielen blauen Flecken an seinem Oberschenkel nicht entgangen. Er hatte mit Sicherheit großes Glück gehabt, doch seine Verletzungen von dem Zusammenprall mit dem Auto - von dem er selbst nicht mehr viel wusste - waren ein fürchterlicher Anblick. Magnus hatte mir eine Salbe gegeben, die ich zweimal am Tag auftragen sollte, und er hatte mir auch die genaue Wickelung der Armschlaufe gezeigt.

Mit dem Pullover und der Jeans in der Hand trat ich hinter die beiden an den schmalen Spiegel in der Tür des Schrankes.

Yorick sah mich mit einem leichten Lächeln an und befühlte mit etwas Mühe das große Pflaster unter seinem Schulterblatt. „Es verheilt sehr gut", sagte er und ließ sich von mir in den Pullover helfen. „Was sagtest du, müsste ich noch tun?"

„Du brauchst ein paar Impfungen, sonst schafft es dein Immunsystem in dieser Welt nicht." Ich nickte Magnus zu, der im ersten Moment ein bisschen enttäuscht schien, dass Yorick nicht länger in seinem Muskel-Shirt-Unterhemd vor ihm stand. Aber nur für einige Sekunden, dann leuchteten seine Augen wieder auf und er nickte mir begeistert zu.

„Ein sehr schöner Pullover, steht ihm ausgezeichnet!", lobte er mich und nickte auch Yorick strahlend zu. „Die Impfungen hätte ich vorrätig, ich rufe euch gerne einen der Assistenten, dann könnte ..."

„Es wäre mir lieber, wenn du es tätest." Yorick stützte sich auf den rundlichen Magnus und ließ sich von ihm zurück zum Bett helfen. „Ich lasse mich nicht so gerne stechen."

Magnus lächelte so zufrieden wie ein dicker Kater am lauwarmen Sahnetopf. „Dann werde ich mal alles in die Wege leiten."

~

KAUM ZWEI STUNDEN später waren wir zu Hause. Ich fand Yorick in meinem Badezimmer, wo er vor der Badewanne kniete und dem Wasser zusah, das den Abfluss hinunterfloss. Leise lehnte ich mich mit der Schulter an den Türrahmen und beobachtete, wie er die gesunde Hand ausstreckte, das Wasser mal schwächer und mal stärker drehte und sich schließlich eine Handvoll in sein Gesicht schaufelte.

Er tat mir unglaublich leid in meiner Welt. Erst durch ihn wurde mir nach und nach bewusst, wie kompliziert die Neuzeit tatsächlich war. Obwohl Yorick kaum mit einer Wimper gezuckt hatte, als ich ihn neben mir in meinem Seat angeschnallt und den Motor gestartet hatte. Auch einem Flugzeug, das über uns hinweggerauscht war auf dem Weg zum Dublin Airport, hatte er lediglich verwundert hinterhergestarrt. Er bemühte sich sichtlich, doch gerade durch die Tatsache, dass er es tat, fiel es mir nur umso mehr auf. Der dichte Verkehr, Ampeln, Leuchtreklamen, lautes Hupen, riesige Lkw, das alles musste beängstigend wirken.

Aus alter Gewohnheit hatte ich beim Anlassen auch das Radio eingeschaltet und Yorick hatte stumm und fasziniert das leuchtende Display berührt. Als es plötzlich lauter geworden war, hatte er sofort die Hand zurückgezogen und mich erschrocken angeschaut.

„Es gibt viele sprechende und laute Metallstücke hier", hatte er festgestellt und ich musste mich um ein Lächeln bemühen. Schweigend betrachtete ich ihn, wie er genauso stumm neben mir saß, als ich auf die Umfahrung der Innenstadt einbog. Er krallte sich kurz in seinem Sitz fest, als ich beschleunigte, zwang sich aber offensichtlich bewusst sofort, wieder locker zu lassen.

„Wenn du es in meiner Welt schaffen konntest, dann werde ich es auch in deiner schaffen!", sagte er mit fester Stimme, nachdem Magnus ihn mit sämtlichen Kinder-Impfungen von Masern über

Mumps und Röteln bis Keuchhusten und Wundstarrkrampf malträtiert hatte.

Ganz so sicher war ich mir bei seinem Anblick nicht, wie er da auf dem Badvorleger kauerte.

„Wenn du es nach links drehst, wird es warm", sagte ich leise und sein Kopf fuhr herum. Unsicher nickte er, schaltete das Wasser jedoch komplett aus und stand auf.

Gott, was war es für ein ungewohnter Anblick, ihn in Jeans zu sehen! Ich lächelte verlegen und beobachtete ihn dabei, wie er auf mich zukam. Seine gesunde Hand streckte sich nach mir aus und er zog mich in seine Arme.

„Ist es normal, dass ich schon wieder müde bin?", murmelte er leise in mein Haar und ich nickte, nachdem ich einen kurzen Blick auf die Badezimmeruhr auf der kleinen weißen Kommode geworfen hatte.

„Eventuell wirst du heute Nacht sogar noch Fieber bekommen."

Er schob mich von sich. „Fieber?", fragte er erschrocken, doch ich schüttelte beruhigend den Kopf und vergrub das Gesicht an seinem Hals.

„Nur eine Reaktion auf die Impfungen. Dein Körper muss den Impfstoff verarbeiten und reagiert eventuell mit einer leichten Form der Erkrankung." Ich streichelte seinen Rücken. „Möchtest du etwas essen?"

Er nickte, zog mich aber seufzend an sich, anstatt mich loszulassen.

„Freyr sei Dank, dass ich dich gefunden habe!", flüsterte er mir ins Ohr und ich spürte seine Lippen, die über die Seite meines Halses glitten. Das sanfte Gefühl, sein Geruch und die Hand, die langsam von meinem Rücken hinauf zu meinem Nacken fuhr, ließen mich erschaudern.

„Ich glaube, ich habe doch keinen Hunger", murmelte er rau und bog sanft meinen Kopf zurück, damit ich zu ihm aufblicken musste.

Tausend Empfindungen durchfuhren mich in dieser Sekunde wie heißer Wechselstrom und ich schlang die Arme um seinen Nacken. Warmer Atem strich über mein Gesicht und ich schloss die Augen, als sich seine Lippen auf meine legten. Er küsste mich sanft, doch ich war in dieser Sekunde so überwältigt von meinen Gefühlen, dass ich ihn regelrecht packte und meine Zunge sofort den Weg zu seiner suchte. Ein leiser Laut der Überraschung entfuhr ihm, aber er ließ mich nicht los, sondern zog mich sogar noch fester an seinen warmen Körper. Atemlos schmiegte er sein Gesicht an meines und ließ mir kaum Zeit, Luft zu holen, ehe er mich ein weiteres Mal tief und innig küsste. Ohne die geringste Anstrengung umfasste er mich und hob mich kurzerhand auf die Waschmaschine in der kleinen Nische neben der Tür.

Er unterbrach seinen Kuss für eine halbe Sekunde, um mir den Pullover über den Kopf zu ziehen, und drängte sich an mich. Wie von selbst glitten meine Finger an seinen Hosenknopf und ich spürte ein verlangendes Ziehen in meinem Bauch, als ich über den ausgebeulten Schritt seiner dünnen Unterhose fuhr. Mit einem leisen Rascheln glitt die Jeans zu Boden und Yorick stieß ein raues Geräusch zwischen den Zähnen hervor. Immer heftiger küsste er mich und mein Herz schlug so schnell, dass ich befürchtete, es könnte aus meiner Brust heraushüpfen, als seine Hand den Weg unter meinen BH fand. Erneut stöhnte er zufrieden an meinen Lippen und rieb sacht seine Handfläche über meine harte Knospe.

Atemlos öffnete ich den Verschluss des BHs und ließ es zu, dass Yorick ihn mit einer knappen, ungelenken Bewegung herunterriss und von sich warf, ehe seine Hand genießerisch über meinen nackten Oberkörper glitt.

„Verflucht, ich will meine zweite Hand benutzen können!", flüsterte er heiser und vergrub seine gesunde Hand in meinen Haaren.

Er hatte recht. Ich befühlte die Schlinge um seinen Oberkörper und seufzte leise. Der verletzte Arm war uns definitiv im Weg und ich war mir auch nicht ganz sicher, ob eine Nummer zwischen Tür und Angel und auf meiner Waschmaschine den Gefühlen gerecht wurde, die ich für ihn empfand. Sacht streichelte ich seinen Nacken und rutschte auf die Kante der Waschmaschine zu.

Er grinste und rührte sich keinen Millimeter. Stattdessen legte er meine Beine um seine Hüften und drückte sich dazwischen.

„Ich habe eine bessere Idee", flüsterte ich und kam ihm entgegen, als er mich drängend küsste.

„Ich glaube, es gibt keine bessere Idee“, flüsterte er zurück und beugte sich weiter herunter, um meinen Hals zu liebkosen.

Auf meine Arme gestützt schaffte ich es, ihn ein Stück zurückzudrängen und stand dicht an ihn geschmiegt wieder auf dem Boden. „Du wirst mich haben.“ Ich küsste sanft seine Lippen. „Aber in meinem Bett.“ An der Hand zog ich ihn hinter mir her und in den Schlafbereich meiner Wohnung.

29

„Hinsetzen“, kommandierte ich sanft und löschte das Licht. Mit einem Streichholz zündete ich sämtliche Kerzen an, die ich finden konnte und die irgendwie immer viel zu selten benutzt wurden. Warum eigentlich, fragte ich mich, als ich Yorick betrachtete, in dessen Augen sich der Feuerschein spiegelte. Er hatte den Blick keinen Moment von mir genommen und ich fühlte mich auf eine erstaunliche Art nackter und mehr bewundert als jemals zuvor in meinem Leben. Unsicher trat ich einen Schritt auf ihn zu und spürte einen Schauer, der sich in meinem Schoß ausbreitete, als er seine Fingerspitzen über meinen Bauch nach unten gleiten ließ. Er kämpfte einen Moment lang einhändig mit meinem Hosenknopf und ich half ihm, die enge Jeans herunterzuziehen. Noch immer sah er mich an und ich hatte das Gefühl, er sauge jede Einzelheit, jede Rundung, jede noch so winzige Kleinigkeit in sich auf. Plötzlich schmiegte er das Gesicht zwischen meine Brüste und ich spürte seine Zähne, die leicht über die weiche Haut strichen. Eine Gänsehaut huschte über meinen Körper und Yoricks Mund formte sich zu einem Lächeln.

„Ob dich nun die Wanen oder die Asen geschaffen haben, du bist die schönste Frau, die ich jemals gesehen habe“, flüsterte er und seine Zungenspitze berührte meine Brustwarze. Mir entfuhr ein leiser Laut und ich bog den Rücken durch, reckte mich ihm entgegen, die Hände in seinen Haaren vergraben.

Ohne zu zögern tastete er nach dem Bund meines Slips und zog ihn mir herunter. Seine Fingerspitzen hinterließen eine brennende Spur auf meiner Haut. Gezielt glitten sie nun zwischen meinen Oberschenkeln hinauf und ich hörte, wie er scharf Luft einzog, als er die Feuchtigkeit spürte, die ihn dort erwartete.

Gott, ich war mehr als bereit für ihn, fühlte mich wie ausgehungert und strich über die Wölbung der engen Short, die seine Lust nur noch unzureichend bedeckte.

„Hilf mir mit dem Verband", flüsterte er rau und schloss die Augen, als ich ihn fester umfasste. „Ich will deine Haut spüren, so nackt wie nur möglich." Er führte meine Hände nach oben und ich bemühte mich, die Schlinge sanft zu lösen, damit ich ihm den Pullover ausziehen konnte, ohne seine Schulter zu verletzen. Seine eigenen Finger vergruben sich zwischen meinen Schenkeln und mir entfuhr ein Aufstöhnen, als er nur ein winziges Stück in mich glitt.

„Pause!", flüsterte ich zittrig und hielt seine Hand fest. „Wenn du mich so berührst, werde ich dir mit Sicherheit wehtun! Eventuell reiße ich den Arm mit ab."

Er lachte leise, hörte aber nicht auf, seine Fingerspitzen leicht in mich hineingleiten zu lassen. „Der Schmerz hilft mir gerade, mich selbst zurückzuhalten", murmelte er und legte den Kopf mit geschlossenen Augen in den Nacken. „Denn ansonsten wäre das alles hier wohl vorbei, sobald ich in der Wärme zwischen deinen Beinen versinke."

Seine Lippen suchten meine und ich musste von der Schlaufe ablassen, da ich tatsächlich fürchtete, ihn zu verletzen. Mit einiger Mühe schaffte ich es, mich von ihm zu lösen und kniete mich sogar hinter ihm auf das Bett, um seinen zärtlichen Fingern für einen kurzen Moment zu entkommen. Als er schließlich mit nacktem Oberkörper vor mir saß, stand ich wieder auf. Der Anblick war mir nicht neu, ich hatte ihn oft ohne Hemd gesehen, wenn ich ihn hatte verarzten müssen. Doch ich verstand plötzlich, was er am Tag zuvor gemeint hatte. Er war in Gefahr gewesen. Und er hatte nicht mir gehört. Sacht fuhr ich die Linie seines Schlüsselbeines nach. Das hatte sich nun geändert und ich sah ihn tatsächlich mit anderen Augen.

Unsicher runzelte er auf einmal die Stirn. „Du schaust sehr ernst, ist alles in Ordnung?“, fragte er leise und strich mir die Haare zurück, als ich wieder vor ihm stand.

Ich schüttelte den Kopf und hielt seine Hand verlegen fest. „Ich sehe dich heute mit anderen Augen“, sagte ich leise und er zog mich mit einem Lächeln wieder an sich.

„Das hoffe ich doch wohl“, murmelte er und vergrub das Gesicht zwischen meinen Brüsten.

„Ah!“ Ich hielt ihn zurück und hob die Schlinge. „Ich muss dir den Arm wieder in der richtigen Position festbinden, sonst wächst der Knochen vielleicht schief zusammen!“

Er lachte und legte den Kopf schräg. „Du stehst nackt vor mir, Weib. Erwartest du, dass ich noch denken kann?“

Auch mir entschlüpfte ein kleines Kichern, doch ich zwang ihn, still zu halten, bis ich den Arm korrekt angewinkelt vor seinem Bauch zusammengeschnürt hatte. Nachdenklich betastete ich das Konstrukt und schaute Yorick an.

„Ich habe ehrlich gesagt keine Ahnung, wie wir jetzt … also zumindest ohne, dass …“

Erneut lachte er leise und rutschte ein Stück nach hinten, um es sich auf meinem Kopfkissen bequem zu machen. „Ich würde fast sagen, du ziehst mich aus und übernimmst einen Teil der Arbeit selbst.“ Mit der gesunden Hand zog er mich zu sich herüber. „Oder tun die Frauen in dieser Welt das nicht?“

Meine Fingerspitzen glitten über seinen Bauch nach unten und ich sah, wie sich die Muskeln unter seinen Rippen kurz anspannten, als ich sie in den Bund seiner Short schlüpfen ließ.

„Wenn es sich lohnt, dann tun die Frauen in dieser Welt es auch“, neckte ich, um meine Unsicherheit zu überspielen.

Gott, er war auf eine seltsame Art so perfekt! Seine helle Haut unter meinen Händen und die feinen, dunklen Haare, die sich von seiner Brust hinunter zu seinem Bauchnabel zogen und sich noch weiter unten verdichteten. Seine Muskeln und die kräftigen, sehnigen Beine. Unsicher betrachtete ich ihn und spürte auf einmal seine Hand, die meinen Arm hinauf wanderte. Er lächelte und zog mich zu sich herunter, um mich zu küssen. Sanft führte seine Hand meine nach unten und er stöhnte leise an meinen Lippen, als sie ihr Ziel erreichte.

Ich war wieder vollständig. Zum ersten Mal seit Tagen, in denen ich durch die Welt geeiert war mit gebrochenem Herzen, mit halber Seele, auf der Suche nach Trost und einer Möglichkeit, genau diesen Moment erleben zu dürfen. Mit einem leisen Lächeln fuhr ich die Linien seines Gesichtes nach und sah ihm zu, wie er seine Fingerspitzen über meinen Oberschenkel gleiten ließ. Meine Seele war wieder ganz und ich versank in Yoricks Kuss. Mutig geworden beugte ich mich schließlich über ihn und ließ den Kuss sanft enden, ehe ich ihm die Unterhose auszog und ihn zwang, einfach liegen zu bleiben.

„Heute noch nicht!", flüsterte ich ihm ins Ohr und setzte mich auf seinen Schoß. Er richtete seinen Oberkörper trotzdem auf und küsste mich immer leidenschaftlicher.

„Ich kann nicht!", flüsterte er zurück und rieb sich mit einem leisen Aufstöhnen zwischen meine Schenkel. Ungestüm griff er nach meinem Nacken. „Seit ich dich im Wald gefunden habe, verzehre ich mich nach dir, nach genau diesem Moment und nun …" Atemlos lehnte er seine Stirn an meine. „Ich will dich packen, dich festhalten, ich will dich reiten, bis du aufschreist! Doch alles, was ich tun kann, ist auf dem Rücken zu liegen und dir dabei zusehen, wie du mich …"

Ich unterbrach ihn mit einem Kuss und zwang ihn, mich anzusehen. „Das wirst du!", flüsterte ich an seinen Lippen. „Vielleicht noch nicht heute, aber das wirst du." Ich schlang meine Beine um ihn und hob leicht das Becken. „Heute wirst du den Mund halten und ich werde dich reiten. Mal sehen, wer zuerst schreit."

Ein Grinsen huschte über sein Gesicht, doch seine Augen weiteten sich überrascht, als ich mich ein Stück aufrichtete und ihn wieder in die Kissen zwang.

„Ich bin dran", flüsterte ich und spürte sein Luftschnappen an meinen Lippen, als ich mich langsam auf ihm niederließ.

Wer zuerst geschrien hatte, das konnte ich nicht mit Bestimmtheit sagen, als ich nach einigen Minuten mein Gesicht von seiner schweißnassen Brust hob. Ich war definitiv zuerst gekommen und fragte mich in meiner schwerfälligen Trance, ob Yorick überhaupt schon fertig geworden war. Er grinste mich an, verschwitzt und atemlos. Dann schob er mich plötzlich von sich herunter und drehte mich auf die Seite. Sein gesunder Arm schlang sich unter mir hindurch und ich spürte seine heiße Härte an meinem Po. Mit nur zwei tiefen Stößen hatte er sich wieder in mich gedrängt und ich hörte ihn in meinem Nacken aufstöhnen. Außer Atem kam ich ihm entgegen, empfing seine schnellen Bewegungen und verstärkte sie, bis ich spürte, wie er sich zitternd in mich presste. Sein raues Stöhnen vibrierte in meinen Knochen wider und ich hielt seinen Arm fest, während ich die leichten wellenförmigen Bewegungen meiner Hüften ausklingen ließ.

Yorick zog sich langsam aus mir zurück, ohne mich loszulassen. Seine Lippen glitten über meine nackte Schulter und ich wandte leicht den Kopf, um sie auf meinen eigenen zu spüren.

„So fühlt es sich also an, ein Heiligtum zu entweihen“, murmelte er, doch es klang sehr zufrieden.

Ich musste leise lachen und drehte mich auf den Rücken, um seine Wange zu berühren.

„Inzwischen bin ich deine Frau, das mit dem Heiligtum trifft es wohl nicht mehr ganz.“

Er beugte sich herunter und küsste eine kleine Schweißperle aus meiner Halsgrube heraus. Dann hob er das Gesicht und lächelte mich an.

„Meine Frau“, flüsterte er und rieb seine Nase an meine Wange. Mit einiger Mühe zog er die Decke über uns und hielt mich einfach fest.

Ich schlief wenig später tatsächlich ein und ich schlief tief und traumlos bis zum nächsten Morgen durch. Ein angenehmes und sehr befreiendes Gefühl.

Als ich erwachte, blies mir noch immer Yoricks Atem in den

Nacken und ich schmiegte meinen Rücken an ihn. Vielleicht war es eine unbewusste Reaktion, doch er umschlang mich sofort fester, ohne dass sich sein gleichmäßiger Atem wirklich veränderte.

Ganz vorsichtig wandte ich den Kopf und blickte über die Schulter in sein entspanntes Gesicht. Er war tatsächlich hier! Noch immer ungläubig drehte ich mich Millimeter für Millimeter weiter um und kuschelte die Nase an seinen Hals. Er war warm und roch verschwitzt. Wahrscheinlich eine Reaktion auf seine Impfungen. Schmunzelnd schloss ich die Augen. Ich wusste durch meine Reise in die Vergangenheit und aus der Literatur, dass die Wikinger sehr viel gepflegter und sauberer gewesen waren als viele germanische Stämme und weite Teile des mittelalterlichen Bürgertums. Doch es wurde wohl langsam Zeit, dass ich meinen Wikinger einmal unter die Dusche stellte.

So sanft wie möglich wand ich mich aus seiner Umarmung heraus und schob die Beine aus dem Bett. Meine Füße hatten noch nicht den Boden berührt, als er hinter mir aufschreckte.

„Alles gut." Sanft zwang ich ihn in sein Kissen zurück. „Ich mache uns Kaffee, bleib noch einen Augenblick liegen."

Er fuhr sich über das Gesicht und sein Blick huschte durch das Zimmer. Fast so, als müsse auch er sich daran erinnern, wo er war.

„Ist es Tag?", murmelte er zwischen den Fingern hindurch und nickte in Richtung meiner dicken, purpurfarbenen Vorhänge.

Da ich mein Handy über Nacht ausgeschaltet hatte, stand ich auf und zog die Vorhänge auseinander. Die kleine Wanduhr, die mir meine Kollegen zum letzten Geburtstag geschenkt hatten, zeigte 8:30 Uhr in Peter Pans Nimmerland und ich musste schmunzeln. Wie lange hatte ich schon nicht mehr bis nach acht geschlafen? Ich setzte mich wieder neben Yorick und strich ihm die wirren Haare zurück, während ich für einen kurzen Moment das warme Sonnenlicht genoss, das auf das Bett fiel.

„Es ist sogar ein schöner Tag."

Grinsend blinzelte er zu mir nach oben und rieb sich die Augen.

„Dein Bett ist sehr weich!", stellte er fest und rückte das Kissen in seinem Nacken zurecht. „Das ist mit Sicherheit kein Stroh in diesen Kissen oder?"

Ich schüttelte den Kopf und überlegte für einen Moment, wie ich ihm die fluffigen Schaumstoffbällchen erklären sollte. Plastik aus dem Extruder. Bei einem Kind hätte ich eventuell gesagt, fast wie Fruit-Loops, nur in weich. Doch Yorick kannte weder die technischen Geräte dieser Zeit, noch kannte er Fruit-Loops.

„Ich mache uns jetzt einen Kaffee, dann duschen wir, in Ordnung?"

Er nickte zufrieden und schmunzelte leicht. „Ich werde mich wohl überraschen lassen, was das ist. Hat es etwas mit Frühstück zu tun? Hunger hätte ich."

Lächelnd warf ich mir meinen herumliegenden Wollcardigan um, nachdem ich fürs Erste meine Unterhose vom Vortag gefunden hatte. „Kaffee ist die Essenz, das Wichtigste und Unverzichtbarste an einem Frühstück! Du bekommst aber auch Brot."

Dicht gefolgt von einem nackten Yorick betrat ich meine Küche. Er setzte sich direkt auf meinen Stuhl an der Heizung und sah mir zu, wie ich die Kaffeemaschine füllte, das Radio anstellte und das Brot aus meinem kleinen Brotkasten zu Butter und Nutella auf den Tisch stellte.

„Käse hätte ich." Ich reichte ihm eine Packung Schnittkäse und ein Messer, das er vorsichtig in den Händen drehte. Sein Blick blieb auf einmal am Fenster hängen und er stand auf, um näher heranzutreten.

„Elida, ich glaube … ich denke, wir sollten uns etwas anziehen, da … da drüben steht eine Frau am Fenster und …" Er legte den Kopf schräg und ich schob mich an ihm vorbei.

Molly Smith. Natürlich. Grüßend hob ich die Hand und sie winkte zurück.

„Das sollten wir, ja. Ansonsten holt sie nämlich gleich das Fernglas und sieht uns beim Essen zu." Sanft schob ich Yorick in Richtung Flur. „Sie ist ein bisschen piep-piep. Sehr nett, aber sie hat definitiv nicht alle Murmeln in der Tüte."

„Murmeln in der … Murmeln in der Tüte?" Hilflos warf er mir einen Blick über die Schulter zu und ich musste lachen.

„Im Oberstübchen." Ich tippte mir an die Stirn. „Sie ist hier oben nicht ganz frisch. Ich glaube manchmal, sie protokolliert die gesamte Nachbarschaft. Wer wann aufsteht, was isst, wann das Haus verlässt, wen nach Hause mitnimmt. Das scheint ihr Ding zu sein."

„Hm.“ Mit einiger Mühe schlüpfte Yorick in die Jogginghose, die ich ihm gekauft hatte. „Musst du heute nicht zur … zur Arbeit?“, fragte er, als ich ihm in eines der T-Shirts half, die ihm trotz der Schlinge sehr gut passten.

„Heute nicht.“ Sanft drehte ich die wirren Strähnen auf seinem Oberkopf zusammen und band sie mit einem kleinen Haargummi von mir fest. „Ich habe ein paar Tage frei. Wobei ich eigentlich …“ Nachdenklich schaute ich mein Handy an, das auf der Flurgarderobe lag. „Ich sollte zumindest kurz nachsehen, ob es etwas Neues gibt.“

„Dann tu das.“

„Nach dem Frühstück.“ Ich legte das Handy wieder weg, als wäre es giftig oder zumindest zu heiß. „Auf einige Neuigkeiten habe ich nicht wirklich Lust.“

Ich hatte den Satz kaum beendet, da klingelte es auf einmal an der Tür. Yorick sah mich an und trat beiseite, als ich in die Küche lief, um aus dem Fenster zu schauen.

Mein Herz setzte für einen Schlag aus. Stand da unten tatsächlich Yannis und hämmerte wie ein Bekloppter an die Haustür? Was zur Hölle war nur in diesen Mann gefahren?

„Elida!“, hörte ich meinen Namen und zuckte vom Fenster zurück.

Plötzlich stand Yorick hinter mir und blickte über meine Schulter. „Es sieht so aus, als verlange dein heiliger Mann dich zurück“, sagte er leise und richtete seine Armschlinge.

30

Mir ratterten in diesem Moment wohl zehntausend Gedanken gleichzeitig durch den Kopf.

Natürlich würde Yannis sich nicht einfach geschlagen geben und meine Bitte hinnehmen, mich in Ruhe zu lassen. Er wollte reden, die Dinge regeln, er brauchte das Drama förmlich. Doch ich hatte nicht erwartet, dass er nach einem Schnitzer wie diesem tatsächlich einfach so, ohne Gepäck und nur mit einem Hemd und einer Jeans bekleidet, vor meiner Haustür auftauchen würde.

Inzwischen hämmerte er nicht mehr an die Tür, sondern lief auf dem Gehweg vor dem Haus auf und ab, die Hände an die Stirn gelegt, während er an der Fassade hinaufstarrte. Dann drehte er sich plötzlich um.

Molly Smith. Oh, bitte nicht! Die junge Frau hatte sich weit aus dem Fenster gelehnt und rief Yannis etwas zu. Er drehte sich sofort zu ihr um und ich gestikulierte hilflos. Nicht sagen, dass ich hier bin! Bitte, Molly, sag einfach nichts!

Ihr Blick traf mich und meine Bemühungen im Küchenfenster und sie zuckte die Achseln. Ich sah, wie sie sich erneut zu Yannis beugte und etwas sagte, woraufhin seine angespannten Schultern herunterfielen. Er ließ den Kopf hängen, winkte ihr kurz zu und ging dann davon. Erleichtert dankte ich Molly mit einem kurzen

Winken, doch sie sah mich nur seltsam an und schloss dann ihr Fenster.

Yorick legte die Hand auf meine Schulter und drehte mich zu sich um. Sein Gesicht war ernst und er zwang mich auf einen Küchenstuhl, ehe er sich mir gegenüber setzte.

„Er ist hier und er will dich", fasste er die Situation knapp zusammen und seine Augen verdunkelten sich. „Ich weiß, du sagtest, die Situation sei kompliziert, und das ist sie tatsächlich. Aber jetzt brauche ich ein paar Antworten von dir."

Ich nickte und versuchte nach Kräften, den Kloß in meinem Hals herunterzuschlucken. Mit zitternden Fingern schenkte ich mir Kaffee ein und richtete auch ihm eine Tasse, in die ich großzügig warme Milch kippte.

„Es sieht so aus", sagte ich leise und nahm einen Schluck.

Er tat es mir nach und sein Gesichtsausdruck veränderte sich. „Es ist bitter!", sagte er und schob seine Tasse in meine Richtung zurück. Ich nahm ohne wirklich zu denken zwei Stück Würfelzucker und rührte sie in seinen Kaffee, ehe ich ihm die Tasse zurückgab.

„Yannis war hier, als ich aufgewacht bin", sagte ich leise und überlegte verzweifelt, wie ich ihm die ganze Geschichte glaubhaft erzählen sollte.

Er nickte mir zu und nahm einen weiteren Schluck, diesmal ohne das Gesicht zu verziehen. „Er war hier …", begann er meinen Satz für mich und ich nickte stumm.

„Ich … als du mich zurückgeschickt hast, da … da bin ich nicht im Wald gelandet, ich war hier", sagte ich dann leise und schaute Yorick an. „Im einen Moment stand ich mit dir im Nebel, im nächsten lag ich in meinem Bett, als wäre ich nie fort gewesen."

Yorick nickte langsam. „Und er … er war bei dir? Er hat es auch geschafft?"

„Nicht wirklich." Ich holte tief Luft. „Yorick, ich weiß, das muss verrückt klingen, aber … der … Yorick, der Mann, der hier neben mir lag, ist nicht derselbe wie der, der mit mir in der Vergangenheit war."

„Wie meinst du, nicht derselbe?" Yorick deutete verwirrt mit seinem Löffel in Richtung Fenster. „Er sah aber genauso aus!"

„Das tut er tatsächlich, es ist trotzdem nicht derselbe." Ich rieb mir das Gesicht und trank meine Tasse aus, um sie schnellstmöglich noch einmal zu füllen. „Dieser Mann hier hat keine Erinnerung an unsere Reise in die Vergangenheit. Er ist der Ansicht, er sei die ganze Zeit hier gewesen. Mit mir zusammen. Er sagt, er habe mich kennengelernt und wir seien ein Paar geworden. Von einer Zeitreise oder gar von unserer Zeit bei euch wusste er nichts."

Yorick betrachtete mich schweigend. Ich sah, wie es in seinem Kopf arbeitete, doch selbst für mich, die ich die moderne Physik und allerlei andere Wissenschaften und Halb-Wissenschaften für mögliche Erklärungsansätze zur Verfügung hatte, erschloss sich die Logik der Situation nicht, in der wir uns befanden.

„Das ist nicht der Mann, den ich kannte."

„Dennoch kennt er dich." Yorick sah mich lange an. „Habt ihr ...?"

Ich nickte stumm und umklammerte meine Tasse. Sein Gesicht zeigte kaum eine Regung, doch ich wusste, dass der Gedanke ihn getroffen hatte, dass ich mich sofort nach meiner Rückkehr einem anderen Mann zugewandt hatte.

„Er sagte, ich habe geträumt", brachte ich hervor und Yoricks graue Augen richteten sich auf mein Gesicht.

„Und du hast es geglaubt?"

„Was hätte ich anderes tun sollen? In meinem Kalender stehen Reisedaten und Führungen, die ich mit ihm und seinen Freunden hatte. Es gab Fotos von sämtlichen Tagen der Woche und es sah tatsächlich aus, als habe ich mir die Zeit in deiner Welt lediglich zusammengeträumt." Ich zog die Beine an und umschlang sie mit den Armen. „Die Ahnung, dass etwas nicht stimmen konnte, hat mich aber nie losgelassen. Ich habe bloß keine logische oder wissenschaftliche Erklärung gefunden. Du warst ständig in meinem Kopf, ich hatte das Gefühl, dich zu hören, dich förmlich zu spüren." Unsicher atmete ich aus. „Ich habe mich in deiner Welt für dich entscheiden und das habe ich auch in dieser Welt getan", sagte ich dann leise, doch Yorick schnaubte unzufrieden.

„Wirst du ihm das sagen? Es sieht nicht danach aus, als wüsste er es bereits."

Ich nickte stumm und wich seinem Blick aus. „Das werde ich", sagte ich leise und warf einen Blick auf meine Küchenuhr. „Ich gehe duschen, kommst du mit?“

Ohne mich anzusehen, schüttelte er den Kopf. „Im Augenblick nicht“, antwortete er leise und nippte an seiner Tasse.

Ich verstand und respektierte seinen Wunsch nach Abstand, so weh es mir tat. Wenn man es genau nahm, dann hatte ich ihn betrogen. Ich hatte an ihn gedacht, natürlich. Mich nach ihm gesehnt. Doch ich war mit Yannis sehr schnell zur Tagesordnung übergegangen und hatte mir nie Gedanken gemacht, dass es vielleicht einen anderen Weg geben konnte. Es war mir noch nicht einmal in den Sinn gekommen, dass Yorick mir folgen konnte, mir vielleicht folgen würde. Viel zu schnell hatte ich mich damit beruhigt, dass er nicht zu meinem Leben hier gehörte und dass ich mit Yannis doch gar nicht so schlecht dran war. Mein Herz tat mir mit einem Mal wieder weh und ich fluchte auf die gesamte verwirrende und verworrene Lage.

Seit ich Yorick zurückhatte, wusste ich zumindest wieder, was ich fühlte und wohin ich gehörte. Und der Gedanke, ihn mit meinem Verhalten verletzt zu haben, schmerzte mich tatsächlich körperlich.

Langsam stand ich auf und legte zögerlich die Hand auf seine Schulter. Sein Zurückweichen war kaum merklich, doch es genügte, um mir in die Seele zu fahren wie ein Beil. Sofort ließ ich die Hand sinken und wandte mich ab.

Schon auf dem Weg in die Dusche liefen mir die ersten Tränen über die Wangen, doch ich versuchte mein Möglichstes, sie zurückzuhalten. Er war hier, noch immer hier bei mir. Er war zu mir gekommen und irgendwie würden wir das schon hinkriegen. Das warme Wasser perlte über meinen Kopf und ich suchte mühsam nach Worten, mit denen ich mich bei Yorick entschuldigen konnte, ihm erklären konnte, wie es zu der Situation gekommen war, und was ich für ihn empfand. Mitten in meine wirren Gedanken hinein glaubte ich, mein Haustelefon zu hören, doch ich ignorierte es. Der Anrufbeantworter war geduldig und ich definitiv nicht in der Verfassung, jetzt aus der Dusche zu steigen und mit wem auch immer zu telefonieren.

Auf einmal wurde die Tür aufgerissen und Yorick stand vor der Badewanne, seine Jeans bereits zur Hälfte an und eine gefährlich volle Kaffeetasse in der Hand.

„Ich muss etwas klären“, sprudelte es aus ihm heraus und mir ging in diesem Moment das Licht auf, dass er wahrscheinlich gerade die erste Tasse Kaffee seines Lebens getrunken hatte und sich deswegen seine Pupillen ungewöhnlich weiteten. Er leerte die Tasse in wenigen hektischen Zügen – hatte er sich eine weitere gerichtet? – und knallte sie auf das Waschbecken. „Mach dir keine Sorgen um mich.“ Mit diesen Worten schloss er den Hosenknopf und warf sich die Jacke über.

„Yorick, warte!“ Ich schaltete sofort das Wasser ab. Alarmiert sprang ich mit Shampoo in den Haaren aus der Dusche und rannte ihm hinterher über den Flur, wo er bereits in seine Schuhe schlüpfte und die Türklinke in der Hand hatte.

„Bitte, geh nicht allein irgendwohin! Du hast doch noch nicht einmal einen Ausweis oder irgendwas!“ Ich packte seinen gesunden Arm, doch er schob mich resolut von sich.

„Ich habe den Brief von dem dicken Mann mit dem schwarzen Mantel, das muss wohl vorerst genügen.“ Er packte meine Mütze, die an ihrem Garderobenhaken baumelte, und verbarg damit nicht nur seine wirre Frisur, sondern auch die Tätowierung auf seiner Stirn. „Wenn du die Wahrheit gesagt hast und dieser Mann nicht dein heiliger Mann ist, dann werde ich das ganz einfach feststellen.“

„Um Himmels Willen, Yorick!“ Zitternd und tropfend wischte ich mir den Schaum aus den Augen. „Wo willst du Yannis denn jetzt finden?“

Er deutete in Richtung Wohnzimmer. „Er ist am arkeologisk institutt, das hat zumindest der Mann nach dem Klingeln gerade gesagt. Und dort werde ich jetzt hingehen. Wie heißt das in der Landessprache?“

„Das archäologische Institut“, hörte ich mich sagen und bemühte mich gleichzeitig, mich Yorick in den Weg zu stellen. „Bitte geh nicht allein raus, es ist zu gefährlich, du kennst dich nicht aus und …“

„Elida!“ Yorick packte meinen nackten Arm. „Ich muss dorthin und ich muss ihn sehen! Wenn du die Wahrheit gesagt hast, dann bin ich ein Fremder für ihn. Er wird mich nicht erkennen. Wenn er mich erkennt, dann weiß ich, dass du gelogen hast, und werde ohnehin von hier verschwinden.“

Mit diesen Worten schob er mich beiseite und knallte die Tür zu.

Fuck. Das Shampoo brannte in meinen Augen. Arkeologisk institutt, das war norwegisch und konnte nur bedeuten, dass Lasse versucht hatte, mich zu erreichen und nicht wollte, dass jemand ihn verstand. Er sprach dank seiner Mutter ein wenig norwegisch, für ein paar private Sätze reichte es uns und wir nutzten es eigentlich nur, wenn Lynn in der Nähe war und er nicht mehr wusste, was er sagen sollte.

Fuck. Ich musste Yorick sofort hinterher! Nicht auszudenken, was ihm passieren konnte!

Fluchend wischte ich mir über das Gesicht und rannte ins Bad zurück. Ich musste meinen koffein-überdosierten Wikinger aufhalten, ehe er sich und andere in Gefahr bringen, beziehungsweise sich mit meinem Stars-und-Sternchen-Ex-Freund in die Wolle bekommen würde, der als Eishockey-Nationalspieler sicherlich mehr als bereit war, sich auch außerhalb der Eishalle mit den Fäusten durchzusetzen! Gott, allein der Gedanke klang lachhaft und absurd, selbst in meinem Kopf. Scheiße, mein Auge brannte wie die Hölle! Blind hastete ich ins Bad und wollte in die Dusche steigen, doch ich hatte eindeutig zu viel Schwung und zu wenig Überblick.

Die meisten Unfälle passieren im Haushalt, hörte ich die altkluge tiefe Stimme meines Vaters noch während ich ausrutschte und rückwärts zu Boden ging. Nur eine Sekunde später war es sehr ruhig um mich.

31

Als ich es schaffte, die brennenden Augen ein kleines Stück zu öffnen, schoss ein stechender Schmerz durch meinen Hinterkopf. Fuck, fuck, fuck! Mühsam kämpfte ich mich auf alle Viere und tastete nach dem Waschbecken, um mich daran in die Höhe zu ziehen. Ich schaffte es, mir das Shampoo aus den Augen zu waschen, und blinzelte in Richtung der kleinen Badezimmeruhr. Wie viel Zeit war vergangen? Panisch trocknete ich mein Gesicht ab. Waren es mehr als fünf Minuten gewesen? War ich Idiot im unpassendsten Moment tatsächlich ausgerutscht und hatte nackt und voller Schaum ohnmächtig im Bad gelegen? Mir entfuhr ein weiterer Fluch, und ich stemmte mich in eine aufrechte Position. Abduschen, anziehen und ins Auto! Gott, inzwischen konnte Yorick etwas passiert sein! Was war, wenn er sich verlief? Wenn er wieder in ein Auto rannte, weil er wütend und verletzt einer Idee folgte, die ich nur zu gut nachvollziehen konnte? Fuck!!! Ich kletterte in die Badewanne und setzte mich vorsichtshalber hin, um meine Haare auszuspülen. Keine Unfälle mehr, es hing zu viel davon ab.

Verdammt, mein Kopf tat weh!

In meinem Schlafzimmer sprang ich in meine Jeans und ein Longsleve und band mir die nassen Haare zu einem Knoten. Für mehr reichte es nicht, doch ich verharrte wie betäubt für einige Sekunden mit schmerzendem Herzklopfen vor dem zerwühlten Bett.

Dann weiß ich, dass du gelogen hast, und werde ohnehin von hier verschwinden, tönte Yoricks Stimme aus meinem Unterbewusstsein herauf und ich verlor keinen weiteren Augenblick. Lasse hatte um viertel nach neun auf meinen Anrufbeantworter gesprochen, jetzt war es bereits kurz vor zehn, ich musste also eine ganze Weile im Bad gelegen haben. Knappe fünfundvierzig Minuten, in denen Yorick so ziemlich alles passiert sein konnte. Mit fliegenden Schritten durchquerte ich das Treppenhaus und den Hof, sprang in mein Auto und raste in Richtung Universität.

Der Verkehr war dicht, ich zu erregt, um konzentriert zu fahren, und unendlich wütend auf die gesamte verdammte Situation. Hätte ich doch nur einfach mit Yannis gesprochen und ihn zum Teufel geschickt, anstatt ihn zu ignorieren! Ich wusste doch bereits, dass er ohne groß darüber nachzudenken, auch in ein Flugzeug stieg und plötzlich vor der Tür stand. Lautstark fluchend hupte ich meinen Vordermann an und bog verfrüht und rechts überholend in den Parkplatz ein. Ich war vollkommen außer Atem, als ich das archäologische Institut erreicht, da ich in der Nähe keinen Stellplatz gefunden hatte.

War er hier? Ich hastete in Richtung Portal.

Der Fußweg durch einen nahegelegenen Park war kurz, eigentlich lag die Uni nicht einmal weit von meiner Wohnung entfernt, doch ich mochte den Weg nicht und fuhr selbst mit dem Rad lieber an der Straße entlang.

Wenn Yorick jemanden gefunden hatte, der ihm den Weg erklärte, dann war er mit Sicherheit bereits hier. Ich öffnete den Zugang zu den Büros mit meiner Chipkarte und drängte mich in den Aufzug, der sich gerade schließen wollte. Einige Doktoranden musterten mich befremdlich, doch ich blendete ihre Blicke aus und versuchte, zu Atem zu kommen. Im dritten Stock sprang ich grußlos aus dem Lift und rannte auf die angelehnte Labortür zu.

Es war still auf dem Flur und ich verlangsamte verwirrt meinen Schritt.

„... das gedacht?“, hörte ich leise Ritas Stimme.

„Nun ja, kannst du es ihr verübeln?" Fiona klang amüsiert. „Ich meine, hast du dir den Kerl angesehen?"

„Yannis? Mein Gott ja, der ist der Hammer! Ich konnte mich schon kaum auf was konzentrieren, als er neulich mit in der Besprechung saß!"

„Ich meinte den anderen, ihren Mann." Fiona pfiff durch die Zähne und ich lehnte mich an die Wand neben der Tür, um das Gespräch besser belauschen zu können. „Was ein Kerl! Dagegen ist Yannis doch ein Butterkeks!"

Rita prustete leise. „Bezeichnest du diesen heißen Zweimeter-Finnen gerade als Butterkeks?"

„Yorick ist ein richtiger Kerl. Vielleicht ist er noch etwas jünger und nicht ganz so groß wie dein finnischer Feucht-Traum, aber er ist definitiv ein Kerl."

„Mädels, kriegt ihr euch jetzt bitte wieder ein?" Martin klang genervt. „Wir sollten weiterarbeiten, ehe Rob zurück ist und uns die Ohren langzieht, weil wir den Geo-Physiker haben gehen lassen!"

„Wie hätten sich die beiden denn ansonsten unterhalten sollen?" Fiona seufzte und ich hörte einen Stuhl, der zurückgerollt wurde. „Der Butterkeks spricht zwar englisch, aber Elidas Mann nur norwegisch. Scheiße, das ist ihr Mann, ich glaub es gar nicht! Hättet ihr das Elida zugetraut? Martin, sag mal was! Du kennst sie am längsten, hat sie ihn nie erwähnt?"

Martin brummelte etwas vor sich hin. „Warum sollte sie nicht verheiratet sein, sie ist doch nett und recht hübsch und … na ja, sie hat immer wenig von sich erzählt, vielleicht … keine Ahnung! Ich hoffe nur, die hauen sich nicht aufs Maul in der Kantine. Yannis schien mir doch ziemlich von den Socken, als der andere Kerl auf einmal in der Tür stand."

Kantine. Ich flitzte mit klopfendem Herzen den Weg zurück. Zwei Stockwerke tiefer und einige Gänge entlang lag die kleine Cafeteria und ich hoffte sehr, dass sie nicht bis zur großen Mensa gestiefelt waren. Bei der Glastür blieb ich stehen und scannte den Raum. An einem Tisch in der Nähe des Balkons saß Yannis mit dem Rücken zu mir. Lasse stand vor ihm und knetete nervös seine Finger, während er offensichtlich auf ihn einredete. Keine Spur von Yorick. Mein Herz machte einen Satz in die falsche Richtung und ich stieß kurzerhand die Türen auf.

„Wo ist er?“, rief ich Lasse zu und Yannis‘ Kopf fuhr zu mir herum.

„Elida!“ Seine Mine hellte sich für eine halbe Sekunde auf, ehe ihm offenbar wieder einfiel, was er gerade erfahren hatte.

„Dein Mann ist wieder weg.“ Yannis betonte das Wort mit spürbarem Widerwillen und forschte in meinem Gesicht. Irgendwo zwischen verwirrt und wütend betrachtete er mich und hob schließlich hilflos die Hände. „Willst du mir vielleicht irgendwas erklären?“

„Er ist weg?“ Mein Blick huschte zu Lasse, der recht bleich war und nickte.

„Er sagte, er müsse nachdenken und … keine Ahnung, ich glaube, er hat nur nachdenken gesagt.“

„Fuck!“ Ich sank auf einen freien Stuhl und vergrub das erhitzte Gesicht in den Händen. „Worüber will er nachdenken?“, fragte ich dann die beiden Männer und Yannis lachte überrascht.

„Vielleicht darüber, dass du praktisch zehn Tage lang mit mir einen auf Beziehung gemacht hast, obwohl du verheiratet bist?“

„Darüber habt ihr gesprochen?“ Ich blickte zu Yannis auf, unfähig für irgendeine Art des rhetorischen Tanzes oder der Zurückhaltung und Diplomatie im Gespräch.

Der blonde Hüne starrte zurück und zuckte unbehaglich die Schultern. „Er kam hereingeplatzt und hat mich einfach nur angesehen“, sagte er dann leiser, und ich sah, wie ihn ein Schaudern durchfuhr. „Stand einfach nur da, hat mich angesehen und dann meinen Namen gesagt.“ Er nickte mir zu. „Ich nehme an, du hast es ihm gebeichtet?“

„Was hat er dann getan?“, drängte ich, ohne auf seine Worte einzugehen.

„Er wollte wissen, ob Yannis sich an ihn erinnert“, antwortete Lasse an Yannis‘ Stelle. „Und er wirkte ziemlich überrascht, dass es nicht der Fall war. Er fragte nach anderen Leuten, Havar und Ivar und Eden oder so ähnlich. Und dann sagte er auf einmal, dass du seine Frau bist.“

Ich rieb mir die Augen und bemühte mich nach Kräften, nicht zu laut zu werden. „Und dann ist er gegangen?“

Lasse schüttelte den Kopf. „Dann sind wir hierher gekommen."

„Muss ich dir jedes Wort einzeln aus der Nase ziehen?", blaffte ich den armen Lasse an, hob aber noch in derselben Sekunde entschuldigend die Hände. Er war nur der Übermittler, es brachte nichts, wenn ich ihn nun anpfiff. „Lasse, bitte rede mit mir!"

„Er wollte wissen, was ich für dich empfinde", sagte Yannis plötzlich ganz leise und sah mich genau an. „Er wollte es scheinbar ziemlich genau wissen und hat mich dabei angestarrt, dass mir angst und bange wurde."

„Und was hast du gesagt?"

„Dass ich dich liebe, verdammt! Und dann ist er gegangen." Yannis zuckte die Achseln. „Habt ihr euch getrennt? Scheidung oder so was?"

Die Frage traf mich unvorbereitet und nun war ich es, die die Achseln zuckte. „Nicht direkt, es waren mehr die Umstände", hörte ich mich leise sagen. Zwar stimmte das nur zum Teil, doch viel mehr konnte ich keinem anderen Menschen erzählen, ohne dass ich Gefahr lief, eingewiesen zu werden. Langsam stand ich auf. „Ich muss ihn suchen", flüsterte ich tonlos und schob mir die wirren Haare aus der Stirn. Meine Gedanken überschlugen sich und mir wurde übel. Welche Schlussfolgerung hatte Yorick wohl aus dieser Begegnung mit Yannis gezogen? Ich schwankte leicht und sofort war Yannis an meiner Seite und stützte mich.

„Geht es dir nicht gut?", fragte er besorgt, doch ich wollte seine Hände am liebsten wegschieben. Mit ihm war ich noch nicht fertig! Sobald ich mein Leben oder zumindest meinen Kreislauf wieder im Griff hatte, konnte er sich auf den Tritt in die Eier seines Lebens gefasst machen!

„Ich bin eben im Bad gestürzt, keine Ahnung, was …" Plötzlich war auch Lasse an meiner Seite und griff nach meinem Arm.

„Du bist gestürzt und worauf gefallen?", fragte er sofort und zwang mich in den Stuhl zurück.

„Nur ausgerutscht und hingeknallt", murmelte ich und massierte mir die Schläfen.

„Auf den Hintern?"

Ich gab einen genervten Laut von mir. „Auf den Kopf, okay? Aber es ist alles gut, lasst mich einfach gehen, ich muss Yorick finden."

„Elida!“ Lasse hielt mich fest. „Warst du bewusstlos?“

„Vielleicht ein paar Minuten.“

„Elida!“ Entrüstet packte Lasse mein Kinn und nickte Yannis zu. „Trag sie hoch, wir legen sie im Labor auf die Couch. Sie soll etwas trinken und wenn der Schwindel nicht besser wird, dann muss sich ein Arzt den Kopf ansehen.“ Das Blickduell mit Lasse war einzigartig, doch ich gab nicht auf.

„Yorick …“, setzte ich an, aber er schnitt mir resolut das Wort ab. „Yannis, trag sie hoch, leg sie hin und sorg dafür, dass sie trinkt und sich nicht rührt. Ich geh ihn suchen, okay?“

Unsicher nickte ich und spürte, wie erschöpft ich war, als mein Kopf an Yannis‘ Schulter sank. Gott, warum fühlte sich das so vertraut an? Ich wollte mich nicht so fühlen, wollte mich ihm nicht mehr nahe fühlen!

Doch Yannis umschlang mich sehr sanft und hielt mich einfach fest. Kaum zwei Minuten später bettete er mich auf der kleinen Couch im Aufenthaltsraum und scheuchte die drei anderen herum, damit ich etwas zu trinken bekam. Ich ließ die Augen einfach geschlossen. Keine Fragen mehr, nicht mehr nachdenken. Müde kuschelte ich mich in die abgewetzten Kissen. Hoffentlich würde Lasse Yorick finden!

~

„Vil du kaffe?“, fragte eine leise Stimme und ich spürte, wie sich jemand neben mir regte.

„Sorry, Sprachverwirrungen!“, murmelte Lasse. „Kaffee für dich?“

„Gern“, brummte es leise und sehr vertraut zurück. Ich wollte die Augen öffnen, doch ich schaffte es nicht. Mein Gehirn war durch einen weichen, zartrosa Wattebausch ersetzt worden und ich hatte nicht das Bedürfnis, an dieser Entwicklung etwas zu ändern. Es war warm, es war gemütlich und ich fühlte mich wie frisch überfahrenes Wild. Liegenbleiben, einfach liegenbleiben, Elida.

Der Besitzer der sehr vertrauten Stimme rückte mich sanft auf seinem Schoß zurecht und seufzte.

„Ich habe gerade mit meiner Ex telefoniert“, sagte er dann plötzlich und ich hörte ein unsicheres „mhm?" von Lasse, der offensichtlich nicht recht wusste, was er tun oder sagen sollte und ob er diese Geschichte überhaupt hören wollte.

Yannis ignorierte die Unsicherheit und gähnte lautstark. „Sie hat mich ausgelacht", fuhr er dann mit einem Seufzer fort. „Willkommen im Leben, Karhuni, Glückwunsch, dass du endlich mal auf die Nase fällst." Er schnaubte leise durch besagtes Organ und ich hörte ihn trinken. „Wie siehst du das?"

„Wer, ich?" Lasse holte tief Luft und räusperte sich angespannt. „Hör mal, ich mag dich nicht, okay? Nichts für ungut, aber Elida ist eine echte Freundin und sie ist toll und du … du betrügst sie einfach." Er verstummte. Yannis richtete sich auf und wollte zu einer Antwort ansetzen, doch Lasse unterbrach ihn.

„Nee, nee, warte bitte. Ich muss das auch erst mal sortieren. Keiner von uns wusste, dass sie verheiratet ist! Also irgendwie … ich bin grad ein bisschen überfordert."

Yannis lachte leise und das angenehm tiefe Geräusch schwebte durch meinen halbwachen Zustand wie kleine Seifenblasen. „Frag mich mal!", brummte er zurück. „Ich will sie, ich liebe sie und überfordere sie mit meinen Gefühlen. Dann mache ich das, was ich am besten kann, nämlich die ganze Sache komplett verkacken, und stehe da wie der Depp. Aber als ich es geradebiegen will, lässt sie mich nicht. Und als ich dann herkomme, um die Sache aus der Welt zu schaffen, da taucht plötzlich ihr Mann auf. Und der jagt mir eine Heidenangst ein, weil er mich nicht nur damit konfrontiert, dass ich seine Frau gevögelt habe, sondern auch ganz genau wissen will, was ich für sie empfinde."

„Manche Dinge kannst du nicht aus der Welt schaffen, Mann", sagte Lasse mit fester Stimme. „Ich hab zwar auch keine Ahnung, wie Yorick damit umgehen wird, aber Elida klang ziemlich eindeutig so, als wäre die Sache mit dir gegessen."

„Ich denke, sie braucht einfach ein bisschen Zeit, um …"

„Yannis!", unterbrach Lasse bestimmt. „Sie braucht keine Zeit. Ich habe keinen Plan, wie das in deiner Welt abläuft. Ob man sich da für den schönen Schein wieder zusammenrauft, wenn der Partner einen hintergangen hat. Aber hier auf dem Planeten Realität ist das nicht so. Wenn Elida sagt, du sollst sie in Ruhe lassen, dann tu das bitte!"

Irgendwo im Hintergrund wurde sein Name gerufen und ich hörte einen Stuhl, der über den Boden kratzte. „Ich muss", sagte Lasse leise. „Aber bitte denk darüber nach. Du bist es, der sich hier in eine Ehe hineindrängt. Und du bist es auch, der ziemlich heftig Scheiße gebaut hat, indem du Elida betrogen hast."

Seine Schritte entfernten sich und ein Seufzer hob Yannis' Brust und mich damit. Er fluchte etwas Gedämpftes auf Finnisch in sich hinein und blieb schweigend sitzen. Plötzlich vibrierte es irgendwo in meiner Nähe und Yannis meldete sich, nachdem er vorsichtig seine Hosentaschen um mich herum angesucht hatte.

„Was gibt's?", fragte er flüsternd und ich hörte eine weibliche Stimme.

„Ich musste dich nochmal anrufen, bin grad mit Lachen fertig", gab sie zurück und Yannis grunzte eine genervte Beleidigung, aus der ich etwas Seltsames wie Honigkuchenmiststück herauszuhören glaubte.

„Super, dann kannst du mir ja direkt die Eier rasieren. Also, was gibts noch?"

„Ach, jetzt stell dich nicht so an! Du hast dich verliebt und bist auf den Arsch gefallen! Dass es nicht dein eigener war, sondern der zweier niedlicher Assistentinnen, ist aber deine Schuld. Also hör auf zu jammern. Jede Frau verdient höchsten Respekt dafür, dich oder auch irgendeinen anderen Schwanzträger vor die Tür zu setzen, wenn er sie betrügt! Ich hab die Konsequenz lange nicht gezogen, aber heute bin ich froh darum!"

„Verdammt, ich liebe sie!"

„Ist doch gut! Endlich mal!"

„Ich will sie wiederhaben!"

„Karhuni, du hast es verbockt! Sieh es ein! Außerdem hat sie einen Mann. Also mach, dass du da wegkommst, ehe es hässlich wird und der sich doch noch überlegt, dir die Visage zu verbeulen."

„Du bist keine Hilfe, Sonya!"

„Ich will auch keine Hilfe sein, ich musste nur erst fertig lachen, sonst hätte ich dir das schon gesagt, als du eben angerufen hast." Ein leises Seufzen drang durch den Hörer. „Yannis, bitte, tu dir das nicht an. Tu vor allem ihr das nicht an. Ist ihr Mann noch unterwegs?"

„Mhm."

„Dann geh jetzt. Tu allen den Gefallen und geh einfach."

„Ich will aber nicht gehen!" Inzwischen klang Yannis eindeutig bockig.

„Yaaaaaannis!"

„Vielleicht kommt er ja nicht mehr zurück! Wenn er sie sitzen lässt, will ich hier sein!"

„Gott, Yannis! Ist bei euch da drüben die Würde knapp geworden? Such mal bitte deine Eier, sie sind etwa rosinengroß und vielleicht aus deiner Hose gefallen! Geh bitte und lass die beiden das regeln. Wenn sie dir die Aktion vergeben sollte und sich für dich entscheidet, dann wird sie sich melden. Aber jetzt geh, okay?"

„Sie liegt hier gerade so gemütlich auf meinem Schoß und schläft!", murmelte er zurück und seine Hand glitt zart meinen Rücken hinunter.

„Dann leg ihr ein Kissen hin. Yannis, wenn der Typ jetzt zurückkommt und sie bei dir auf dem Schoß findet, dann …" Sie brach ab. „Darauf spekulierst du, oder?", fragte sie ungläubig und ihr Ton wurde hart. „Yannis, du bist und bleibst ein Arsch. Ein egoistischer Arsch." Mit diesen Worten legte sie auf und Yannis seufzte schwer. Einige Atemzüge lang blieb er ganz ruhig sitzen. Dann wand er sich vorsichtig unter mir und seine Fingerspitzen berührten meine Wange. Er legte mich sehr behutsam ab und stand auf. Sein Atem streifte mein Gesicht und ich spürte seine Lippen, die sich für einen kurzen Moment auf meine legten.

„Es tut mir leid", flüsterte er. Dann verschwand die Wärme, und seine schweren Schritte verhallten auf dem Flur.

32

Mühsam öffnete ich die Augen. Yannis' Kaffeetasse stand in greifbarer Nähe und ich angelte danach, um einen tiefen Schluck von dem lauwarmen Gebräu zu nehmen. Aus Angst vor meinem nächsten Schritt blieb ich zunächst einfach sitzen und begann in meinem wattegefüllten Kopf, eine Liste mit alltäglichen und normalen Dingen zu erstellen, die ich jetzt tun musste. Vielleicht würde es mich zumindest zum Teil davon ablenken, dass es tief in mir nur den einen Drang gab, nämlich aufzuspringen und Yorick zu suchen.

Was konnte ich ansonsten tun? Hm.

Nach den Kollegen gucken, neue Ergebnisse besprechen. Immer gut.

Ich fuhr mir über das Gesicht.

Lebensmittel einkaufen. Perfekte Ablenkung. Aber alles so unwichtig, so profan.

Nervös knibbelte ich an meinem Nagelhäutchen herum und merkte auf einmal, dass meine Füße bereits wippten und mein Körper kurz davor war, sich zu erheben, auch wenn mein Hirn das noch nicht geschnallt hatte.

Sollte ich ihn suchen?

Oder zu Hause auf ihn warten?

Sollte ich hierbleiben für den Fall, dass er zurückkam?

Verdammt! Ich biss das kleine Häutchen ab und rieb die winzige Wunde an meinem Daumen.

„Hey!“ Fiona streckte den Kopf herein und sah sich erstaunt um. „Ist Yannis gegangen?“

„Sieht so aus“, murmelte ich müde und leerte die Kaffeetasse.

„Du musst dir keine Sorgen machen, Rita und Martin sind ebenfalls unterwegs und suchen Yorick.“ Sie lächelte mich an und setzte sich mir gegenüber, den riesigen Kaffeepott in der Hand, um sich und mir die Tassen wieder zu füllen.

„Willst du darüber reden?“

Ich legte abwägend den Kopf schräg. „Es ist so kompliziert“, sagte ich dann. „Ehrlich gesagt weiß ich nicht …“ Ich nippte an dem heißen Kaffee und schloss seufzend die Augen. „Ich dachte, ich würde ihn nie wiedersehen“, murmelte ich nach einigen Momenten, in denen wir einfach dagesessen und geschwiegen hatten. Ich sah Fiona an, diese quirlige Rothaarige, die fast alt genug war, meine Mutter zu sein. Eigentlich eine Pfarrerin. Vielleicht fiel es mir deswegen nicht allzu schwer, es zumindest zu versuchen.

„Hast du jemals einen Mann kennengelernt, für den du praktisch und faktisch alles aufgegeben hättest? Also wirklich alles? Dein Leben, deine Arbeit, deine Freunde, deinen Komfort?“

Sie lächelte leicht und nickte mir zu. „Vielleicht ein oder zweimal.“

Mir entfuhr ein zittriges Auflachen. „Gott, Fiona!“ Ich schlug die Hände vor das Gesicht. „Wir … wir konnten nicht zusammen sein, es war … seine Familie hat … er … er musste mich fortschicken und ich dachte wirklich, ich sehe ihn nie wieder. Und dann plötzlich …“ Hilflos zuckte ich mit den Schultern. „Plötzlich ist er hier und ich … Gott, die Sache mit Yannis war so schön, wir haben uns gut verstanden, er ist wunderbar! Aber dann will er mich auf einmal so sehr und erwartet so viel von mir. Er würde mich am liebsten laminiert in seinem Geldbeutel mit sich herumtragen! Das kann ich nicht. Und als ich ihm das sage, kriegt er es irgendwie in den falschen Hals und ich muss damit klarkommen, dass er mich betrügt und dann auch noch denkt, man könnte darüber reden und es aus der Welt schaffen. Wipe the slate clean, alles vergessen oder so was, keine Ahnung, was in seinem Kopf vor sich geht!"

„Was ist zuerst passiert?", unterbrach Fiona mich sanft. „Warum haderst du so sehr mit der Situation?"

Verwirrt über die Klarheit und Rationalität ihrer Worte, lehnte ich mich zurück. „Yannis wurde mir zu viel, er hat mich eingeengt. Dann habe ich ihn vor den Kopf gestoßen und er hat mich betrogen", zählte ich nachdenklich auf. „Und am nächsten Tag ist auf einmal Yorick aufgetaucht."

Sie nickte langsam, fast so, als habe sie diese Antwort erwartet. „Du hast dich also schon von Yannis distanziert und nach dem Betrug für dich die Konsequenzen gezogen, bevor Yorick kam." Zufrieden lächelte sie mich an. „Das solltest du Yorick definitiv sagen."

„Aber wie erkläre ich ihm, dass ich so einfach zur Tagesordnung mit jemand anderem übergehen konnte?"

„Warum konntest du das?"

„Weil ich …, weil ich irgendwie das Gefühl hatte, dass …, dass unsere Trennung endgültig und jede Wiedervereinigung unmöglich war?"

„Aber er ist wieder hier."

„Nicht wirklich." Frustriert biss ich die Zähne zusammen. „Ich weiß nicht, ob er mir verzeiht."

„Er hat dich geheiratet, Kleines." Fiona beugte sich zu mir nach vor und drückte leicht meinen Oberarm. „Wenn sein Herz einmal so weit war, sich voll und ganz für dich zu entscheiden, dann wird es auch darüber hinwegkommen, dass du nach eurer Trennung nicht ins Kloster gegangen bist."

Ich lächelte gezwungen. Wenn es doch nur so einfach und logisch wäre.

De facto stand ich derzeit nicht nur vor dem Scherbenhaufen meines Herzens, sondern auch vor der aufgerissenen Restmülltüte einer Zeitreise-Episode, die ich mir nicht erklären konnte. Am liebsten wollte ich mit Lasse noch einmal über die Theorien von Everett und Hawking reden, doch dann musste ich ins Detail gehen, musste ihn einweihen. Er war mein Freund, das wusste ich. Besonders, seit er sich meinetwegen vor Yannis gestellt und ihm tatsächlich die Meinung gegeigt hatte. Aber ich konnte niemandem die Wahrheit erzählen, so nötig es meine Seele eigentlich hatte.

Was sollte ich auch sagen? Also, Lasse, hör: Ich bin da durch ein Portal ins zehnte Jahrhundert gestolpert und habe Yannis gefunden, der da auch irgendwie gelandet ist. Wir sind zusammengekommen, aber es gab ein paar Probleme, Kriege und Tode und so, das übliche eben. Und dann habe ich mich in Yorick verliebt, aber er hat mich durch die Zeit zurückgeschickt, damit ich nicht seinen Bruder heiraten muss, und jetzt ist er wieder da, aber der Yannis von dort ist nicht hier, und der Yannis, der hier ist, raubt mir den Verstand und betrügt mich und ich habe keine Ahnung, wie ich mit der ganzen Situation umgehen soll. Was schlägst du vor?

Was sollte irgendjemand, der bei Verstand war, darauf antworten?

Nachdenklich rieb ich mir das Gesicht und versuchte, mich zu sortieren. Ich hatte eigentlich kein Zeitreiseproblem, wenn man von dem Dilemma absah, dass eventuell noch ein verwirrter Yannis verloren durch die Vergangenheit streifte. Ich hatte eigentlich auch kein Herzensproblem, denn ich hatte mich klar gegen Yannis und für Yorick entschieden.

Was für ein Problem hatte ich verflixt noch mal?

„Möchtest du vielleicht mal für einen Moment an die Luft gehen?“, bot Fiona auf einmal an und erhob sich. „Na komm.“ Sie deutete mit einem Nicken auf die Flurtür. „Ich begleite dich.“

Das gleißende Sonnenlicht blendete mich, als wir den kleinen Anbau verließen, der direkt in den Park des Campus‘ führte. Ich hatte mich bei Fiona untergehakt und ließ mich einfach führen, ohne wirklich auf den Weg zu achten. Es war ein wunderschöner Tag. Hell und freundlich. Richtig sommerlich. Viele der Studenten und Angestellten der Uni waren in kurzen Sachen unterwegs, denn der Sommer in Dublin war oft nicht viel wärmer als das hier. Mir hingegen war einfach nur kalt. Ich blinzelte in die Sonne, die durch das Blätterdach dichter Ahornbäume und alter Platanen brach und bemühte mich, ruhig und tief zu atmen. Vielleicht sollte ich mich innerlich einfach bereits auf das worst-case-scenario einstellen: Es war durchaus denkbar, dass Yorick mich verließ. Der Gedanke kreiste für einen Moment zwischen meinem Herzen und meinem Verstand. Er tat weh, natürlich. Aber ich würde es irgendwie überleben, ich hatte immerhin schon sehr viel erlebt und immer wieder auch überlebt.

Es schmerzte jedoch, dass dieser Verlust etwas Vermeidbares hatte.

Hätte ich mich nicht direkt auf Yannis eingelassen.

Hätte ich mich nicht fortschicken lassen.

Fucking hätte.

Dreckskonjunktiv.

Ich atmete noch ein paar Mal tief ein und aus. Meine Entscheidung war gefallen. Ich würde Yorick bis ans Ende der Welt folgen und ihn nie wieder loslassen, wenn es das Schicksal zuließ. Doch den Ausschlag für diese Entscheidung, das größte Gewicht auf der Waage, lag nicht bei mir. Und damit musste ich klarkommen. Erneut blinzelte ich und ließ den Atem aus meiner Lunge entweichen.

„Komm, wir setzen uns in die Sonne." Sanft dirigierte Fiona mich zu einigen Bänkchen am Rande des Weges und ich ließ mich führen wie ein Schlafwandler. Wunderschönes Wetter. Unglaublich. Stumm sank ich auf die harte Sitzfläche und zog die Beine an, um sie mit den Armen zu umschlingen. Meinen Kopf legte ich auf die Knie und schloss einfach die Augen, während ich dem Geschnatter der Studenten und einiger Enten in der Nähe lauschte.

Fiona ließ mich in Ruhe, wahrscheinlich spürte sie, dass ich alles gesagt hatte, was ich ihr sagen konnte.

„Wenn du möchtest, bringe ich dich nachher nach Hause und du ruhst dich aus", bot sie nach einigen Minuten an und ich nickte, ohne den Kopf zu heben.

Ihre Hand legte sich leicht auf meinen Rücken. „Wir können uns aufteilen, dann bleibt immer jemand bei dir, bis es dir besser geht. Ich glaube, Lasse hat auch Lynn schon angerufen, sie ist ohnehin krankgeschrieben, vielleicht quartiert sie sich ja ein bisschen bei dir ein."

„Und was tut Yorick so lange?", murmelte ich in meine Jeans. „Er hat nichts bei sich, kein Geld, kein Handy, nichts. Nicht mal einen Stadtplan, er war doch noch nie hier!"

„Er wird sich beruhigen und dann wird er wiederkommen", sagte Fiona mit einer Bestimmtheit, die mich aufblicken ließ.

„Und wie kommst du darauf?"

„Weil ich ihn gesehen habe."

„Aber du hast ihn nicht verstanden."

„Lasse hat übersetzt. Und ich habe ihn angesehen, das hat eigentlich genügt."

Unsicher wandte ich ihr das Gesicht zu, ohne den Kopf ganz von den Knien zu nehmen. „Glaubst du?"

Sie nickte und tätschelte meinen Oberarm. „Er war außer Atem und er wirkte verletzt. Aber nachdem er dann über Lasse mit Yannis gesprochen hatte, hat sich etwas verändert. Ich habe keine Ahnung, was er erwartet hat, aber offensichtlich nicht das. Schau mal, wärest du ihm egal, dann hätte er Yannis doch niemals konfrontiert! Ich habe ehrlich gesagt erwartet, dass er ihm eine reinhauen würde, aber das hat er nicht getan, obwohl es ihm sicherlich in den Fingern gejuckt hat. Er wird zurückkommen, gib ihm nur ein bisschen Zeit."

Ich stöhnte genervt und legte die Handflächen auf die Augen. „Ich hasse es!", murmelte ich. „Ja oder nein. Aber nicht Zeit geben. Mach es oder lass es, aber ich kann nicht mit diesem ‚ich brauche Abstand und muss nachdenken' umgehen." Seufzend streckte ich die Beine wieder aus. „Kannst du das verstehen? Oder tickt mein Gehirn da irgendwie anders? Was gibt es denn da jetzt zu überlegen? Er will mich oder er will nicht! Alles andere ist ein Hollywood-Mindfuck."

Fiona entfuhr ein leises Kichern. „Gut, ich gebe zu, vieles in Krisenzeiten oder angespannten Situationen zwischen zwei Partnern ist ein bisschen Mindfuck. Man spielt, will nicht klein beigeben, nicht zu leicht zu haben sein. Aber das ist doch ganz normal!"

„Nicht in meinem Kopf, ich kann das nicht." Frustriert starrte ich den gut besuchten Weg zwischen Hörsaal und Bibliothek entlang.

„Ich glaube, deswegen passt du auch nicht zu Yannis."

„Was meinst du?" Überrascht wandte ich Fiona das Gesicht wieder zu und sie zuckte die Schultern.

„Yannis ist im Augenblick in vielen Teilen Europas ein echter A-Promi. Und er ist der Inbegriff eines Mindfucks. Ich weiß, du hattest ihn gern und er dich mit Sicherheit auch. Aber er lebt in einer Welt, in der so viele Spielchen gespielt werden, dass er vielleicht selbst des Öfteren den Überblick verliert. Beziehungen, Show, Fassade. Er will dich so sehr, betrügt dich aber, weil er mit ernsthaften und tiefen Gefühlen überfordert ist. Er will alles reparieren, sucht Sicherheit bei dir, weil du so anders bist als er. Aber es funktioniert so einfach nicht, und das verstehe ich. Ihr knallt aufeinander wie Feuer und Wasser und das gibt dann wohl Dampf."

Stumm nickte ich und ließ die letzten Tage mit Yannis Revue passieren. Fiona hatte recht. Die Erkenntnis half zwar weder meinem Herzen, noch würde sie Yannis wieder aufrichten, doch das Leben spielte wohl sein ganz eigenes Orchester mit uns. Und mein Cello war mit seinem Jazz-Saxophon einfach nicht kompatibel. Ohne dass ich es bewusst kontrollieren konnte, huschte ein Grinsen über mein Gesicht.

Fiona neben mir richtete sich plötzlich ein Stück auf. Ich folgte ihrem Blick und mein Herz zog sich heftig zusammen. Da war er. Mitten unter den Studenten. Er hatte seine Jacke ausgezogen und sah mir genau in die Augen, obwohl er mit Sicherheit noch zweihundert Meter entfernt war.

„Lauf schon hin", drängte Fiona behutsam. „Ein echter Kerl hat seinen Stolz und sollte nur die Hälfte des Weges auf die Dame seines Herzens zugehen müssen." Sie zwinkerte mir zu und stieß mir leicht in die Seite.

Meine Beine zitterten. „Wünsch mir Glück", flüsterte ich rau und räusperte mich.

„Hast du doch schon." Sie nickte in Yoricks Richtung. „Da kommt es gerade auf dich zu."

Ihre Worte berührten mich tief und ich drückte ihre Hand, ehe ich aufstand und Luft holte. Ich heftete den Blick auf ihn und setzte einfach einen Fuß vor den anderen.

Asphalt.

Gras.

Rindenmulch.

Blumenbeet.

Gras.

Dann stand er auf einmal direkt vor mir. Seine grauen Augen

forschten so intensiv in meinem Gesicht, dass mir schwindelig wurde, doch ich hielt seinem Blick stand.

„Ist er weg?“, fragte Yorick nach einigen Sekunden leise und ich schaffte es, zu nicken.

Nachdenklich fuhr Yorick sich über die Stirn und blickte zu Boden, wo er seine Jacke abgelegt hatte.

„Du hast nicht gelogen“, sagte er dann und strich sich einige Strähnen zurück, die sich im Frühlingswind aus dem Knoten auf seinem Hinterkopf lösten.

Wieder nickte ich nur und wartete darauf, was er mir tatsächlich sagen würde, wenn er damit fertig war, das Offensichtliche aufzuzählen.

„Er liebt dich aber nichtsdestotrotz.“

„Ich weiß“, flüsterte ich tonlos und zuckte zusammen, als er die Hand hob und sie an mein Gesicht legte.

„Ich kann es ihm wohl nicht verübeln.“ Ein schiefes Grinsen flackerte für eine Sekunde über Yoricks Gesicht, doch er wurde sofort wieder ernst und zog die Hand zurück. „Aber ich weiß nicht, wie ich damit umgehen soll.“

Schweigend betrachtete er mich und ich hatte das Gefühl, dass in diesem Moment eine heiße Kneifzange nach meinem Herzen griff und es zusammenquetschte.

„Du bist meine Frau“, sagte er dann leise, schüttelte aber gleich darauf den Kopf. „Nein, eigentlich bist du es nicht und ich habe kein Recht darauf, dich für Ehebruch zu bestrafen. Du hast keinen Ehebruch begangen, denn ich habe dich fortgeschickt. Du bist nicht einmal wirklich meine Ehefrau, du bist … du bist ein Wunder, eine Seherin. Die Frau, die die Götter geschickt haben und das noch nicht einmal für mich.“ Er fuhr sich mit der Hand über das Gesicht. „Vielleicht sind die Götter gegen uns. Ich habe dich deinem heiligen Mann weggenommen, sie sind wahrscheinlich erzürnt darüber. Doch ich bin sogar noch weitergegangen, denn ich habe dich auch nicht meinem Bruder überlassen und habe zu allem Überfluss auch noch diese seltsame Schwelle zwischen deiner Welt und der meinen übertreten und dich erneut deinem rechtmäßigen Partner weggenommen.“ Langsam schüttelte er den Kopf und trat einen Schritt zurück.

„Vielleicht soll es einfach nicht sein, Seherin, vielleicht bin ich anmaßend, dich einzufordern. Vielleicht gehörst du zu ihm, egal in welcher Welt du bist. Vielleicht ..."

„Nein!", unterbrach ich ihn mit brüchiger Stimme. „Ich lasse nicht zu, dass irgendwelche Götter über mein Herz entscheiden!"

Er wich einen weiteren Schritt zurück und schüttelte nervös den Kopf. „Bedenk bitte genau, was du sagst!" Sein Blick huschte über den Platz, als erwarte er nun einen erzürnten Donnergott, der die Menge mit seinem Hammer teilte. „Vielleicht dürfen wir nicht zusammen sein."

Erneut glitten seine grauen Augen aufgeregt über die vielen Menschen, die um uns herumspazierten, ohne uns wirklich wahrzunehmen. „Elida, ich ... ich habe Angst, dass wir in der letzten Nacht ..., dass ich zu weit gegangen bin. Vielleicht habe ich ihren Zorn geweckt und ..."

„Himmel, Yorick, das ist doch völliger Blödsinn!" Ich wollte nach seinen Arm greifen, doch er wich der Berührung aus und kniff die Augen zusammen.

„Elida, denk nach!", sagte er eindringlich. „Sie schicken dich in meine Welt und sie schicken ihn für dich dazu. Es funktioniert aber nicht und er wendet sich gegen dich. Was tun die Götter? Sie sorgen dafür, dass ich dich zwinge, zurückzugehen. Und in dieser Welt starten sie einen neuen Versuch, sie bringen euch wieder zusammen, dieselben Menschen, dasselbe Paar! Nur unter anderen Voraussetzungen. Er ist der gleiche Mann, nur ist er ein anderer, weil es mit dem ersten nicht funktioniert hat! Jetzt seid ihr wieder zusammen und sie werden mit Sicherheit nicht zulassen, dass ich mich zwischen euch dränge!"

„Yorick!" In Ermangelung besserer Möglichkeiten packte ich schließlich seine Armschlinge und hielt ihn fest. „Ich will diesen Mann nicht, egal, in welcher Dimension der Wirklichkeit irgendein Gott ihn mir aufzwingt. Falls du es noch nicht mitbekommen hast, in der einen Welt hat er versucht, mir Gewalt anzutun und in anderen hat er mich betrogen und hintergangen. Ich will mit diesem Mann nicht mein Leben teilen!"

„Aber er liebt dich und er ist vielleicht genau der Richtige für dich!

Glaubst du, die Götter hätten euch zweimal zusammengebracht, wenn es keinen Sinn hätte?“

„Es hat keinen Sinn, Yorick! Weil ich dich liebe, verdammt noch mal!“

„Elida!“ Yorick verdrehte die Augen und schob die Hand in seine Haare. Er wollte zurückweichen, doch ich folgte ihm, zog ihn an seiner Armschlinge wieder zu mir heran, auch wenn ich ihm damit sicherlich wehtat.

„Er ist fort und wir sind hier“, sagte ich leise. „Und ich will, dass wir jetzt nach Hause gehen und uns unser gemeinsames Leben von niemandem mehr wegnehmen lassen!“

Sanft schob er meine Hand beiseite und schüttelte den Kopf. „Ich muss … Elida, ich muss darüber nachdenken. Ich kann nicht einfach … Ich kann mich nicht gegen die Götter stellen.“

Ich wollte ihn am liebsten packen und schütteln. Ihm entgegenschreien, dass wir im Zeitalter der monotheistischen Weltreligionen lebten, und dass ihm seine Götter getrost den Buckel herunterrutschen konnten. Doch er kam mir zuvor und sah mich dabei sehr genau an.

„Elida, und wenn ich hier und jetzt tot umfallen würde, ich habe nichts zu bereuen. Ich habe dich gefunden. Ich liebe dich und ich hatte dich zumindest für eine Nacht in meinen Armen. Mehr braucht es nicht. Doch wenn sie mich bestrafen wollen, dann werden sie nicht mir etwas antun, sondern vielleicht dir.“ Seine Fingerspitzen glitten über meine Wange und er legte die Hand in meinen Nacken. „Elida, ich … ich liebe dich mehr als alles auf der Welt, mehr als mein eigenes Leben. Doch ich weiß, dass ich nicht stark genug bin, dich endgültig zu verlieren.“ Sein Gesicht näherte sich und er berührte sacht meine Lippen mit seinen. „Du solltest zu ihm zurückgehen und ein ganz normales Leben führen. Ich habe es gesehen, habe ihm angesehen, wie viel du ihm bedeutest. Und ich möchte nicht wissen, was passiert, wenn ich mich zwischen euch dränge.“

Er wollte zurücktreten, doch ich hielt ihn fest und zwang ihn, mich anzusehen. „Du drängst dich nicht zwischen uns“, flüsterte ich beschwörend. „Du standst immer dazwischen, denn ich habe mich von Anfang an von dir angezogen gefühlt. Durch dich weiß ich, was es bedeutet, sich nicht mehr vollständig zu fühlen, und ich werde einen Teufel tun, dich aufzugeben und für den Rest meines Lebens mit gebrochenem Herzen und zerrissener Seele durch die Welt zu eiern!"

Nachdenklich betrachtete er mich. Ich sah ihm förmlich an, wie sich die Gefühle zwischen seinem Herzen und seinem Verstand einen Kampf lieferten, doch er schloss auf einmal die Augen und zog mich fest an seine Brust. Er zitterte, ich konnte es fühlen, doch er ließ mich nicht los.

„Und wenn dir etwas passiert?", flüsterte er sehr nah an meinem Ohr.

Ich zuckte mit den Achseln und schlang beide Arme um seine Mitte. „Dann habe ich dich gehabt, solange es eben ging", flüsterte ich zurück und vergrub das Gesicht an seinem Hals.

33

Wir hielten auf dem Nachhauseweg noch kurz bei einem Supermarkt an, da mein Kühlschrank ständig schlecht bestückt war. Die Normalität zwischen den Regalreihen hatte etwas Surreales. Yorick schob den Einkaufswagen neben mir her und studierte aufmerksam die vielen Produkte. Als ich mich herunterbeugte und meinen Lieblings-Fairtrade-Espresso aus dem Fach holte, deutete er verwundert um sich. „Das alles ist dieses Kaffee? Und dort ist …"

„Tee. Kräuter zum Trinken."

„Und diese zwanzig Schritte langen Bretter dort hinten, das war alles Brot?"

„Alles Brot", bestätigte ich und winkte ihn hinter mir her an die Wursttheke. „Wünsche?"

Seine Augen wurden groß. „Und wer soll das alles essen?", rutschte ihm heraus. Dann legte er nachdenklich die Hand in den Nacken. „Das da." Er deutete auf ein Stück Schinken. „Und diese."

Ich musste schmunzeln und begrüßte die Frau hinter der Theke. Auch ich hatte Hunger, vielleicht sollten wir auch etwas Fleisch mitnehmen. Ich deutete ans andere Ende des Tresens. „Welches Fleisch sollen wir mitnehmen?"

Begeistert marschierte er einige Schritte voran und stieß sich fast den Kopf an der Glasvitrine, weil er sich zu schnell herunterbeugte.

Wir kauften viel zu viel und aßen schon vor dem Bezahlen vier unserer Bockwürste kalt auf. Kauend und zufrieden legte Yorick den Arm um meine Schultern und wir reihten uns in der Kassenschlange ein.

Er wirkte erstaunlich gefasst. Wahrscheinlich fiel es ihm satt leichter, die vielen Lichter und Geräusche auszublenden. Ich lauschte mit ein wenig mehr Achtsamkeit in die Welt. Jemand lachte. Die Kassen piepsten in einer Tour. Eine Durchsage rief nach einer weiteren Kassiererin. Rasselnd glitten Einkaufswägen an uns vorbei. Ein Kind brüllte vor den Süßigkeiten.

Und hinter all diesen Geräuschen lief Musik mit kurzen Werbeeinblendungen. Wahnsinn. Ich kannte die Ruhe des Waldes auch, doch wie musste sich das anfühlen, wenn man praktisch nur die Ruhe des Waldes kannte?

Yorick blickte zu mir herunter und schmunzelte. „Auch in einer Halle ist es laut“ erriet er meine Gedanken. „Ich bin als Sohn des Jarls aufgewachsen, bei uns war nie Ruhe im Haus, glaube mir. Auch feiernde und streitende Männer machen Lärm. Kriege und Feste sind laut. Und dann gerade zu Winterszeiten die Tiere. Eigentlich war die große Halle meines Vaters kein Wohnraum, sie war ein riesiger, stickiger Stall, in dem zu viele Menschen gelebt haben.“

Ich lehnte mich an seine Seite und reckte mich, um ihn leicht zu küssen.

„Gott, ich habe dich vermisst!“, seufzte ich und begann, unseren Einkauf auf das Band zu legen. Fasziniert half Yorick mir. Helfen, nun ja. Er stand mehr im Weg und amüsierte sich wie ein Fünfjähriger, indem er versuchte, das Band zu stoppen oder zumindest mit dem Daumennagel Muster in das schwarze Plastik zu kratzen. Nachdem ein Joghurtbecher über Bord gegangen war und ich mit einer Rolle Küchentücher zwischen vielen missbillig dreinblickenden Kunden auf den Knien den Boden wischte, hörte er zum Glück damit auf und betrachtete stattdessen die kleinen Schnapsflaschen im Regal. Kurzerhand nahm ich ihm ein Wodka-Fläschchen ab und schob ihn mitsamt dem Einkaufswagen weiter voran.

Er sah sehr interessiert dabei zu, wie ich der Dame an der Kasse meine Karte reichte und sie mir den Bon zum Unterschreiben gab.

„Kannte diese Frau dich?“, fragte er, als wir im schönsten Sonnenschein über den Parkplatz liefen.

Verwundert schüttelte ich den Kopf und stemmte den Kofferraum des Autos auf. „Wieso meinst du?“

„Du hast ihr kein Geld gegeben, sondern nur etwas auf den Zettel geschrieben.“

„Ich habe mit der Karte bezahlt.“

„Aber die hat sie dir doch ebenfalls zurückgegeben!“ Verwirrt deutete er auf meine Handtasche, die am Einkaufswagen baumelte.

„Aber sie hat sie vorher durch das Lesegerät gezogen. Und dieses Gerät erkennt meine Karte, weiß, wer ich bin und bucht das Geld direkt von meinem Konto ab.“ Ich reichte ihm einen Bund Möhren. „Pack an, ich will nach Hause!“

„Aber …“ Gedankenverloren drehte er eine Tüte Bananen zwischen den Händen. „Wie kommt dann das Geld in ihre Schachtel? Ich habe es gesehen, die Schachtel hat sich geöffnet und es waren Münzen und Papier darin.“

Virtueller Geldtransfer. Gott, ich war zu müde für lange Erklärungen.

Seufzend bemühte ich mich trotzdem, ihm den Geldverkehr der Neuzeit zu erklären, während ich mir von ihm die Einkäufe reichen ließ. Banken, Konten, Geldautomaten und Visa-Karten.

Er betrachtete mich vollkommen fasziniert und nickte mit Sicherheit wesentlich öfter, als es in seinem hübschen Köpfchen tatsächlich klick machte.

Gut, die Fragen waren bisher alle legitim und ich wollte mich bemühen, ihm sinnvolle Antworten zu liefern, denn so wie es aussah, blieb er wirklich bei mir. Mit einem Lächeln legte ich die Hand auf seinen Oberschenkel, als ich losfuhr. Die ersten Stolpersteine waren überwunden.

Als wir endlich zu Hause ankamen war es fast drei Uhr nachmittags. Yorick half mir, die Einkäufe nach oben zu tragen, und setzte sich auf einen Küchenstuhl, um mir dabei zuzusehen, wie ich sie verräumte.

„Na komm." Ich schloss den Kühlschrank und winkte ihn zu mir. „Badewanne."

Er zögerte einen Moment, dann stand er auf und folgte mir nach nebenan.

Ich drückte den Stöpsel in die Wanne und er beobachtete, wie ich das Wasser einstellte und einen Badezusatz aussuchte.

„Auf geht's!" Ich löste die Schlinge an seiner Hüfte und half ihm vorsichtig aus dem T-Shirt. Als ich den Verband abrollte, biss er die Zähne zusammen und warf einen Blick auf seinen Oberarm, der von einer riesigen Naht geziert wurde und noch immer blau und grün geschwollen war.

Sanft löste ich auch das Pflaster an seiner Schulter und berührte die tiefe Wunde an seinem Rücken, die ich selbst ihm zugefügt hatte. War es tatsächlich erst wenige Tage her, dass er in dieser Hütte auf einem Tisch gelegen hatte und ich mit dem Messer über ihm stand? Bei der Erinnerung daran wurde mir übel. Ich berührte die schorfige Haut und platzierte einen zarten Kuss auf seinem Schlüsselbein.

„Es tut mir wirklich leid, dass ich dich so zugerichtet habe", sagte ich ehrlich und er lachte leise. Seine Hand hob mein Kinn und er legte die Stirn an meine.

„Ich wäre wohl innerhalb kürzester Zeit tot gewesen, wenn du den Pfeilkopf nicht entfernt und die Wunde ausgebrannt hättest." Vorsichtig bewegte er seine Schulter und verzog das Gesicht. „Dieses … dieses Auto, ich weiß nicht mehr viel davon, ich bin weggelaufen und mitten in diesem Lärm und den schrillen Lauten kommen plötzlich zwei Lichter auf mich zugerast und etwas prallt mit voller Wucht und lautem Quietschen gegen mich." Müde schloss er die Augen und rieb sich vorsichtig seinen Ellenbogen.

Mir kroch eine Gänsehaut über den Rücken und ich schlang die Arme um ihn. „Entspann dich ein bisschen", befahl ich sanft und öffnete den Knopf seiner Jeans. „Leg dich hin, ich mache uns einen Tee, dann komme ich zu dir."

Als ich einige Minuten später zurückkam, lag er tatsächlich in der Wanne und hatte die Augen geschlossen.

„Ich glaube, ich habe noch nie in so viel warmem Wasser gebadet!", murmelte er und ein zufriedenes Lächeln hob seine Mundwinkel, ehe er mich anblinzelte. „Wirst du dieses Bad perfekt machen und dich ausziehen?"

Ich lachte leise und stellte unsere Tassen auf den Badewannenrand.

„Das habe ich vor", bestätigte ich und band mir meine Haare zu einem Dutt an meinem Oberkopf zusammen, ehe ich aus meinem T-Shirt schlüpfte.

„Weißt du, bei näherer Betrachtung bist du gar nicht so perfekt, wie es auf den ersten Blick wirkt", sagte er plötzlich und mir entfuhr ein überraschtes Auflachen.

„Genau das möchte jede Frau hören, wenn sie sich vor einem Mann im hellen Tageslicht auszieht, Yorick!", schoss ich trocken zurück. „Du wirst es weit bringen in dieser Welt!"

Mit leichter Verspätung lachte er ebenfalls und legte mühsam die Arme über den Rand der Wanne, um mich ansehen zu können. „Du weißt, dass ich es niemals wagen würde, das so zu meinen, wie es geklungen haben muss!" Grinsend betrachtete er mich, während ich – nun eindeutig ein wenig hektischer und unsicherer – aus Hose und Socken schlüpfte und ihn beinahe bat, sich umzudrehen.

„Dann sammle mal fix ein paar Pluspunkte, mein lieber Freund, denn ansonsten wird sich diese Traumfrau direkt wieder anziehen!"

„Du hast ein paar Narben, Seherin." Er streckte die Hand aus und zog mich am Bund meines Slips zu sich heran. „Sie sind kaum sichtbar, doch diese Narben machen dich menschlich und beruhigen mich irgendwie."

„Hm." Nachdenklich betastete ich mein Handgelenk. Ich hatte es mir gebrochen, als ich kurz vor Matias' Tod im Gebirge gestürzt war. Die Narben an Schienbein und Knie waren meinem Absturz in der Kletterhalle im letzten Jahr geschuldet. Kamen noch einige kleinere Verletzungen dazu, die ich von Training mit dem Schwert oder der Axt davongetragen hatte. Sie waren aber allesamt so gut verheilt, dass es kaum mehr als feine helle Linien waren. Ich schaute an mir herunter und dann wieder in Yoricks Gesicht, der sanft meinen nackten Bauchnabel umfuhr.

„Vielleicht bist du ja gar nicht so göttlich, wie ich befürchtet habe." Grinsend zupfte er den Slip herunter und winkte mich mit einem Zwinkern zu sich. „Na komm, leiste mir ein wenig Gesellschaft, du unheilige Frau."

Ich holte tief Luft und fühlte mich in höchstem Maße nackt. Wahrscheinlich war das vor allem der Tatsache geschuldet, dass er mich weiterhin unverhohlen betrachtete, als ich hinter ihn trat und meinen Fuß zu ihm ins Wasser stellte.

„Rutsch nach vorne, ich wasche dir die Haare", sagte ich mit belegter Stimme und war mir in diesem Moment sehr wohl dem Gewicht dieser Geste bewusst. Natürlich, er brauchte Hilfe, es sei denn, er wollte versuchen, sich mit nur einer Hand zu waschen. Doch ich wusste auch, dass gerade dem Haarewaschen unter den Nordmännern seiner Zeit eine besondere Bedeutung beigemessen wurde. Es war etwas, das allein der Ehefrau zustand. Etwas weit Bedeutsameres und Intimeres sogar als eine bloße Vereinigung.

„Sehr gerne, min elskling." Er lächelte mich an, als ich mich auf den Badewannenrand setzte und lehnte sich mit dem Rücken zwischen meinen Beinen.

Ich hatte noch nie jemandem die Haare gewaschen und die Duschbrause arbeitete für einen kurzen Augenblick gegen mich. Doch Yorick lachte nur, als ich ihm eine Ladung Wasser ins Gesicht schoss.

„Das war dann wohl die Strafe für meine Worte, oder?" Leise lachend wischte er sich über die Augen und lehnte den Kopf an meinen Oberschenkel. „Verdient."

„Auf jeden Fall!" Ich griff nach dem Shampoo, zum ersten Mal froh, dass ich ein recht neutral riechendes Lockenshampoo benutzte. Seines befand sich wahrscheinlich noch in der halb leer geräumten Reisetasche aus dem Krankenhaus, und ich hatte nicht vor, mich der Gefahr auszusetzen, noch einmal nackt und nass über die glatten Fliesen zu rennen.

„Halt still." Ich massierte seine Kopfhaut und genoss das Gefühl der kurzgeschorenen Haare auf seinem Hinterkopf, bevor ich die übrigen langen Haare zu einem Knoten zusammendrehte und mit einem Schaumhäubchen verzierte. Dann angelte ich nach der Brause und zwang ihn sanft, den Kopf in den Nacken zu legen.

„Dieses Ding ist praktisch“, murmelte er und drehte mir ein wenig unbedacht das Gesicht zu, sodass ich ihm erneut einen Schwall Wasser in die Augen anstatt in die Haare spülte. Prustend blinzelte er mich an und fuhr sich über das Gesicht. Dann drückte er grinsend einen sehr nassen Kuss auf meine Hüfte.

„Leg dich hin und hör auf zu reden.“ Sanft ließ ich die Fingerspitzen über seinen Oberkörper gleiten und rutschte langsam hinter ihm in das Wasser.

Er seufzte nur leise und schmiegte sich mit geschlossenen Augen an mich. Obwohl er schwer auf mir lag, fühlte es sich warm und gemütlich an und ich genoss es, seine Nähe und seinen Körper zu spüren. Mit dem beruhigenden Gefühl seines schlagenden Herzens unter den Fingern schlief ich nach einigen Minuten sogar fast ein. Meine Sorgen hätten nicht weiter fort sein können.

Für einen Moment lauschte ich träge in mich hinein. Nein, da war tatsächlich kein Zweifel, kein noch so kleiner Teil von mir wollte sich anders entscheiden.

Mit einem Waschlappen fuhr ich Yoricks Hals hinauf und wusch sehr vorsichtig auch die Wunde an seiner Schulter. An die Armwunde traute ich mich nicht heran, denn ich spürte, dass er sich bereits verspannte, wenn ich nur in die Nähe seines Oberarmes kam.

Ich tauchte den kleinen Frotteelappen erneut ins Wasser und drückte ihn über Yoricks Brust aus. Über seine Schulter hinweg beobachtete ich die winzigen Wasserperlen, die über die Rundungen seiner Brustmuskeln rannen und sich in den feinen Haaren darauf verfingen. Hatte er überhaupt eine Ahnung, wie unglaublich sexy er war?

Yorick wandte sich um und blickte zu mir auf. Ein leichtes Lächeln huschte über sein Gesicht und er zog mich sanft zu sich herunter, um mich zu küssen.

Nein, hatte er nicht.

Schmunzelnd erwiderte ich seinen Kuss.

„Deine Nähe ist durch nichts zu ersetzen“, murmelte er und schloss die Augen wieder. Noch immer berührte seine Nase meinen Hals und ich zog ihn mit einem Seufzer fester an mich.

„Das kann ich nur bestätigen", flüsterte ich zurück und spielte mit einer Strähne seines langen Haares.

Seine Brust hob sich mit einem tiefen Atemzug. „Glaub mir, ich habe alles versucht", sagte er dann plötzlich leise und hielt meinen Arm fest, der über seiner Brust lag. „Ohne auch nur einen Moment zu zögern, bin ich in den Kampf gezogen. Unsere letzte Unterhaltung im Stall hat mich lange verfolgt. Wie du bei mir saßest, mich berührt hast. Ich bekam den Kopf kaum frei, weil ich mich ohne Unterlass gefragt habe, warum ich so viel für dich empfinde nach einer derart kurzen Zeit. Und warum ich zu allem Überfluss auch noch so eifersüchtig bin und das Bild nicht mehr loswerde, wie er dich im Arm hält." Seine Finger verschränkten sich mit meinen. „Aevarr war so sauer!", flüsterte er dann und es klang sowohl reumütig als auch amüsiert. „Er musste mir mehr als einmal den Arsch retten und es hat ihm ganz und gar nicht geschmeckt. Irgendwann hat er mich dann am Kragen gepackt, mich mitten im Kampf aus der Formation genommen und angeschrien, dass ich schnellstmöglich über eine Frau drüber muss, um über dich hinwegzukommen."

Erneut verstummte er für einen Moment, ehe er hinzufügte: „Leider hat das aber auch nichts genützt."

Seine Worte trafen mich seltsamerweise tiefer, als ich es erwartet hatte, und ich entzog ihm meine Hand. Er wirkte verwundert, doch er schien meine Gefühle sofort zu spüren und zwang mich, ihn wieder anzusehen, obwohl ich seinem Blick auswich.

„Es hat mir nichts bedeutet und eigentlich hat es alles nur noch schlimmer gemacht, denn ich wollte nicht sie, sondern dich. Und daran hat sich in keiner Sekunde, die sie bei mir lag, etwas geändert." Er setzte sich aufrecht hin und beugte sich zu mir vor, ohne mein Kinn loszulassen. „Aber ich war in diesem Moment ziemlich verzweifelt und als Aevarr dann einige der neuen Sklavinnen zu mir geschickt hat …"

Ich bremste seinen Redefluss mit einer knappen Geste und bemühte mich, in der Enge der Wanne von ihm abzurücken.

„Ich glaube nicht, dass ich das hören möchte!", brachte ich aus meiner zugeschnürten Kehle heraus und er sah mich mit einem verwirrten Ausdruck im Gesicht an. Dann machte es wohl irgendwo bling und er hob abwehrend die Hand, ehe er sie an meine Wange legte, obwohl ich mich dagegen sträubte.

„Ich habe dem Mädel keine Gewalt angetan!", sagte er, und es klang fast ein bisschen beleidigt. „Meine Mutter ist früh von uns gegangen, doch sie hat uns Anstand beigebracht! Ich bin niemand, der eine Frau dazu zwingen muss, dass sie bei mir liegt. Vielleicht hätte sie es sich nicht ausgesucht, aber sie hat verstanden, dass es ihr einen großen Vorteil bringt."

„Und der wäre?" Zum Glück klang ich wenigstens schnippisch. „Dass zumindest in dieser einen Nacht nicht noch jemand anderes über sie drüber gerutscht ist?"

Seine Augen verengten sich und er ließ mein Gesicht los. „Wenn ich eine Frau einmal hatte, dann bekommt sie kein anderer mehr, Seherin", sagte er mit harter Stimme. „Mein Vater, mein Bruder und ich, wir haben die Wahl. Und diese Frauen sind für alle anderen nicht mehr frei verfügbar, auch wenn sie Sklavinnen sind." Verärgert schüttelte er den Kopf. „Soll ich vielleicht anfangen, mich zu beschweren, dass du nicht nur in meiner Welt sehr gerne deinen heiligen Mann bei dir hattest, sondern auch in dieser?" Nun war er es, der von mir abrückte. „Ich habe zwei Nächte mit diesem Mädchen verbracht, möchtest du etwas dazu sagen?"

Ich biss die Zähne zusammen. Er hatte ja recht! Ich war beileibe nicht in der Position, mich zu beschweren, dass er sich eine andere Frau nahm, denn ich hatte zu dieser Zeit wahrscheinlich vollkommen glückverstrahlt in Yannis' Armen gelegen und von der großen Liebe geträumt. Gott, was war es schwer, den Mund wieder aufzubekommen!

Yorick näherte sein Gesicht meinem wieder an und beobachtete mich interessiert. „Ich höre nichts."

Mühsam zwang ich mich, seinen Blick zu erwidern.

„Ich habe kein Recht, mich zu beschweren über das, was du tust, solange du nicht mit mir zusammen bist", brachte ich hervor. „Genauso wenig, wie du es kritisieren darfst, dass ich ihn auch in dieser Welt wiedergefunden habe."

„Kritisieren", wiederholte er langsam und legte den Kopf schräg. „Ich werde wohl den Rest meines Lebens darauf fluchen, aber ich werde es versuchen. Ich will aber auch ehrlich zu dir sein können, ohne dass du direkt so ein Gesicht machst."

Ich nickte und starrte auf meine eigenen Hände hinunter. „Ich kann damit leben, solange du diese Frau nicht …" Ich brach ab. Gott, das war so dumm! Wann wurde eine Vergewaltigung zur Vergewaltigung? Wenn Gewalt im Spiel war? Immerhin war das Wort Gewalt der Wortstamm. In meinen Augen reichte bereits der Zwang aus. Selbst die Kategorie „vehementes Überreden" befand sich in der Grauzone.

Yorick schüttelte den Kopf. „Ich habe sie darum gebeten und sie hat zugestimmt."

Hm. Dunkelgraue Grauzone, was hätte sie auch anderes tun sollen?

„Ich habe ihr angeboten, dass sie auch einfach die Nacht in meinem Zelt verbringen kann und dieselben Vorteile hat", sagte er, als habe er wie so oft meine Gedanken gespürt.

Verwundert blickte ich auf. Das klang definitiv weniger grau.

Yorick sah mich noch immer an, als ich erneut aufblickte. „Ich zwinge keine Frau auf mein Lager", wiederholte er ganz langsam und schaute mir dabei fest in die Augen. „Auf meinem ersten Raubzug, ich war vielleicht fünfzehn Jahre alt, hat ein Freund es getan. Er war der Überzeugung, es gehöre dazu und vielleicht hatte er recht, denn irgendwie passierte es ständig und überall. Ich war jung und dumm und ziemlich schnell einverstanden damit, es auch zu versuchen." Er schiefes Grinsen huschte über sein Gesicht und er rieb sich betreten die Augen. „Das Mädel hat getobt und geheult. Und dann kam Idun herein und hat sowohl mich als auch Aaro verprügelt, dass uns Hören und Sehen vergangen ist. Sie hat gesagt, wenn sie mich noch einmal dabei erwischen sollte, wie ich einer Frau Gewalt antue, dann würde sie mir mein Ding eigenhändig abschneiden und es mir tiefer in den Arsch stecken, als ich es mir vorstellen kann." Erneut grinste er leicht. „Seitdem habe ich nie wieder eine Frau angefasst, sobald sie dreimal nein gesagt hat."

Mir entfuhr ein widerwilliges Auflachen. „Dreimal nein? Es braucht dreimal Nein, dass du deine Finger bei dir behältst?"

„Das erste Nein ist für sie, für Ihre Ehre. Keine Frau sollte bei der ersten Nachfrage direkt ja sagen." Grinsend hob er den Daumen. „Das zweite Nein ist ebenfalls für sie, denn jetzt kann sie sich überlegen, was sie tatsächlich will." Er wackelte mit dem Zeigefinger und hob direkt den Mittelfinger. „Beim dritten Nein mache ich mir dann Gedanken, ob sie mir eventuell bei erneuter Nachfrage in die Fresse haut und lasse sie in Ruhe."

Ich schwieg für einen Moment und dachte nach. „Wo ist diese Frau jetzt?", fragte ich dann leise und versuchte, seine Worte zu verarbeiten. Ich hatte die Gedanken daran, wer und was er in Wirklichkeit war, bisher ziemlich erfolgreich verdrängt und nun holten mich diese Facetten seines Selbst schneller ein, als mir lieb war.

„Ich habe sie Thorbjorn gegeben, er wird sich an meine Anweisungen halten. Außerdem hat er Frau und Kinder, und mit Alma ist nicht zu scherzen. Thorbjorn wird auf sie aufpassen und mit Sicherheit sein Ehegelübde nicht wegen einer Sklavin brechen."

Das klang so hart, dass mir die Frau leidtat. Mir wurde kalt, darum stand ich vorsichtig auf und tastete nach meinem Handtuch.

Yorick griff nach meinem Arm. „Du sagst mir, dass du genauso für mich empfindest wie ich für dich, dennoch hast du viele Nächte mit ihm das Bett geteilt. Sollte ich mir deswegen Gedanken machen?"

„Nein", murmelte ich zurück und er ließ mich los.

„Dann mach du dir bitte auch keine!"

Ich wickelte mich in mein Handtuch und starrte vor mich hin, während ich versuchte, meine Empfindungen zu sortieren.

Ich konnte ihm keinen Vorwurf machen, dass er mit einer anderen Frau geschlafen hatte.

So wie es klang, war es zumindest teilweise einvernehmlich gewesen. Er hatte ihre Zukunft abgesichert, so wenig mir das als emanzipierte Frau der Neuzeit auch schmeckte.

Ich war selbst alles andere als unschuldig, denn ich hatte nicht nur mit Yannis geschlafen, ich hatte tatsächlich etwas für ihn empfunden, und das war – abgesehen von dem moralischen Dilemma, dass Yorick es normal fand, sich einfach irgendeine Sklavin bringen zu lassen – weit schlimmer als die Tatsache, dass er Sex gehabt hatte.

Mit kreisenden Bewegungen verteilte ich meine Tagescreme auf meinem Gesicht und versuchte, meine ähnlich kreisenden Gedanken in geordnete Bahnen zurückzulenken. Yorick war keiner jener blutrünstigen Barbaren, als die viele Historiker die Wikinger bis heute hinstellten. Doch der Gedanke, dass er im Verlauf eines Raubzuges schon einmal ein Mädchen gezwungen hatte ... Konnte ich das verdrängen, nur weil andere schlimmer waren als er?

„Ich habe keiner von ihnen je wehgetan." Yorick umschlang seinen Ellenbogen und stand vorsichtig auf.

Ich warf ihm durch den Spiegel einen entrüsteten Blick zu. „Eben sprachst du noch davon, das Mädel habe getobt und geheult!"

Zu meinem Erstaunen grinste er plötzlich und trat hinter mich. Ein kleiner Wassertropfen fiel zwischen meine Schulterblätter, als er sich zu mir herunterbeugte.

„Ich habe noch nicht einmal den Weg unter all ihre Röcke gefunden, da hatte Idun mir bereits den Arm verdreht und meinen Kopf so hart auf den Tisch geschlagen, dass ich Sternchen gesehen habe", sagte er leise und fuhr mit der Nasenspitze meinen Nacken hinauf.

„Und wenn sie nicht gekommen wäre?" Ich wich aus und wandte mich um, damit ich ihm direkt ins Gesicht schauen konnte.

Er seufzte und blickte zu Boden. „Dann hätte ich es wahrscheinlich getan und mich den Rest meines Lebens dafür geschämt, denn ich hatte auch einmal eine Mutter und Schwestern. Es gibt genügend Frauen, die es freiwillig tun und diese Art ... Diese Art hat noch nicht einmal etwas mit befriedigendem Sex zu tun, es ist pure Gewalt. Ich kann nicht nachvollziehen, dass jemand es tatsächlich genießt und noch mehr Gewalt braucht, nachdem er sich bereits mit der Axt über ein Schlachtfeld voller Männer gehackt hat. Bei manchen Männern geht das. Ich habe lieber später - wenn ich sauber und satt bin - jemanden bei mir, der mir freiwillig das Bett wärmt."

„Mehr oder weniger freiwillig!", merkte ich an und sah Unverständnis in seinen grauen Augen aufblitzen.

„Was genau willst du noch von mir hören?"

„Ich kann mir beim besten Willen nicht vorstellen, dass sich irgendeine Leibeigene freiwillig zu einem von euch legt!", fuhr ich ihn an und er zog die Augenbrauen zusammen.

„Zu einem von euch ...", wiederholte er langsam und schüttelte den Kopf. „Du hast dich freiwillig zu mir gelegt. Sehr freiwillig!"

„Das war etwas anders!“

„Inwiefern?“

„Ich habe … du … wir …“

„Ja?“ Er hielt mich fest, als ich ihm ausweichen wollte und zwang mich, ihn anzusehen. „Ich habe dich im Wald gefunden und mitgenommen. Als meine Sklavin. Gefesselt. Doch soweit ich mir erinnere, habe ich dir kein Leid zugefügt. Niemals. Und wenn mich nicht alles täuscht, hast du mich umarmt, wann immer ich zwischen meinen Fieberschüben die Augen aufgemacht habe. Du lagst neben mir und hast mich gehalten, hast dich um mich gekümmert. Ich habe in deine Augen gesehen, wenn du mir einen neuen Verband geschnürt hast. Du warst in meinen Armen als freie Frau und hast mich freiwillig berührt. Und erzähl mir nicht, dass du nichts dabei empfunden hast!“ Er hob die Hand, als ich ihn unterbrechen wollte. „Weib, sag jetzt nicht Dinge, die dir hinterher leidtun könnten!“, mahnte er, und ich verbiss mir meine Antwort.

Er hatte ja recht. Verflucht, warum war ich derart auf dem Kriegspfad? In seinen Augen hatte er nichts Unrechtes getan. Und wenn ich ehrlich war, dann musste ich das genauso sehen.

Ich holte tief Luft und spürte auf einmal seine Hand in meinem Nacken. Sanft bog er meinen Kopf zurück und berührte meine Lippen mit seinen. Erbost schob ich ihn von mir.

„Nein!“ Ich stemmte die Hände an seine breite Brust. „So einfach kannst du dich nicht aus der Affäre schmusen!“

„Das hatte ich auch nicht vor.“ Grinsend nahm er meine Handgelenke und drückte meine Arme nach unten. Mit einer einzigen Bewegung hatte er auch mein Handtuch geöffnet und es fiel zu Boden, noch ehe ich danach greifen konnte.

„Es wäre vielleicht ein wenig kühn, eine Entschuldigung zu verlangen, aber ich bin müde und habe noch lange nicht genug von deinem Körper und deiner Nähe.“

Mir blieb der Mund offen stehen, doch ich schloss ihn, um nichts Dummes zu sagen.

„Worüber bist du so verärgert?“, fragte er mich und hielt meinen Nacken fest, um in meinem Gesicht forschen zu können. „Seit unserem ersten Kuss hatte ich keine andere Frau mehr. Ich denke, ich sollte wohl eher dir böse sein für das, was du nach deiner Rückkehr getan hast."

Ich legte die Hände über die Augen und bemühte mich, ruhig zu atmen. „Deine Einstellung macht mich sauer", sagte ich dann und spürte, wie albern es war. „Wahrscheinlich bin ich auch nur müde, aber es gefällt mir nicht, dass ..." Ich brach ab. Ja, was genau? Dass es in seiner Welt Sklaven gab, die man schlecht behandeln durfte? Dass es zahllose Vergewaltigungen gab? Dass er mit einer anderen Frau geschlafen hatte und ich das jetzt wusste?

Wütend auf mich selbst biss ich die Zähne zusammen. Ich sollte schlafen. Müde rieb ich mir das Gesicht.

„Komm, ich mache dir einen neuen Verband", sagte ich leise, doch er hielt mich fest.

„Erst will ich eine Antwort von dir."

„Yorick, ich ... ich bin müde und werde jetzt definitiv das Falsche sagen. Darum bitte ich dich, dass wir uns jetzt ein paar Stunden hinlegen und ich dir dann eine Antwort gebe."

Widerwillig ließ er mich los, nickte aber. „Ich werde dich daran erinnern", sagte er steif und hob mein Handtuch von Boden auf, um sich mit einiger Mühe selbst abzutrocknen.

Automatisch wollte ich ihm helfen, doch er scheuchte mich mit einem leisen Brummen beiseite. „Nimm das als mein erstes und mein zweites Nein!" Er betupfte seinen Oberarm, doch ich konnte nicht zusehen, wie er sich abmühte und streckte ein weiteres Mal die Hand aus.

„Zählt mein Nein nicht?", fragte er, irgendwo zwischen verärgert und erheitert, und ich schüttelte den Kopf.

„Du bist ein verletzter Dickkopf, wenn ich es dich alleine tun lasse, dann bringst du dich noch aus Versehen um!"

Er grinste schief und ließ es zu, dass ich seinen Rücken abfrottierte. Sein gesunder Arm streckte sich plötzlich aus und er zog mich an sich, um mich zu küssen.

„Nein!", murmelte ich an seinen Lippen und schob das Handtuch zwischen uns.

„Das war Nein Nummer eins, noch zählt es nicht." Noch immer grinsend küsste er mich ein weiteres Mal, doch ich bremste ihn, weil ich bereits deutlich an meiner Hüfte spürte, dass es schwierig werden könnte, bei Nein Nummer drei aufzuhören.

„Erst der Verband!“, beharrte ich und unterdrückte mühsam ein Aufstöhnen, als er mit den Fingerspitzen sanft meine Brust umfuhr.

„Dann mach mir einen Verband“, flüsterte er und liebkoste meinen Hals. „Aber danach legst du dich zu mir und wehe, du tust es nicht freiwillig!“

34

Ich erwachte fast genauso, wie ich eingeschlafen war: nackt und in seinen Armen. Nur dass ich inzwischen ganz getrocknet war.

Unsicher blinzelte ich in Richtung Fenster. War es Morgen, war es noch Nacht? Wann waren wir eingeschlafen, es war doch gerade noch halb fünf am Nachmittag gewesen.

Offenbar spürte Yorick, dass ich mich regte, denn seine Hand glitt meinen Rücken hinauf und ich spürte, wie er sich leicht streckte, ehe er sein Bein zwischen meine schob und mich eng an seinen warmen Körper zog. Die Hand, die bisher meinen Rücken gestreichelt hatte, tastete sich nach unten vor und umfasste sanft meinen Po. Seufzend schlang ich die Arme um ihn und zog ihn leicht über mich. Er sagte nichts, sah mich nur an. Seine Nasenspitze berührte meine. Sehr zart fuhr er mit der Hand meinen Oberschenkel hinunter. Meine Haut prickelte unter seinen Fingern und ich schloss die Augen. Als seine Lippen sich auf meine legten, explodierte spontan ein Feuerwerk in meinem Inneren und ich ließ es zu, dass er sich zwischen meine Schenkel legte. Er sagte noch immer kein Wort, vergrub einfach meine Lippen unter seinen und sich selbst mit wenigen sanften Stößen in mir.

Ich wusste nicht einmal, wie er es trotz seines verletzten Armes hinbekam, sich abzustützen und gleichzeitig zu bewegen. Ich wollte etwas sagen, wollte ihn bitten, langsam zu machen, sich nicht wehzutun. Doch ich brachte kein Wort heraus. Zitternd kam ich ihm immer wieder entgegen. Ich klammerte mich an ihm fest und küsste ihn, bis ich keine Luft mehr bekam. Sein raues Aufstöhnen schickte einen Schauer durch meinen gesamten Körper.

Die Bewegungen seiner Hüften wurden langsamer und tiefer und ich spürte, wie sich mein Verlangen nach und nach pulsierend zwischen meinen Beinen sammelte. Jede Berührung, jeder einzelne Stoß trieb mich in die totale Empfindsamkeit hinein. Ich hatte das Gefühl, förmlich davon gespült zu werden, als er meine Schulter umschlang und mich mit einigen kurzen, harten Hüftstößen über die letzte Grenze schickte. Schwer atmend schmiegte ich mein Gesicht in seine Halsbeuge. Noch immer drängte er sich in mich. Wieder und wieder. Ich versuchte, ihm entgegenzukommen, doch sein gesunder Arm hielt mich fest. Er schlang meine Oberschenkel um seine Seiten. Mit einem leisen Aufstöhnen drehte er sich auf den Rücken und zwang meine Beine weit auseinander, ohne mir zu erlauben, den Oberkörper zu heben. Ich spürte, wie er in mich glitt und sich wieder zurückzog. Immer unkontrollierter stieß er zu und hielt mich eng an sich gepresst. Dann vergrub er auf einmal zitternd das Gesicht in meinen Haaren. Ich spürte seine heißen Lippen an meinem Hals und kam ihm ein letztes Mal mit meinen Hüften entgegen.

„Aua", flüsterte er atemlos und ich richtete mich erschrocken sofort auf, doch er lachte nur leise. Erschöpft schloss er die Augen und hielt mich sanft an sich gedrückt. „Das war das schönste schmerzhafte Erlebnis meines bisherigen Lebens", murmelte er und strich mir die feuchten Haare aus der Stirn.

Ich bemühte mich, zu Atem zu kommen, und liebkoste ganz sanft sein Brustbein. Yorick seufzte leise und zufrieden und hielt mich fest.

Wie viel Uhr es wohl war?

Als ich ihn gähnen hörte, zog ich die Decke wieder über uns und genoss das Gefühl, die Nase an seinen Hals zu schmiegen. Nur Sekunden später schnarchte er bereits und auch meine Augen waren so schwer, dass ich sie einfach schloss und mich behaglich in Yoricks Arm kuschelte.

Bei meinem zweiten Erwachen war es eindeutig Tag. Die Sonne schien durch sämtliche Vorhangritzen und ich machte mich sehr vorsichtig von Yorick los, um schnellstmöglich ins Bad zu kommen. Er schnarchte noch immer leise, als ich zurückkam und einfach in sein T-Shirt vom Vortag schlüpfte.

Pfannkuchen. Ging es mir auf einmal durch den Sinn. Wir hatten in den letzten Tagen kaum etwas Sinnvolles gegessen, es wurde Zeit für ein richtiges Frühstück. Äußerst zufrieden damit, eine Mission zu haben, verquirlte ich Eier mit Milch und Mehl und füllte meine Kaffeemaschine. Ich hatte sowohl die Küchentür als auch die Schlafzimmertür geschlossen und trug meine Kopfhörer, damit Yorick so lange wie möglich schlafen konnte. R.E.M., wie wunderbar. The End of the World, definitiv eines meiner Lieblingslieder. Mit dem Pfannenwender in der Hand begann ich zu tanzen und bemühte mich, leise Michael Stipes Text mitzusingen, während ich die Pfannkuchen drehte und dabei gleichzeitig so etwas wie Kniebeugen vollführte.

Wie lange er verwirrt und in Unterhose in der Tür gestanden hatte, konnte mir Molly Smith von gegenüber wahrscheinlich besser sagen, aber mir blieb fast das Herz stehen, als ich ihn bei einer Pirouette vor dem Herd auf einmal am Türrahmen lehnen sah.

„Hey." Rasch nahm ich die Kopfhörer herunter und wurde rot. „Entschuldige, eines meiner Lieblingslieder."

Er hob die Augenbrauen. „Das war ein Lied?", fragte er entgeistert und sah sich in der Küche um.

„Hier drin war's eins." Ich hob verlegen meine Kopfhörer und beendete die Bluetooth-Verbindung mit einem Knopfdruck auf die kleine Küchenanlage.

Sofort schallte Stipes beschwingter Gesang aus den Boxen und Yorick verzog das Gesicht. „Du hast dieses Lied tatsächlich gesungen", gab er dann zu und kratzte sich am Kopf. „Warum ist das so schnell?"

„Er singt vom Ende der Welt." Ich reichte ihm einen Teller mit Pfannkuchen, die Flasche mit dem Ahornsirup und stellte eine halbe Tasse Kaffee vor ihm auf dem Tisch ab.

„Nur, wenn du mir versprichst, nicht auszurasten!" Ich deutete auf den absichtlich sehr dünnen Milchkaffee, bevor ich mir meine eigene Tasse in heiß und schwarz auf dem Tischset platzierte. Yorick grinste und drehte den Kaffeebecher vorsichtig zwischen den Fingern.

„Dieses Getränk lässt mich schlechtere Entscheidungen treffen als fünf Krüge Met, vielleicht sollte ich nicht …"

Schmunzelnd schüttelte ich die Sprühsahne und krönte ungefragt seinen Pfannkuchen-Stapel. „Jetzt noch den Sirup obendrüber", wies ich ihn an und sah zu, wie er das Fläschchen aufschraubte.

„Bei allen Göttern, wie kann ein Mensch so schnell singen?" Er deutete noch immer schwer irritiert auf die Anlage.

Ich hatte den Mund bereits voll und zuckte nur mit den Achseln. „Vielleicht hat er es eilig, weil das Ende der Welt kommt."

Yorick lachte leise und sah voller Faszination dem Sirup dabei zu, wie er über die goldbraunen Pfannkuchen floss. „Ragnarök kommt aber nicht schnell, es hat einen ganz klaren Ablauf, da braucht er nicht zu hasten!"

Nun verschluckte ich mich an meinem Essen. „Ich werd's ihm sagen", brachte ich hustend und kichernd hervor, während mir die Sahne über das Kinn lief.

~

Da ich nach der Aufregung des gestrigen Tages einfach einmal davon ausging, dass mir noch ein weiterer freier Tag zustand, beschloss ich nach dem Frühstück, dass wir uns wieder ins Bett legen würden. Yorick stimmte mir sofort zu und gähnte sogar. Unter Protest folgte er mir ins Bad, wo er sich erneut anstellte, wie der erste Mensch, und sich so lange über die Schärfe meiner Zahnpasta beschwerte, dass ich ihm schließlich androhte, ihm Kinderzahnpasta mit Erdbeergeschmack zu kaufen.

Lustigerweise machte er wesentlich weniger Theater, als ich ihm wenig später Wundsalbe auf der Naht an seinem Oberarm verteilte und ihm einen neuen Verband anlegte.

In meinem Bett rückte er sich die Kissen zurecht und schloss direkt die Augen. „Ich bin so müde, ich könnte noch drei Tage und

Nächte schlafen", murmelte er und zog mich an sich, damit ich den Kopf auf seine nackte Brust legen konnte.

„Tu das." Ich schlang den Arm um ihn. „Es ist Freitag, morgen und übermorgen wird ohnehin nicht gearbeitet."

Er seufzte zufrieden. „Sehr gut!", brummte er in mein Haar und hielt mich fest. „Dann bleiben wir einfach bis übermorgen im Bett." Seine Lippen knabberten an meiner Wange. „Ich habe tausend Ideen."

Ich lachte überrascht. „Vielleicht solltest du erst einmal gesund werden", merkte ich an, doch er schüttelte nur den Kopf.

„Nicht nötig. Ich habe es ja inzwischen ausprobiert, es klappt ganz wunderbar auch so."

Kichernd schmiegte ich das Gesicht an seinen Hals. „Ich habe jedes Mal Angst, dich kaputtzumachen."

„Daran wirst du dich gewöhnen." Er betrachtete mich und fuhr sanft die Linien meines Gesichtes mit den Fingerspitzen nach. „Wie kann es sein, dass du mir so viel bedeutest?", fragte er plötzlich ganz leise. „Du lebst in einer völlig anderen Welt, so weit weg von allem, was ich kenne. Doch nicht einmal die Grenze zwischen unseren Welten konnte mich aufhalten, dich zu suchen."

Ich schmiegte mein Gesicht in seine Hand. „Wären die Umstände andere gewesen, dann hätte ich mich sofort auf den Weg gemacht und wäre zu dir zurückgekehrt", antwortete ich und küsste seine Handfläche. Er wirkte im ersten Moment überrascht.

„Das hättest du getan?"

„Natürlich!" Ich richtete mich auf und beugte mich über ihn, um sanft seine Lippen zu küssen. „Erinnerst du dich nicht, ich wollte bei dir bleiben, aber es ging nicht, da ich Aevarr versprochen war. Ich wäre sogar geblieben und einfach nur weit, weit weggelaufen, um mir ein Leben mit dir aufzubauen. Du hast mich zurückgeschickt."

Er legte erneut die Hand an meine Wange und sah mich ernst an. „Ich hatte zu große Angst um dich", sagte er nach einigen Sekunden und seine grauen Augen ließen mich nicht los. „Die Heirat mit Aevarr, die Entfernung der Rune aus deinem Leib. Ein Leben unter Fremden mit einem Mann, der dich wahrscheinlich niemals wirklich lieben kann ... Wie hätte ich dir das antun sollen? Und du weißt so gut wie ich, dass ich ... ich wäre niemals damit zurechtgekommen, bei dir und trotzdem ohne dich zu sein. Denn ich fürchte, ich liebe dich mit jeder Faser meines Körpers."

„Das weiß ich." Ich strich ihm eine Haarsträhne hinter das Ohr. „Und ich liebe dich und wollte deine Frau sein, nicht die deines Bruders. Deswegen bin ich gegangen und habe nicht versucht, zurückzukehren. Aber der Wunsch war immer in meinem Herzen."

Er hielt meine Hand fest und drückte einen leichten Kuss darauf, ehe er die Beine aus dem Bett schwang.

„Warte kurz hier", bat er plötzlich und stand auf.

Ich sah ihm nach, wie er das Zimmer durchquerte und in den Flur hinüberging. Gott, ich wurde niemals müde, seinen schönen Körper zu betrachten! Von mir aus konnte er von nun an Tag und Nacht in einer dieser knappen, schwarzen Boxershorts bleiben.

Auf dem Flur rumpelte es leise und ich richtete mich auf. „Yorick?", rief ich und wollte mich bereits erheben, doch er kam in diesem Moment zurück, ein kleines Bündel auf dem Arm.

„Zum Glück hat dieser dicke Mann mit dem schwarzen Mantel die ganzen Sachen zu den Heilern bringen lassen." Lächelnd ging Yorick vor dem Bett in die Hocke und öffnete einige Knoten. Er blickte zu mir auf, unsicher, fast fragend. Ich sah ihm an, wie er sich zu einer Entscheidung durchrang und sich hinkniete.

Verwundert setzte ich mich aufrecht hin und schob die Beine aus dem Bett, doch er hob die Hand. „Warte, warte!", bat er leise und kämpfte mit einem schmalen Gegenstand, der in ein dunkles Lederstück gewickelt war.

„Da dein Vater nicht hier ist und du auch ansonsten keinen männlichen Verwandten hast, der es für dich segnen und dir überreichen könnte, möchte ich es dir persönlich geben." Er schlug das Leder auseinander und hielt mir das Schwert darin mit einer leichten Verbeugung entgegen. „Auf dieses Schwert schwöre ich dir Schutz und Treue. Auch wenn keine Gydhja unsere Verbindung segnet und … Nun ja, ich hätte es mir vielleicht anders gewünscht, doch ich glaube daran, dass die Götter meine Absichten ehren und unserer Verbindung trotzdem ihren Segen geben werden."

Er platzierte das Schwert vorsichtig auf meinen Schoß und legte meine Hand darüber. „Ich weiß nicht, wie es in deiner Welt Brauch ist, aber als meine Frau sollst du die Schlüssel zu unserem Heim tragen. Zur Halle meines Vaters, und nun wohl auch meiner." Vorsichtig stand er auf und legte mir einen schweren Bund aus fünf großen Schlüsseln um den Hals. „Nimmst du mich an, folgst mir und gehörst ab jetzt zu meiner Sippe?", fragte er leise und legte nun seine Hand über meine auf die Schwertscheide.

Ich betastete die langen, schmalen und unterschiedlich geformten Haken unsicher, die um meinen Hals baumelten. Das Ritual war mir bekannt, doch es zu erleben, besonders nach der kurzen und extrem emotionalen und intensiven Zeit mit ihm, trieb mir die Tränen in die Augen. Ich zwang mich, ihm zuzunicken, und hielt die beiden Gegenstände fest, die er mir überreicht hatte. Er erwartete mit Sicherheit keine Mitgift oder Ähnliches, darum beugte ich mich nach kurzem Überlegen zu ihm herunter und küsste seine Stirn.

„Ich nehme dich an und gehöre ab jetzt zu deiner Sippe", flüsterte ich und reichte ihm das Schwert zurück, als ich die beiden Ringe sah, die er sich mit einiger Mühe aus einem kleinen Beutel in die hohle Hand geschüttelt hatte. Ich wusste, bei einem Ehegelöbnis vor Zeugen, hätte er mir meinen Ehering auf der Schwertspitze überreicht. Der Ring durfte dabei nicht herunterfallen, das wurde als äußerst schlechtes Omen gewertet. Mir zuckte ein leichter Schwindel durch den Körper. Gott, das ging alles so schnell! Ich wollte ihn, natürlich, aber es überforderte mich, dass er tatsächlich vor mir kniete und sehr vorsichtig einen schmalen Metallreif auf die Schwertspitze setzte.

Für ihn erschien dieser Vorgang ganz selbstverständlich, vollkommen logisch. Wahrscheinlich wäre es ihm sogar am liebsten gewesen, mir diesen Schwur noch vor unserer ersten sexuellen Begegnung zu leisten, und nun hatte er es wohl eilig, das nachzuholen. Ich nahm den Ring behutsam an. Zu meinem Erstaunen war er klein und hatte einige Runen auf seiner Oberfläche eingraviert. Er sah aus, als wäre er tatsächlich aus Silber.

Yorick lächelte mich an und griff nach meiner Hand. „Beim Anblick meines Vaters kannst du dir wahrscheinlich kaum vorstellen, dass meine Mutter eine kleine und sehr schlanke Person gewesen ist, nicht wahr?" Sanft schob er den Ring über meinen linken Ringfinger und küsste ihn. „Sie hätte dich mit Sicherheit gemocht.“ Er betrachtete den zweiten Ring in seiner Hand und drehte ihn mit einem leisen Seufzer zwischen den Fingern. „Diesen muss ich wohl verkleinern lassen, mein Vater hatte erstaunlich große Hände.“ Er reichte mir den breiten Metallreif und das Schwert. „Für den Schwur sollte es genügen.“

Meine Hand zitterte, als ich den Ring über die Spitze gleiten ließ und ihn Yorick zurückreichte. Er sah mich sehr genau an und hielt mir den Ehering in der offenen Hand entgegen.

„Auch, wenn ich nicht wirklich verstehe, wie und warum, so konnten uns doch nicht einmal die Grenzen der Götter zwischen unseren Welten darin hindern, wieder zusammenzufinden. Ich möchte niemals wieder von dir getrennt werden, darum gebe ich dir meinen Schwur und ich hoffe, dass du dich genauso an mich bindest.“

Ich nickte mit einem dicken Kloß im Hals und nahm den Ring seines Vaters vorsichtig an, um ihn über Yoricks rechten Ringfinger zu streifen. Er war groß und massiv, viel zu breit und zu weit für Yoricks Hand, auch wenn er keine kleinen Hände hatte. Sanft schob ich meine Finger zwischen seine und hielt seinem Blick stand.

„Dein Volk ist mein Volk, und dein Gott ist mein Gott. Wo du stirbst, da sterbe ich auch, da will ich auch begraben werden“, kam es leise über meine Lippen, nachdem ich einen Moment gebraucht hatte, das Gelöbnis ins Norwegische zu übersetzen. Es passte tatsächlich.

Yorick lächelte und legte meine Hand unter seiner auf den Knauf des Schwertes. „Mein Körper und meine Seele gehören dir“, sagte er und lehnte seine Stirn an meine. „Über die Grenzen aller Welten. Du bist ein Teil von mir, ein Teil meiner Seele, wo auch immer du bist. Und daran wird sich bis ans Ende aller Zeiten nichts ändern.“ Sanft küsste er meine Lippen. „Und vom heutigen Tage an bist du als Frau des Jarls auch die Herrin und Vorsteherin meines Hauses.“

Ich zuckte überrascht zurück. „Ich verstehe nicht, du … wie kann …“

„Ich habe es dir noch nicht gesagt, es war so viel … Die letzten Tage waren ein solches Durcheinander, dass ich noch keine Möglichkeit hatte, wirklich darüber nachzudenken.“ Yoricks Augen verdunkelten sich und er blickte auf unsere verschränkten Hände herab.

„Aevarr ist tot. Unsere Männer haben das Black Castle überrannt, doch Aevarr ist meinem Vater und Idun nach Walhalla gefolgt.“ Sein Gesicht hob sich und er sah mich an. „Wenn du es wünschst, dann werde ich hierbleiben“, sagte er nach einigen Momenten leise und mir dröhnte mein eigener Herzschlag in den Ohren. „Ich habe den Clan unter Thorbjorns Führung zurückgelassen, er ist loyal und wird sich um meine Leute kümmern.“ Er brach ab und seine Augen forschten in meinem Gesicht. „Wir können aber auch zurückkehren in meine Welt.“

Seine Worte schwebten im Raum und ich betrachtete sie, als hätten sie sich gerade tatsächlich gegenständlich manifestiert.

Aevarr lebte nicht mehr. Der riesige, laute, auf seine eigene Art sogar humorvolle Krieger, war seiner Frau und seinem Vater viel zu früh nachgefolgt.

„Odin wird seine helle Freude haben“, sagte ich ganz leise und Yorick lachte überrascht.

„Idun, Aevarr und mein Vater. Ich denke, Odin kann sich wohl zusammen mit Bestefar Oddgeir zur Ruhe setzen.“

Auch mir entfuhr ein kleines Kichern und ich griff nach dem Ring an Yoricks Hand.

„Du bist jetzt ihr Anführer“, sagte ich nach einigen Momenten und betrachtete das schwere Metall, während ich versuchte, meine Gedanken zu sortieren.

„Das bin ich, Seherin“, bestätigte Yorick. „Aber ich habe mir geschworen, in diesem Leben nicht mehr von dir getrennt zu sein.“

„Aber dein Clan …“, setzte ich an und er unterbrach mich mit einem knappen Kopfschütteln.

„Nicht ohne dich. Wenn du es wünschst, dann werde ich hier bei dir bleiben.“

Ich löste meine Finger aus seiner großen Hand und strich sanft über seine Stirn.

Da kniete er vor mir. Mein Seelenverwandter. Nein, nicht nur das. Er war der fehlende Teil meiner eigenen Seele, nicht nur eine verwandte Seele, die sich mit meiner angefreundet hatte. Er war der fehlende Teil von mir. Mein Mann. Meine Zukunft.

Innerhalb weniger Tage hatte er fast seine gesamte Familie verloren. Seinen letzten Bruder. Seinen Vater. Eine Schwägerin, die ihm tatsächliche eine Schwester gewesen war. Und seinen Großvater.

Und doch kniete er hier vor mir und war bereit, das letzte bisschen seines Selbst, seinen Clan, seinen Titel und seine Welt aufzugeben, um bei mir zu sein.

Meine Gedanken rasten. Ich wollte nicht, dass er das tat. Ich konnte es nicht von ihm verlangen, wollte es nicht einmal für eine Sekunde.

Yorick legte plötzlich die Hand in meinen Nacken, um mich zu küssen.

„Du musst keine Entscheidung treffen, ich habe es bereits getan", flüsterte er an meinen Lippen und zog mich kurzerhand auf seinen Schoß herab.

Ich löste mich von ihm und schob ihn sanft von mir, um ihm in die Augen sehen zu können.

„Nein, das hast du nicht!", sagte ich mit fester Stimme. „Du wirst von jetzt an keine Entscheidung mehr ohne mich treffen."

„Aber du hast hier deine Arbeit und …"

Ich unterbrach ihn, indem ich ihn einfach küsste.

„Und du bist Clanchef und musst zurück zu deinen Leuten", flüsterte ich.

Yoricks Augen weiteten sich. „Das bedeutet, du …" Er stockte und schob die Hand in meine Haare. „Du würdest …"

Ich nickte langsam und lehnte meine Stirn an seine.

„Ich werde mit dir kommen."

Ende Band 2

AUSBLICK AUF BAND 3 - DER WEG ZURÜCK

Wenn deine Welt nicht die einzige ist, wie kommst du dann wieder zurück ...?

Kapitel 1

Wir hatten bis zum Mittag beieinander gelegen, überlegt, geplant, uns sehr vorsichtig noch einmal geliebt und schließlich sogar ein wenig geschlafen. Als ich erwachte, knurrte mir der Magen und ich stand auf und legte behutsam die Decke über Yoricks nackten Körper.
Zurück in die Vergangenheit.
Nachdenklich öffnete ich den Kühlschrank und holte das riesige T-Bone-Steak heraus, das mich in der Metzgerei angelacht hatte.
Nie wieder Kühlschrank, nie wieder fließend warmes Wasser, erinnerte ich mich, als ich mir die Hände wusch und beim Anblick von Molly Smith am Fenster gegenüber gewohnheitsmäßig meinen Cardigan zurechtzupfte.

Ich würzte das Fleisch und holte meine schwere Eisenpfanne aus dem Schrank.

Nie wieder Pfeffer, ging es mir durch den Kopf und ich drehte die schlanke Pfeffermühle zwischen den Händen.

War ich bereit dazu, mein gesamtes Leben aufzugeben?

Was hatte ich, das mich hier hielt?

Verwandtschaft? Nope.

Freunde, natürlich, und ich würde sie vermissen.

Meine Arbeit.

Aber ich würde neue Aufgaben finden. Als Frau des Clanchefs hatte ich schließlich umfangreiche Verpflichtungen. Ich drehte meinen Ehering zwischen den Finger und war von der Heftigkeit meiner spontanen, innersten Gefühle überrascht.

Mein Ehering! Heiliger Gott.

Ich setzte mich für einen Moment und schaltete nachdenklich den Ofen an, um ein Baguette darin aufbacken zu können.

Nie wieder Baguette, nie wieder Kaffee, nie wieder Musik … nun ja, andere Musik.

Seufzend legte ich den Kopf in die Hand und starrte in den hell erleuchteten Backofen. So viele Konsequenzen!

Mein Handy leuchtete auf und ich zog es vorsichtig zu mir heran. Hoffentlich nicht Yannis, der mich jetzt noch zusätzlich verunsichern würde! Zu meinem Erstaunen war es Lasse.

<<Hey Lida, Lynn fragt nach dir, ist alles gut bei euch? Ich hab hier noch ein DNA-Kit für dich liegen>>, las ich und rieb mir verwundert die Nase.

<<Alles okay, wir erholen uns. DNA-Kit für was?>>, schrieb ich zurück und nur Sekunden später piepste es erneut leise.

<<Eins für dich und eins für Yannis, wegen möglicher Kontamination bei Ausgrabung. Übliches Procedere.>>

Das war mir zu abgehackt. Ich öffnete mein Adressbuch und rief Lasse direkt an.

„Hey!“ Er klang überrascht. „Alles okay?“

„Alles gut. Ich hatte nur keine Lust, jetzt ewig hin und her zu schreiben. Wofür brauchst du meine DNA?“

„Nicht ich, die Klinik. Alle, die bei der Graböffnung dabei waren, müssen ihre DNA abgeben, um sicher zu gehen, das mögliche Proben vor der Polymerase-Kettenreaktion nicht verunreinigt wurden."
„Ah." Ich rieb mir die Augen. Peinlich, dass ich nicht selbst darauf gekommen war. „Die machen eine PCR, was erhoffen sie sich davon?"
„Ich glaube, das ist ziemlich ins Blaue hinein. Sie wollen wie üblich die geographische Herkunft und die Abstammung näher anschauen. Aber vorher muss jeder von uns auch ein Röhrchen abgeben, damit da nicht plötzlich Ausgraber-DNA dazwischen ist."
Ich nickte langsam und warf einen Blick auf die Uhr. „Seid ihr morgen da? Ich weiß, es ist Samstag, aber ich denke mal …"
„Natürlich bin ich da." Lasse klang trotz der Aussicht auf Wochenendarbeit sehr fröhlich. „Wir wollten morgen auch auf die Baustelle und uns nochmal mit Chris und Ben zusammensetzen. Fiona und Rita haben ein paar neue Ergebnisse. Komm doch auch, dann bringe ich dir das Röhrchen mit. Ich nehme an, du hast keinen Kontakt mehr zu Yannis?", fügte er vorsichtig hinzu und ich seufzte leise.
„Nein", murmelte ich zurück. „Er ist gegangen und ich habe seitdem nichts mehr von ihm gehört."
„Okay." Lasse klang sehr sanft. „Und Yorick geht es besser? Was macht der Arm?"
„Es geht. Er schläft gerade." Mit der Fingerspitze nahm ich einige Salzkörnchen von der Tischplatte auf und leckte darüber. „Dann sehen wir uns morgen? Ab wann seid ihr vor Ort?"
„Ich denke so ab acht. Lynn will ihre Jungs beaufsichtigen und ein wenig antreiben. Ich fahre sie."
Lynns Stimme murmelte etwas im Hintergrund und ich musste lächeln. Sie waren tatsächlich gerade zusammen, die beiden. Es freute mich ungemein, dass sie zusammengefunden hatten. Die zwei Menschen, die mir am nächsten standen und am wichtigsten waren, hatten nun auch einander. Ich seufzte leise. „Kann ich vielleicht morgen nochmal mit dir über Everett reden?"
„Natürlich!" Lasse klang überrascht. „Dann sehen wir uns morgen Vormittag?"
„Ich versuche, spätestens um neun Uhr da zu sein."

„Alles klar, bis dann! Schöne Grüße von Lynn!"
„Grüß sie zurück, bis morgen!"

Hier geht es weiter mit Elida und Yorick ...
Nebelwanderer Band 3 - Der Weg zurück

BÜCHER VON ALINE STUART

Weitere Bücher von Aline Stuart auf Amazon

Die Nebelwanderer-Reihe

Nebelwanderer Band 1 - Dunkle Vergangenheit

Nebelwanderer Band 2 - Ins Hier und Jetzt

Nebelwanderer Band 3 - Der Weg zurück

Nebelwanderer Band 4 – Echo aus dem Nebel

Nebelwanderer Band 5 – Das Ende der Reise

Zeitreise-Liebesromane zwischen der Zeit der Wikinger im mittelalterlichen Irland und der Gegenwart in Dublin ...

Spannend, romantisch, überraschend